ノンフィクション

# 硫黄島

太平洋戦争死闘記

R.F.ニューカム
田中至訳

潮書房光人社

IWO JIMA

by

Richard F. Newcomb

# 訳者まえがき

この本は、ベストセラーとしてアメリカで広く注目を浴びた「硫黄島」（*Iwo Jima* by Richard F. Newcomb, Holt, Rinehart and Winston, New York, 1965.）を全訳したものである。

著者、リチャード・ニューカムは、AP通信のベテラン記者で、第二次大戦中、従軍記者として主に太平洋戦線で取材報道にあたった。この体験にもとづいて、日米両軍にとって貴重な戦訓をもたらした激戦をとりあげ、双方の側から事実を掘り下げて、厳正な態度で戦史を執筆した。本書はその第三作にあたる。一九五八年発表された「総員退艦せよ」（*Abamdon Ship*）、六一年「サボ島沖海戦」（*Savo*—The Incredible Naval Debacle off Guadalcanal, 田中至訳）は、いずれもアメリカ側の敗北の記録であり、局地的な敗因を鋭く指摘して痛烈な批判を浴びせ、大きな反響を呼んだ。

本書は、熾烈をきわめた硫黄島の戦いを、アメリカ側の公式記録はもとより、この戦闘にたずさわった米軍司令官、参謀をはじめ、幾多の生存者に直接インタビューして事実を掘り下げ、極限状態におかれた人間の悲しいエピソードを織りこみつつ、その戦いの全貌を精細に構成したドキュメントである。日本側資料については、かつてAP通信記者であり、NHK国際局でニュースを手がけられた斎藤博之氏が、防衛庁戦史室の公式戦史を英訳、さらに寸暇をさいて日本各地を旅され、およそ二年の歳月を費やして数少ない生存者から直接取材して、著者に提供されたものである。

＊

硫黄島の戦いは、第二次大戦末期、日本本土をめざして中部太平洋を西に進んだアメリカ軍と、これを迎え撃った日本軍の間に戦われた。日本側二万の将兵のほとんどは戦死、アメリカ軍は三十六日間かかって、この島を陥れたが、日本軍の損害を上まわる戦死、戦傷、その他の戦線脱落を数えた。世田谷区にもみたないこの小さな島に払われた犠牲を考えると、この戦いがいかに凄惨な激戦だったかがうかがわれる。

太平洋戦争は、まさに島の争奪戦であった。昭和十七年八月のガダルカナル島攻防戦から二十年二月の硫黄島の戦いまで、二百を超える島嶼《とうしょ》作戦が行なわれた。アメリカは猛烈な砲爆撃で日本側の防衛戦力の大半を粉砕したのち、水陸両用車や上陸用舟艇で海岸にたどりつき、短時間に上陸拠点、つまり橋頭堡を築いて、一挙に内陸に攻めこんで守備隊を全滅する戦法をとった。戦闘技術や兵器は戦訓を重ねるごとに改良されて行った。

一方、守る側の日本軍も、きびしい敗け戦を経験しながら、防衛戦術を改め、肉弾突撃による水際防御という、悲壮かつ反面幼稚な戦術から、洞穴、地下陣地に拠りながら挺身奇襲をかける〝一人十殺〟戦法へ進んでいった。こうして攻める側も守る方も、硫黄島ではそれぞれこの作戦にさき得る最新鋭の装備と戦法で対決することになった。このような孤島の攻防戦は、硫黄島をもって最後とする。つまりこの戦いは島嶼作戦の総集編なのであった。

それだけに、硫黄島の戦いは激しかった。双方が全力を出したにしても、当然、アメリカ側の戦力は、あらゆる面で日本軍を圧倒的にしのいでいたことはいうまでもない。しかし、日本軍はアメリカ側が三万近い損害を出すまで島を譲らなかった。ついに日本軍は全滅したが、アメリカ側にできる限りの出血を強いるというこの戦闘の目的は十分果たされたことになる。

こうした日本軍の戦いぶりは、これまではほとんど評価されず、たんにいくつかの玉砕島のひとつとして、日本人の記憶にとどまっていたに過ぎない。それは、硫黄島守備隊の指揮官がすべて戦死しており、日本軍の戦闘の模様をくわしく再現することが不可能だったからである。もちろん部分的な記録や戦史は少なくないが、日米双方から資料をつき合わせて、この闘いを分析したものは本書をもって初めとする（日本軍の善戦ぶりは、本書のアメリカ軍の苦闘の記述のなかからもくみとれよう）。

硫黄島作戦のかげには、軍隊の持つ多くの矛盾が生んだ悲劇が秘められていたことがわかる。アメリカ陸海軍間の先陣争い、縄張り意識がわざわいした用兵の誤り、戦術の錯誤などである。またニューカムは、名もない兵士の勇敢な行動をなおざりにしなかった反面、アメリカで英雄、猛将とあおがれている将軍や提督の失敗にも批判を惜しまない。

したがって、ニューカムの戦争記録作品は、決して米軍勝利の礼讃でもなく、また戦争の否定を訴えるものでもない。戦闘という極限状況における人間を赤裸々に描写し、冷静に記録しようとしたものである。ニューカムの作品が、多くの事実の構成に力点を置きながら、異常な迫力をもって読者にせまるのは、こうした執念によるものではないだろうか。訳了したいま、硫黄島に戦った多くの将兵とご遺族の方に、改めて哀悼の意を表したい。

翻訳にあたって、硫黄島生存者、遺族でつくられている硫黄島協会会長和智恒蔵元海軍大佐、硫黄島守備計画に直接参画した参謀堀江芳孝元陸軍少佐、栗林中将令息栗林太郎氏、西竹一中佐未亡人西武子さんや、硫黄島戦をつぶさに体験した生存者の方々にお世話になった。また斎藤博之氏からも取材メモをはじめ、写真を提供していただいたほか、懇切なご指導をいただいた。これらの方々に、ここで厚くお礼を申し上げる次第である。

一九六六年五月

田中　至

硫黄島——目次

訳者まえがき

## 第一章　運命の島



## 第二章　決死の上陸

## 第三章　摺鉢山の死闘



## 第四章　栗林兵団の最後

# 硫黄島

太平洋戦争死闘記

# 第一章　運命の島

## 栗林兵団

栗林将軍は初めて硫黄島の土を踏みしめたとき、なんの感動も覚えなかった。島はほとんど荒地にひとしい。内地では青葉若葉の六月だというのに、島では摺鉢《すりばち》山の山腹のところどころに、灌木のくすんだ緑がこびりついているだけだった。

摺鉢山と北方高地の間の、馬の背のような砂地に雑草やえんどうが育ち、元山東方にはいくらか木も生えていた。また、カシの茂みもあった。硫黄の噴気孔からもれる臭いガスが、こぢんまりした小学校のあたりに漂っていたが、子供たちは元気に日の丸の小旗を振って栗林忠道を迎えた。

荒地では、かろうじてタコの木や砂糖黍《きび》が栽培され、村の家々のまわりで、野菜畑の新鮮な緑がひときわ目をひいた。また、こうすいがやも育って、これから村民は殺虫剤を作っていた。ときどき小鳥の鳴き声が聞こえる。将軍は鳥も子供も好きであった。村の少し北西に小さな製糖所と硫黄の精製工場があった。硫黄がとれるので、この島は硫黄島と呼ばれた。

島は南方諸島の南端にあり、日本の本土からちょうど中国人のあごひげのように延びていた。硫黄島は火山列島の一つで、事実、島には二つの火山がそびえている。一つが島の南端にある標高一六七メートルの摺鉢山である。この岩山のこげ茶色の頂は、まだ島の全景が視界に入らない遠くから望むことができた。

この火山は、もう何年も前から活動していない。頂上まできつねの通うほどの道がついていた。その頂は平らではなく、深い皿のような形をしていた。摺鉢という名がついたのは、まるで摺鉢を伏せたような格好をしているからだ。

火山口の周囲に靄《もや》がかかっていないときは、頂上から島全体が見渡せる。島は八キロ北に延び、摺鉢山のふもとは島の一番狭い部分で、粗い砂地である。さらに東海岸にそって波打ち際からいくつもの砂丘が二〇〇メートルにわたって連なっていたが、西海岸はなだらかな砂浜で、海も遠浅であった。

島は摺鉢山のふもとから北にかけて、扇形にひろがっている。中心部でその幅はおよそ四キロ、縦に八キロの長さ。北部が島の面積の三分の二を占め、北に行くほど爪先上がりに高くなり、標高一〇〇メートル程度の岩だらけの高原が続いていた。島の中心部は比較的たいらで、所々に丘がある。丘とはいっても、最高のものは標高一二七メートルもある。

一番大きい村の元山は、二番目に高い火口の中にあり、その火口はまだ火を吹いていた。このあたりでは、硫黄が地表に露出し、いつも臭いガスが立ちこめ、足の裏が熱く感じるほどの地熱があった。丘は海岸に向かってゆるやかな斜面となり、波打ち際は急な崖で、その

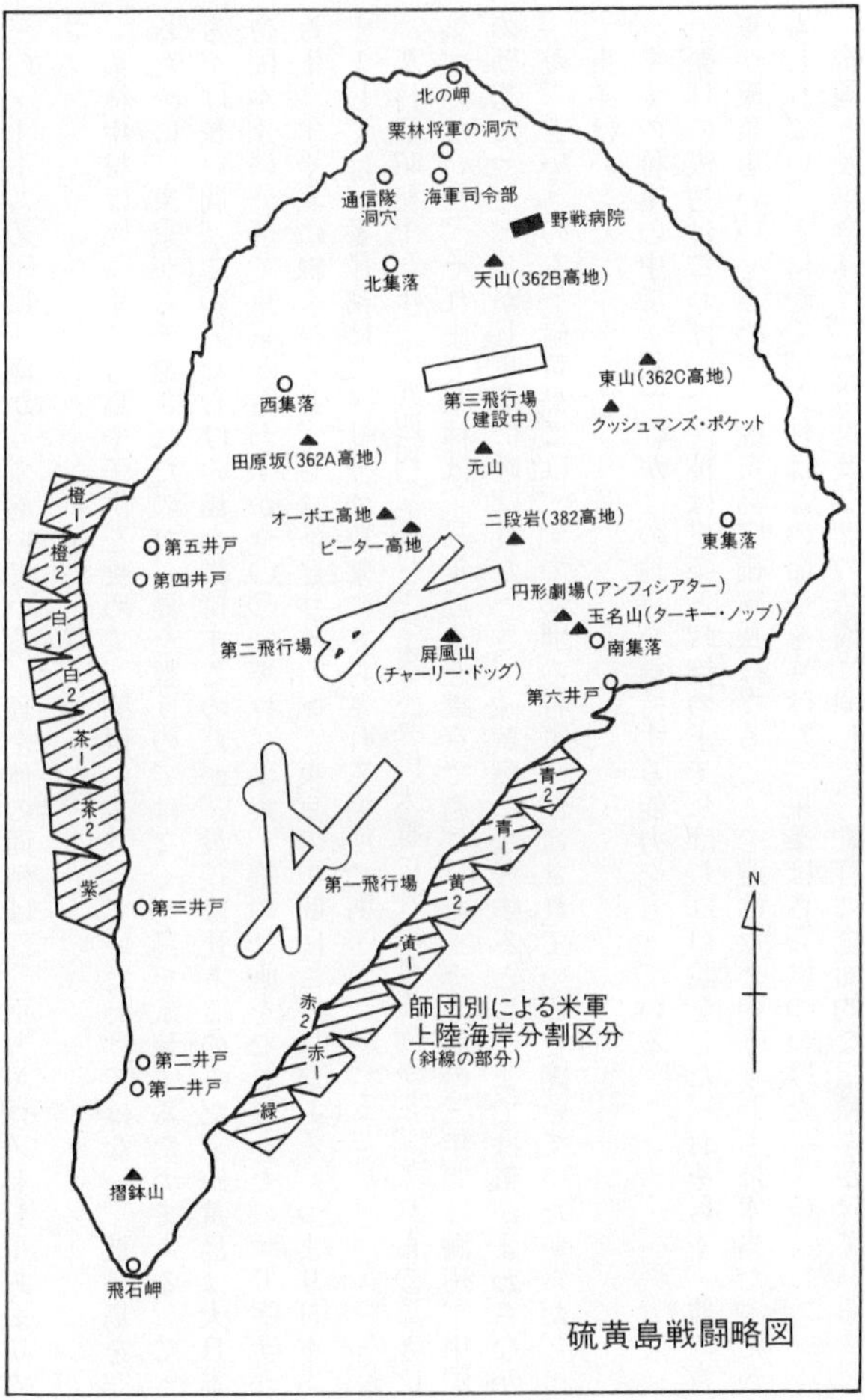
北の岬
栗林将軍の洞穴
通信隊
洞穴
海軍司令部
野戦病院
北集落
天山(362B高地)
東山(362C高地)
第三飛行場
(建設中)
西集落
クッシュマンズ・ポケット
田原坂(362A高地)
元山
オーボエ高地
二段岩(382高地)
東集落
ピーター高地
第五井戸
第四井戸
円形劇場(アンフィシアター)
玉名山(ターキー・ノッブ)
南集落
第二飛行場
屏風山
(チャーリー・ドッグ)
第六井戸
橙1
橙2
白1
白2
茶1
茶2
紫
青2
青1
黄2
黄1
赤2
赤1
緑
第一飛行場
第三井戸
師団別による米軍
上陸海岸分割区分
(斜線の部分)
N
第二井戸
第一井戸
摺鉢山
飛石岬
硫黄島戦闘略図

ある。

三〇メートルの下に、潮がうず巻いている。島全体の面積は二〇平方キロメートルあまりで

栗林中将はいつまでも鳥や子供を眺めて、感慨にふけっていたわけではない。彼は島を守るために、東京から派遣されたのだ。島を救うのではなく、島を武装するためである。できるだけ長い間、この岩だらけの島を維持するのだが、最後は死あるのみだ。硫黄島は大日本帝国本土の一部で東京からわずか一〇〇〇キロ、事実、都の一画をなしていた。マリアナからまっすぐ北に線をひくと、ちょうどサイパンと東京の中間にこの島がある。つまり日本本土としては一番最初にアメリカの攻撃にさらされる場所であった。

栗林は昭和十九年（一九四四）五月末、東条英機大将に呼ばれる前から、これらのことに気づいていた。それまで栗林は、一年近くを東京で過ごした。その前の三年間は満州、中国の勤務だった。しかし東条に呼ばれたとき、硫黄島に赴任するところまでは気がまわらなかった。というのも、硫黄島には、すでに別の将軍が任命されていると聞いていたからだ。

東条はいった。

「多くの将軍の中で、君だけがこの地点を維持する能力をもっている」

栗林の表情はこわばった。彼は東条と政策の上でしばしば口論をした。おそらく、他の将軍が東条をいいくるめて、硫黄島守備隊長になることを避けたというわさは本当だったかもしれない。とにかく、栗林はこの命令をうけた。東条はさらにつづけた。

「帝国と陸軍全体は、この重要な島の防備に関して、貴官に全面的な信頼をかけている」

栗林は非常に真剣な面持ちで答えた。

「この任命をお受けして、このうえない名誉であります」

栗林は六月十日に家を出発した。しかし、何代も栗林家に伝わっている日本刀はおろか、大正十二年、陸軍大学を二番で卒業したときに、天皇からいただいた恩賜のサーベルも携行しなかった。妻にも子供にも、特別なことは何もいい残さなかったが、兄の芳馬氏に黒々と毛筆で書き送った。

「大命を拝受して着任した以上、敵の来攻に際しては部下将兵とともに困難に殉ずる道は、元より私の予期するところであり、特に祖先の名に恥じないよう努力致すべく、一家一門を犠牲にして戦場に屍を横たえること武人の本懐です。これは少年時代より日常茶飯の折、お話のあったところと深く肝に銘じておりますれば、ご安心願い上げます」


高い崖の下にある東波止場に上陸し、砂ぼこりの立つ道を走って元山に向かった。そこで栗林は松永貞一海軍少将に迎えられた。少将は島の全海軍航空部隊指揮官として二、三日前到着したばかりだった。松永はもともと航空出身である。開戦劈頭、英国の戦艦プリンス・オブ・ウエールズとレパルス撃沈という、かくかくたる武勲に輝く第二二攻撃機隊の後身、八幡部隊を引きつれ硫黄島に進出したが、提督は空と胃袋のことばかり気にしていた。島につくやいなや、硫黄島の飲料水の水質が悪いために胃をこわしたからだ。

栗林は島の防備状況をすばやくのみこんだ。この島の防備に関しては、はっきりした計画もなく、また指揮系統も作られていなかった。和智恒蔵海軍大佐は二月以来、この島の司令官をしており、厚地兼彦大佐が陸軍部隊の指揮をとっていた。しかしこれらの両部隊の間には、ほとんど協力関係はなかった。航空隊は自分たちがエリートだと思いこみ、他部隊と協調しなかったし、海軍陸戦隊は、もともと陸軍がつとめる陸上任務につかされたことを不満に思った。陸軍部隊はまた、海軍の指揮下にあることについて伝統的な反発を感じていた。

和智大佐が硫黄島に着いたとき、第一飛行場、つまり〝千鳥飛行場〟はすでに完成してから一年を経ていた。この飛行場は三つの滑走路が三角形に組み合わさり、最長の滑走路は、摺鉢山から北方の高原までの東海岸とほとんど同じ長さであった。和智大佐は二〇機の偵察機と一四〇〇人の将兵を指揮していた。三月になると、大佐のもとにさらに海軍の将兵六〇〇名が到着した。

まもなく、厚地大佐の指揮下にも、五個大隊が送られてきた。大佐はすでに五十六歳。おそらく、帝国陸軍で、最年長の大佐だったかもしれない。大佐は人柄もよく、皆に好かれたが、一度も陸軍大学に学んだことがなかった。おまけにこれまでの任地は戦闘の行なわれていない朝鮮だった。各大隊長は年老いた中佐一人、少佐一人、大尉三人、そのうち二人は陸軍士官学校すらも卒業していなかった。

昭和十九年三月、第三一軍司令官、小畑英良中将がサイパンからやってきた。厚地大佐と、その一つ年上の小畑は陸軍士官学校の同期生である。防衛体制をみて、将軍は火砲が北方高地に配置されているのを見て怒った。これは、上陸部隊を海岸で撃滅するという水際作戦の原則に反する。

「これらの砲は役に立たない。敵は必ず海岸に揚って来るのだ。海岸の全域にトーチカを構築して、そのなかに火砲をすえつけろ」

小畑軍司令官はサイパンにもどった。大汗をかいて大砲を高地に担ぎ上げた将兵は、ふたたび砲を海岸に引きずり下ろした。

それは三月のことだった。ところが、焼けつくような太陽が照りつけ始めた七月になって、陸軍中枢は水際防御が旧式だと気づいた。その間、連合軍はヨーロッパでノルマンディーに上陸し、史上最強を誇ったドイツ軍の要塞を粉砕して、怒濤のように進撃した。またアメリカ海兵隊と陸軍はサイパン島を攻め、日本軍の孤島防衛をあっという間にたたきつぶして、マリアナ群島をまっすぐに攻めのぼっていた。これらの島は日本で最強の要塞といわれたが、アメリカ軍の砲爆撃にはかなわなかった。そこで栗林は、水際作戦が無限の物量を誇るアメリカ軍に対して役に立たないと悟った。着任早々、将軍は火砲をまた北方台地に引き上げるかたわら、摺鉢山麓の砲兵陣地を地下に隠すよう命じた。

事実、これが栗林の着任後、最初に下した命令であったが、陸軍も海軍も強く反発した。両軍とも栗林の意図を理解できなかったのである。しかし、いつまでも伝統にしがみついているときではなかった。もし、この島をできるだけ長く持ちこたえようとするなら、海岸で全戦力を費やすことは賢明ではなかった。摺鉢山と北方台地に戦力を保存し、上陸部隊に長い期間にわたって、なるべく多くの犠牲を払わせるのが得策だ。栗林の意志は、足もとに踏みしめている岩ほど固い。したがって、ひとたび出した命令は決して撤回しなかった。

将軍はそのころ五十三歳。日本人としては背の高い方で身長は一七六センチを越え、体重九〇キロ、大きな太鼓腹をしていた。栗林の軍歴はすでに三十年、その間、世界各地を転任して歩いた。一九二七年、三十七歳で、大尉のとき、武官補佐官としてワシントンに駐在し、二年間にわたりアメリカ各地を訪問した。そのころ栗林大尉は、アメリカ人には、朗らかで気さくな人が多いと感じた。毎週、妻のよしゐへ送る手紙には、ユーモアと冗談が随所にとび出し、まだ字の読めない長男太郎には、絵やマンガが描かれていた。栗林はナイアガラの滝近くのバッファローにしばらく滞在したとき、子供に下宿のおばさんの絵をかいた。

「この大きな入れ墨をほったおばさんが、お父さんの部屋を掃除してくれます。このおばさんは、お相撲さんよりも大きいのです。気立てのよい人で、英語の会話の練習をするのによい相手です」

栗林がフォート・ブリスで騎兵訓練の研究を終えたとき、ジョージ・V・H・モースレイ准将は、自分の写真を栗林に贈り、「尊敬する栗林へ。貴官との愉快な交際を忘れません」と書いた。栗林は帰国し、しばらく家族と一緒に過ごしたが、やがて昭和六年（一九三一）、単身、陸軍武官として、カナダのオタワに赴任した。またアメリカを見る機会ができたわけだ。帰国後しばしば、よしゐ夫人に洩らした。

「アメリカは世界の大国だ。日本はなるべくこの国との戦いを避けるべきだ。その工業力は偉大で、国民は勤勉である。アメリカの戦力を、決して、過小評価してはならない」

栗林の意見は、終始変わらなかった。彼は昭和十九年の夏、アメリカの攻撃力を充分に認識しながら、防衛準備を進めていた。大本営はそのころ、小笠原諸島の父島にいた一〇九師団を硫黄島に進出させた。父島は、硫黄島の北二五〇キロにある。硫黄島には、できるだけ多くの部隊が注ぎ込まれることになった。サイパン島が陥落したため、マリアナ群島に行くはずだった部隊は、全部硫黄島に送られ、急に守備隊の兵力は増大した。最初に栗林のもとに来たのが、一四五歩兵連隊、池田益雄大佐麾下の二七〇〇名だった。一四五連隊は、鹿児島出身の精鋭で、この部隊を得たことは、栗林にとっては好運だった。

最大の部隊は混成第二旅団、一〇九師団の半数約五〇〇〇名を占めた。大須賀応《こたう》少将に率いられた旅団は、七月と八月にかけて硫黄島に上陸した。精鋭さという点にかけては、一四五連隊にかなわなかった。そのころ大本営は、満州や中国大陸にいた精兵を引き抜いて、太平洋方面にまわすことをためらっていた。

栗林中将の着任前、つまり六月十五日、アメリカ空母艦上機は硫黄島攻撃を始めた。ジョセフ・J・クラーク少将は、機動部隊五八・一、五八・四、ミッチャー提督は五八・四機動部隊から七隻の空母を硫黄島の東二四〇キロに進め、スコールで荒れ狂う海上から戦闘機を発艦させた。完全な奇襲となり、かろうじて舞い上がった一〇機の日本軍戦闘機が撃墜され、地上にあった七機は破壊された。アメリカの損害はわずか二機。ほんの二、三分のできごとだったが、その夜、日本軍の一兵士は日記の中に、「海軍航空隊に寄せていた私の信頼は、いくらかくずれ始めた」と書いた。

その日、クラーク提督の艦上機は父島も襲い、二一機の飛行機を破壊し、三隻の小型輸送船と格納庫を炎上させた。つぎの日の午後、非常な悪天候をついてクラークは戦闘機五四機を硫黄島に送った。日本軍は飛行機を発進させるいとまもなく、みすみす六三機を地上で失った。十五日、サイパン島に上陸した海兵隊は、まだ苦戦を続けていた。しかし空だけはアメリカが完全に制圧していた。クラーク提督が硫黄島と父島の航空部隊を粉砕したからだ。

栗林の着任後二、三日たったとき、クラークはふたたび硫黄島にやってきた。サイパンに増兵を送ろうとする日本軍の飛行機や船舶を牽制するためだった。クラークは六月二十四日、島の南方海上から五一機の戦闘機を発進させた。硫黄島上空に達する前に日本軍の戦闘機に遭遇し、たちまち空戦が始まった。日本軍搭乗員の三分の二は学生出身の士官で、戦闘機二九機（雷電、紫電、月光）が撃墜された。しかし、これらはまだ序の口に過ぎなかった。六日前、松永提督は硫黄島に着いたばかりの二〇機の雷撃機を出撃させたが、そのうち一機も硫黄島にはもどらなかった。第三波の四一機のうち二四機が帰還した。松永はその日、六五機を失い、八幡隊はまさに支離滅裂となった。二週間たつと、雷電四一機と生き残り攻撃機一三機が日本に送り帰された。提督も胃をこわして入院した。

六月二十四日の空襲後、日本軍の一兵士は日記に、「ああ、帝国に軍艦はなきや、飛行機はなきや」と書いた。栗林はアメリカ軍の襲撃ぶりを見て、そのころ十歳になったばかりの一番下の娘に手紙を書いた。鉛筆で幼い子供でも読めるように、ていねいな字くばりで書かれていた。

「今度こそはなかなかの大戦争だから、ほんとに無事に帰れるかどうか分かりません。もし帰れなければ、お父さんはたこちゃんを一番可愛いそうに思います。けれど、たこちゃんはお母ちゃんの言付を守り、丈夫で早く大きくなって下さい」

この空襲後、栗林の腹はすわった。東京を発つ前、中将は大砲、船、兵員を大本営に要請した。

「私に充分な兵力をくれれば硫黄島を確保してみせる」

しかし、今や日本に軍艦も飛行機もないことは、火をみるより明らかである。兵員と大砲だけでも、硫黄島は守れるかも知れないが、しかしそれだけでは、いつまでも島を維持することはできないだろう。このとき、栗林はつくづく軍刀を家に置いてきてよかったと思った。

ただちに栗林は、独自の防衛計画を推進し始めた。海岸を守ろうとしてはいけない。自動火器と歩兵を水際に置き、主力は北方と摺鉢山に配置する。海岸に上がった敵は隠れる場所もないわけだから、ここで大砲、ロケット、迫撃砲をもって殲滅してしまう。それでも生き残ったアメリカ軍が北に向かって攻めてくれれば、栗林はゆっくり後退しながら、敵に最大の損害を与える。これこそ、栗林に与えられた命令であった。つまり、上陸部隊に最大の損害を与えた後に玉砕することだ。

しかし、この計画はたちまち部下の反対にあった。松永提督についで、海軍で二番目の地位にあった井上左馬司大佐と海軍士官は、「海岸を初めから、敵の手に渡すという計画は奇想天外である。また爆撃機の離着陸のできる唯一の滑走路がある第一飛行場を、みすみす敵の手に渡すことはできない」と主張した。日本は八〇年間にわたって水際防衛を研究してきた。彼らはこれに固執しているのだ。しかし栗林は答えた。

「ノルマンディー、サイパン、テニアン、グアム島ではどうだったか。水際作戦は有効だったか」

一〇九師団参謀の高石正大佐は栗林に同意したが、参謀長の堀静一大佐は反対した。堀大佐は、かつて陸軍士官学校の教官をしており、野戦軍の第一線指揮官を軽蔑していた。井上は海軍、堀は陸軍、どだいウマが合うわけはないのだが、この防衛戦法については、たちまち意見が一致した。また大須賀少将も栗林案の反対にまわった。

ある夜、ひときわ激しい議論ののち栗林は師団参謀の堀江芳孝少佐にいった。

「堀と大須賀を、麾下においておくことはできない。もちろん堀たちはわしに反対の意見を東京の上層部に報告するだろう」

そこで堀江少佐は栗林将軍からの秘密報告をもって、東京に帰任しようと申し出た。硫黄島守備隊幹部の人事を一新するのが目的である。

栗林は内心、落胆していた。部隊を検閲した後で、堀江に洩らしたことがある、「ここにいる守備隊の兵隊たちは何も知らない補充兵ばかりだ。士官はばか者か、ごりごりの奴ばかりだ。これではアメリカといくさはできない」

しかし、栗林はしばらくの間、堀江の申し出を受け入れなかった。

七月三日、東波止場付近の海軍弾薬庫が、大音響をたてて爆発した。「敵のスパイがこっそり上陸して爆破した」という噂がひろまった。ある中尉が部下に、「海岸近くでは小さい声で話すよう」指示した。「アメリカ潜水艦が聴音機で日本軍の話声を聞いているぞ」と大真面目でいった。

つぎの日、アメリカ陸軍写真偵察中隊の飛行機が、島の上空を高度六〇〇メートルで一六回飛んで、写真をとった。フィルムを現像してみると、島は海兵隊の将来の計画をねる上で、ぜひ考慮しなければならない要素のすべてを備えていた。

クラークの空母艦隊が七月四日、アメリカの独立記念日に硫黄島にもどってきた。小笠原諸島では四隻の小型舟艇を沈めたが、硫黄島からは一機も飛び立たなかった。そのうえ、駆逐艦が島のすぐ近くまできて艦砲射撃をした。硫黄島にあるはずの六インチの海軍砲は沈黙していた。松永提督は反撃すれば、砲の位置がアメリカ側にわかってしまうので、射撃を禁じていたのだ。アメリカ襲撃艦隊の水兵たちは〝ジョコ・クラーク（司令官の名）島開発会社、株式募集中。硫黄島、父島、母島、智島。東京から八〇〇キロの地所を廉価分譲中〟という冗談を飛ばして、笑いこけた。

栗林がくだした最初の決断は、まず民間人の本土送還だった。空船の輸送船がみつかるやいなや、民間人は島をあとにして日本に移っていった。七月の終わりになると、島には軍人と朝鮮人労務者だけが残った。そこで栗林はトンネルと洞穴陣地の構築を強力におし進めることにした。島にはいたるところに、天然の洞穴があった。土質は柔らかい火山岩で、ツルハシやシャベルだけで十分にトンネルを掘れる。日本からやってきた陣地構築の専門家が測量、土質調査をし、要塞の青写真を描き上げた。中国大陸の戦闘の体験から、専門家は入口と出口の高さを変えておけば、換気が自然に行なわれること、また穴を直角に曲げて、入口付近で起こる爆発から、爆風を避ける方法などを知っていた。

夏の間に、守備隊の兵力は二倍になった。陸軍部隊七三五〇名、海軍部隊二三〇〇名が新たに到着した。また市丸利之助海軍少将が全海軍部隊の指揮官として赴任した。八月四日発令になると、市丸はその日のうちに硫黄島に乗りこんできた。そのころ市丸少将は、東京近くにあった練習航空隊大井海軍航空隊司令をしていたが、松永提督の後任として硫黄島に来たのだ。これほど迅速な交替は珍しかった。

市丸提督は、大正十五年（一九二六）、実験飛行機を操縦中、墜落事故を起こして右脚を骨折し、もとどおりになおらなかった。このため足をひいており、いつも練習航空隊にばかり配属されていたが、少将にはこれが不満だった。そしてひまに飽かせては俳句や和歌、さらに漢詩を書いていた。これらのものはいずれも立派な出来で、墨痕鮮やかに書き残されている。いよいよ硫黄島、つまり実戦部隊に発令されたとき、その喜びをつぎのように録した。

屍をたとへ離島にさらすとも

　　かへるべしとは思はざりけん

市丸少将は妻と子供に別れを告げると、すぐ軍刀を持って、硫黄島に飛び立っていった。松永は大喜びで出迎えた。二人とも同じ九州出身であり、海軍兵学校の同期生だった。市丸は松永が元気でいるのをみて驚いた。

「重体だと聞いていたが」

市丸はたずねた。松永は、

「たしかに病気だ。島の水が悪く、すっかり健康をこわしている。しかし、水のかわりに酒を飲んでいるので、かなりよくなった」と答えた。松永はこれをいうのはつらかった。じつは発病した当時、提督がいくら止めても水を飲むので、軍医は言った。

「フランス人は水の代わりにブドウ酒を飲みます」

松永は酒で渇きをいやした。そして松永は、市丸に後を譲って日本に帰った。市丸は大喜びだった。そしていよいよ天皇のために死ぬ準備を始めた。

水は深刻な問題であった。島には一本の河も流れておらず、地面は多孔性で、雨水はすぐ滲み通り、水たまりさえもできなかった。元山付近の島民は、数百の貯水槽を作っていた。一つの貯水槽が溢れると、それがしだいに低い槽にたまってくる仕組みである。どの家の屋根にも雨水をためる桶が置いてあり、四月にやってくる梅雨の間に、水を貯めて乾期に備えた。

しかし、こうした水全部を集めても二万人の兵員に供給するには足りなかった。まず作業隊が組織され、穴を掘り、貯水タンクを作った。「水は飲料水以外は決して使ってはならない」という厳重な規則が出されていた。

七月の末、一人の兵隊が日記に書いた。「ここは妙な島だ。雨が降ると水を溜めるが、それでも顔を洗ったり、風呂に入ったりすることはできない。一日中、気温は非常に高い」

海水浴をしたり、海から運んできた海水で風呂をわかした。飲み水のたしにするため、東波止場近くに船の蒸化器をすえつけて、海水の蒸溜を始めた。また一万ガロン入りのコンクリートの貯水タンクを作り、水を貯めた。この他にも島のあちこちに貯水槽が作られた。北部や摺鉢山の内部に要塞を構築している部隊は、噴気孔から吹き出す蒸気を冷やして水をとる装置を工夫した。装置は場所によってちがっていたが、基本的には蒸気をパイプに通し、そのパイプを水につけて冷やして、バケツに滴化させるものであった。数百個の装置ができ、大切に使われていた。井戸を掘るために、元山村のすぐ南側で工事が始まり、五〇メートル掘り下げたが、水は一滴も出てこなかった。作業はそこで中止された。

第二〇四海軍建設大隊の数百名が七月に到着した。まずカシの木立ちを切り払った。ノコギリや木の倒れる音が一日中響き渡った。木材にして、塹壕や要塞の内部に使用した。やがて村の家々も姿を消した。ある日、池田大佐が和智大佐のところにきて、「小学校の校舎がもらえないか」と頼んだ。地下要塞のため、材木が欲しかったのだ。和智大佐が許可を与えると、一日で校舎が消えてなくなった。

つぎの日、井上大佐が和智の司令部に血相を変えて飛びこんできた。

「貴様は海軍の軍人でありながら、貴重な材木を陸軍にやるとはなにごとだ」と怒鳴った。

和智はしばらく考えていたが、「第一に、われわれはこの島にもう長い間いるのに、貴様は一度もこれをくれといわなかった。第二に、われわれはみな、日本人ではないか。だから同じように分けあおうじゃないか」

和智大佐は、この後しばらくして島を去ることになった。食料と補給品を士官も兵も平等に分けるように命令したことで、彼は不満をかっていた。陸軍がそのころ与えられていた糧食のカロリーは最低だった。海軍はそれよりはるかによい物を食べており、航空隊はさらに上の食事をしていた。最後まで和智が主張したことは、各貯水池の鍵を一ヵ所に集めておくことであった。

ある日、空襲の後で、一人の中尉が和智大佐の部隊の対空射撃が下手だと批判したことがあった。和智大佐は真っ赤になって怒り、その中尉をなぐりつけた。しばらくすると和智の電話が鳴った。

「こちらは市丸だが、これまで下士官が兵をなぐるのは見たことがあるが、まだ指揮官が副官をなぐったとは聞いたことがない」

市丸は怒っているより、悲しんでいるふうだった。和智は人柄がよく、皆に好かれていたが、緊張があまりにも長く続いていた。和智は十月に東京に転勤となった。すると長沢大佐(後の海上自衛隊幕僚長)がいった。「和智、がっかりすることはない。ここでゆっくり休め。腹を立てる前によく反省しろ」これは本当である。和智は瘠《や》せおとろえ、すっかり衰弱していた。第二次大戦後、和智は仏門に入った。

真夏になると、新兵器のロケット砲がついた。日本の陸軍は長年、噴進砲ロケットを研究していた。初めは渡河地点や崖を登るとき、ロープをなげるための簡単な兵器でしかなかったが、ついに大砲に代わる大型ロケットを開発した。噴進砲が完成し、砲と要員が横山義雄大尉に率いられて島についた。二〇センチ砲は簡単に組み立てられる砲座から発射された。四〇センチ噴射砲座は木のレールだった。理論的には、小さい方のロケットは射程二四〇〇メートル、大きい方が三六〇〇メートル。実際には精度は低かったが、発射台が手軽にできるので、すぐ分解したり、移動したり、隠したりできるのが、大きな利点であった。

七五ミリ山砲が七日に到着し、田原坂（三六二A高地）の付近に配置され、第二飛行場と西海岸を守る対戦車砲もやってきた。まず清水一大尉の率いる独立第八大隊がついたが、この大隊には、四七ミリ自動砲は四門しかなかった。若槻五郎中尉がそのうち二門を東波止場を見下ろす崖の上に配置した。このあと三ヵ月にわたって、第九、第一〇、第一一、第一二大隊があいついで進出したが、どの大隊も定員に満たない兵力であった。たとえば清水大尉の大隊は定員二六〇名のうち、一九〇人しかいなかった。しかもその補充は望むべくもないのだ。日本と硫黄島の間の補給路は、アメリカの飛行機と潜水艦から重大な脅威を受け始めた。多くの大砲が、途中で海に沈められ、無事ついた砲でも、あるものは照準器が失くなっていた。

戦車第二六連隊は満州北部から帰国、横浜に七月一日に着き、兵隊には十日間の休暇が与えられた。連隊長西竹一中佐も東京にいる家族と数日を過ごし、大本営を訪れて、新しい命令を受けた。栗林将軍の指揮下に入ると聞いて喜んだ。二人とも騎兵出身であり、騎兵学校の卒業生だった。年も階級も社会的地位も違っていたが、馬を愛するという一面では、固く結びついていた。

西は男爵の家柄で、金持ちの華族だった。日本では一番有名な馬術家で、昭和五年（一九三〇）に、ヨーロッパ各地の馬術競技を転戦し、戦場では勇敢な、しかも女の子にもてる大酒飲みという、騎兵隊の伝統的イメージを一身にそなえていた。西はヨーロッパで、二〇〇〇円の買物をした。それは気の荒い馬をイタリア人から五〇〇ドルで買ったのだ。両方が得をしたと思った。イタリア人は誰も乗れない馬を追払ったし、男爵はすっかり気に入った馬を、わずかな値段で手に入れることができた。

「もしこれが気の荒い馬ならば、まさに気の荒いこのおれにはもってこいのものだ」

その馬ウラナス号は、アングロノーマン種の雄馬であった。

西の乱行の噂は、本人の帰国より早く日本にひろまっていた。家に帰って夫人と顔を合わせた。しかし夫人は賢明な美しい女性で、ただ微笑で男爵を迎えた。夫人はこのような話を前にも耳にしていたが、夫はまだ二十八歳の若さだし、気ままに振舞いたいだろうと同情していた。しかし西は、終わりには必ず夫人のところに帰ってくるのだ。

昭和七年（一九三二）、西はウラナス号を伴ってロサンゼルス・オリンピック大会に出場し、ふたたびその魅力と元気ですべてを征服した。その頃、アメリカ西海岸をおおっていた激しい排日感情すらも克服した。八月十四日の午後、西とウラナス号は個人障害で金メダルを獲得した。新聞記者に取り囲まれたとき、男爵は淡々と「われわれは勝った」といった。

「われわれ」とわざといったのは、馬と西、それから日本を意味していた。

日本に帰る前にいろいろの噂が乱れ飛んだ。男爵とハリウッドの女優との情事、あるいは西が大酒を飲むこと、またアメリカに定住するよう説得されたことなど、いろいろあった。しかし西は家に帰ってきて、ふたたび夫人と顔を合わせた。そしてウラナス二世と名づけたモーターボートや、一二気筒エンジンの金色に塗ったパッカードを駆って、両方でスピードとスリルを満喫した。

しかし西はもう四十三歳になり、その年齢と満州の冷たい風が、はやる血気をすっかり冷やしていた。夫人はとうとう根気くらべで勝ったことになる。東京をたつ最後の日、西中佐は世田谷にあった帝国獣医学校にいき、ウラナスにさようならをいった。馬はもう二十五歳であった。中佐は、馬の首をなぜ、たてがみを切りとり、ポケットにしまった。

「わたしを理解しなかった人も多い。しかしこの馬だけは、いつもわたしを理解した」と西はよくこういったものだ。

七月十四日、日州丸は戦車二六連隊の西中佐はじめ兵員六〇〇名と二八両の戦車をのせて横浜を出帆した。船団は将兵七〇〇〇名と残りの戦車一三両を運んでいた。三日の後、父島近くでアメリカ潜水艦コビア（SS二四五）が近づき、魚雷を発射した。日州丸は船尾に魚雷をうけ、ゆっくり沈んでいった。戦車二六連隊の二名が死んだほか、二八両の戦車が失われた。硫黄島にとっては手痛い打撃であった。

副官が西に、「わずか二人の戦死者ですんだのは、不幸中の幸いです」といったとき、西は答えた。

「二人だけというが、この二人のご遺族にとっては、決してわずかな損害ではない」

昭和20年2月23日、米軍の硫黄島上陸後5日目、日本軍の拠点であり島の最高峰・標高167メートルの摺鉢山の頂に星条旗が掲げられた。6名の海兵隊員による英雄的な行動は、米国民を感動させ、写真は第2次大戦中の傑作となった。しかし、硫黄島の戦闘は、この後もなお続き、熾烈さを加え、米軍の損害は日本軍を上まわることとなった。

上陸に先立つ攻撃で炎上する硫黄島第1飛行場の日本海軍機。すでに守備隊は背水の陣を構え、守りを固めていた。

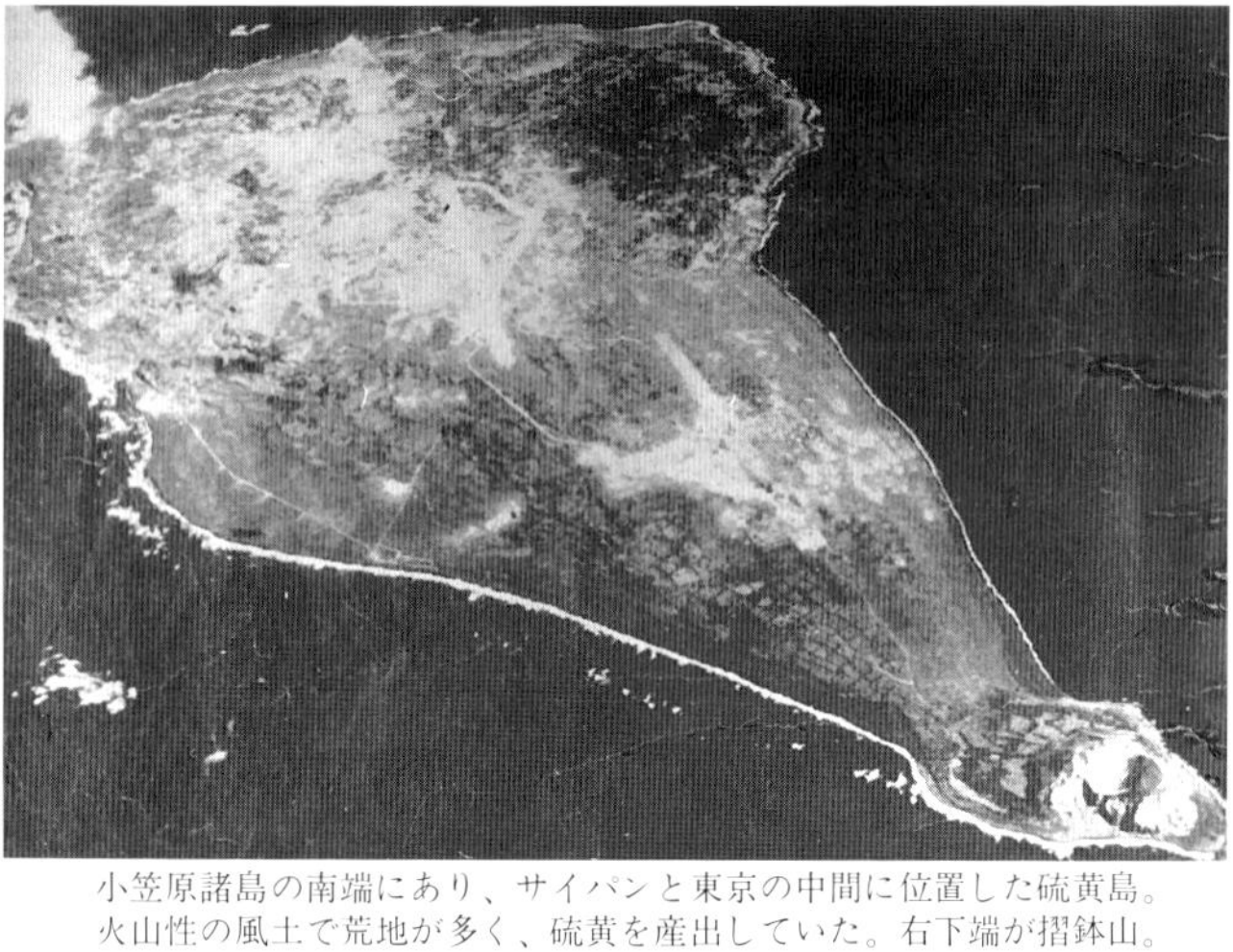

小笠原諸島の南端にあり、サイパンと東京の中間に位置した硫黄島。
火山性の風土で荒地が多く、硫黄を産出していた。右下端が摺鉢山。

2月19日午前8時59分、支援攻撃後、上陸部隊第一陣が東海岸に到達した。当初、日本軍の反撃はみられなかった。

日本軍の砲火で海岸に針づけになった米海兵隊。栗林中将は、米軍の上陸後、その前進を待って一挙に反撃、殲滅する計画をたてていた。

△混成第2旅団長千田貞季少将。▽参謀長高石正大佐。栗林の方針をうけて持久戦に全力をそそいだ。

硫黄島にて陣頭指揮する日本軍司令官栗林忠道中将(左)。右は吉田参謀と高石参謀長。

徹底的に施された隠蔽と頑強さで米軍を悩ませた日本軍要塞。上陸前の数度の海空からの攻撃にも、破壊された拠点は少なかったという。

想像を越えた犠牲に苦悩する米上層部——海兵隊第5敵前上陸軍団長ハリー・シュミット少将(中)、第4師団長クリフトン・B・ケイテス少将(左)、硫黄島派遣部隊総指揮官ホランド・M・スミス中将(右)。

新兵器のロケット弾による一斉攻撃を行なう米軍。日本軍は洞窟陣地にたてこもり、それらは相互に支援され攻略は容易に進まなかった。

△硫黄島の海軍部隊司令官市丸利之助少将。▽オリンピック馬術の覇者、戦車第26連隊長西竹一中佐。

上陸1時間後の東海岸の状況。日本軍の反撃開始で破壊された舟艇が散乱し、酸鼻を極めた。

破壊された海岸付近の日本軍陣地。巧みに隠蔽された日本軍の拠点が発見されると、米軍は戦車などを出して、徹底的な攻撃を行なった。

元山第１飛行場は占領直後から拡張工事が行なわれ、Ｂ29爆撃機が飛来した。硫黄島占領はサイパンからの日本爆撃のための中継地を得るためであった。残存する日本兵は飛行場へ散発的な攻撃を敢行した。

第２飛行場付近で破壊された日本軍戦車をかたづける米軍のブルドーザー。日本軍は装甲の薄い戦車を土中に埋めてトーチカとしていた。

△硫黄島の占領後、摺鉢山上空を飛ぶアベンジャー雷撃機。硫黄島からは単座戦闘機も東京への進出が可能となり、B29爆撃機の護衛や攻撃任務についた。
▷硫黄島に眠る米軍戦死者の墓標。攻略戦における米軍の損害総数は約3万にのぼり、米国世論を奔騰させた。

二、三日の後、連隊は硫黄島につき、元山付近に陣地を布いた。栗林は西を弟のように迎え、二人はひまをみつけては、華やかだった昔の騎兵時代を語り合った。栗林は、騎兵出身の士官からは好かれていた。昭和十四年（一九三九）、陸軍省馬政局の局長をしていたとき、栗林は騎兵の歌をつのり、自分でその選にあたった。それは「愛馬進軍歌」と呼ばれ、壺井定男という、無名の詩人が作詩したもので、流行歌のように国民から愛唱された。

　国を出てから幾月ぞ
　ともに死ぬ気でこの馬と
　攻めて進んだ山や河
　とった手綱に血が通う

しかし、のんきに昔話をしているひまはなかった。七月九日サイパンは陥落し、八月一日テニアンが落ち、八月十日にはグアムも失われた。日本はマリアナ諸島を完全に喪失した。小畑将軍はグアム島で戦死、それとともに水際防衛の原理も消え失せた。もしアメリカ軍がマリアナ諸島の水際で撃退されないのだったら、どこの海岸でも撃退されることはないだろう。

八月の末、マリアナ群島の敗北により、持論に強い裏づけを得た栗林は、最後の申し入れを行なった。

一、日本軍は、敵アメリカ上陸部隊の船舶を砲撃しない。
二、海岸では敵部隊に抵抗しない。

三、敵が五〇〇メートル前進したとき千鳥飛行場（第一飛行場）付近の自動火器が応戦し、これを擂鉢山、元山に配置された火砲が支援する。
四、主要防衛は北方の地下要塞から行ない、千鳥飛行場では砲火を開かないこと。第一撃の後、千鳥付近のすべての砲は北方にひきあげる。

これに加えて、さらに食料は七五日分に増やされた。戦死で守備隊の人数が減ることを考えると、この食料は一五〇日分にも食いのばしできる見込みだった。兵員と弾薬はぎりぎりのところまで節約することになった。補給がつかないことは明瞭だったからだ。

トンネル掘りも強行され、北方にある拠点は、すべて地下壕で連絡できるよう計画された。このトンネルを延長すると二六キロにもなった。また元山と擂鉢山とをトンネルでつなぐ案もあった。この計画は日本軍隊の伝統に反するもので、兵隊はいやがり、士官の大部分はしぶしぶ承服したのだった。大須賀将軍は堀大佐とともに、最後までこれに反対した。ついに一八人の士官が日本に送り帰され、その代わりが硫黄島にやってきた。堀と大須賀は日本に帰らなかった。彼らは病気だと主張して、島の北端にある地下病院に入った。上陸が始まったとき、一人はまだそこにおり、硫黄島の戦死者名簿に名をつらねている。

最終的な意見の相違は、十二月になって爆発した。栗林は、大須賀将軍を千田貞季少将と置きかえた。砲兵出身の千田は満州でソ連軍と戦い（ノモンハン事件）、広東で中国軍と戦った。また堀の代わりに、栗林は一〇九師団の参謀長高石正大佐をすえた。この人事異動によって硫黄島の守備軍は、一応統制を取りもどしたようにみえた。和智大佐が日本に帰って、市丸提督は島のすべての海軍部隊を指揮下におさめた。海軍はまだ陸軍と妥協したわけではなかったが、すでに陸海両軍の間でいさかいを続けているときではないという雰囲気が、支配的になっていた。戦争はしだいに硫黄島に近づいてくる。まず第一に、守備隊はみな日本人として団結しなければならないのだ。

## 史上最大の敵前上陸

硫黄島は、是が非でも攻略しなければならなかった。アメリカ陸軍航空隊のハップ・アーノルド将軍は昭和十九年（一九四四）七月十四日、硫黄島の重要性を認め、その攻略計画を上層部に進言していた。そのころ、アメリカ海兵隊は、やっとサイパンを奪取したところで、まだグアム島とテニアン島の上陸作戦が残っていた。しかしアーノルド将軍は、近く戦列につくB29重爆撃機を使用する超長距離爆撃計画を胸中ひそかに考えめぐらしていた。

マリアナ群島から東京までを直線で結ぶと、硫黄島の真上を通る。B29は緊急着陸点が要るし、こうした爆撃行には欠かせない直接掩護戦闘機、P51の発進基地も必要である。

超長距離爆撃という計画は、当時としては大胆きわまるものであった。アメリカ最高首脳部は、一九四一年の五月、つまり太平洋戦争が始まる前からボーイング航空機会社に対し、準備がととのいしだいB29スーパーフォートレス機生産を始めるよう指令した。

この爆撃機は、そのころの最も大きい飛行機の約二倍もある巨大なものだった。受注当時、やっと木型ができ上がり、合計数トンにもなろうというほど、大量の青写真が整えられた段階で、そのような飛行機が実際に姿を現わすのは程遠いことと思われた。一九四一年の終わり、最初の試作機が滑走路から飛び立った。たちまち一六六四機の生産が発注された。軍部内では、そんなバカデカい爆撃機に疑いを持つものもいて、B29生産計画を〝三〇億ドルの大バクチ〟と呼んだ。

バクチはB29の勝ちだった。この爆撃機は〝空の戦艦〟と呼ぶにふさわしく、六五トンの銀色の巨体は、カモフラージュのペンキを塗るのも惜しいほどだった。

〝スーパーフォートレス〟は四トンの爆弾を搭載して五〇〇〇キロの行動半径を誇ったが、空の要塞B17が二トンの爆弾を積んでやっと四〇〇〇キロを往復したことを考えると、その性能に雲泥の差があった。B29は特別製のライト社製エンジン四基を備え、時速五〇〇キロ、B17の時速を八〇キロうわまわっている。そのうえ、スーパーフォートレスの乗務員室は加圧され、防御砲火は操縦席と連動になり、各銃座には自動装置がついていた。

B29がヨーロッパの戦いに間に合わないことは、はじめから分かっていた。事実、ヨーロッパでは一機のB29も使用されなかった。しかし、海兵隊の活躍が太平洋戦線でいよいよ最高潮にさしかかろうという頃、五〇〇機のB29が搭乗員の訓練も終わり、勢ぞろいした。アーノルド将軍が硫黄島奪取を進言したのはこのときであった。マリアナ群島と日本本土との間にB29が離着陸できる飛行場を建設できる島は、硫黄島をおいてほかになかったからだ。

アメリカ海軍はこの計画にまだ同意していなかった。もともと海軍は、B29爆撃機の大量生産を、ほかの計画よりも優先して進めることに反対だった。しかし、統合参謀本部直轄の第二〇空軍がすでに編成されていた。一方、何千という日本軍が、まだマリアナ群島に残っていて、海兵隊に闇討ちをくらわせていたが、古今未曾有の大飛行場建設作業は夜を日についで進められており、ブルドーザーが丘を崩して滑走路をつくり始めていた。

昭和十九年十月はじめ、チェスター・ニミッツ提督は作戦主任フォレスト・シャーマン大佐をつれてサンフランシスコに飛んだ。歴戦の第五艦隊司令長官レイモンド・スプルーアンス提督は、休暇先の南カリフォルニアから、アーネスト・キング元帥はワシントンから飛んできた。西方海上作戦本部の司令官室には、まさにアメリカ海軍最高首脳が顔をそろえたわけだ。

作戦計画については折紙つきのシャーマン大佐が、「司令長官に対する将来の指導方針勧告」の草案を読み上げた。これによると、つぎの目標は、さきにきめられていた台湾→中国大陸進攻ではなく、硫黄島→沖縄攻略となっていた。上背のある猫背のキング元帥はこわばった表情で、じっと聞いていたが、やがて草案を手にとって読み返してから、それをしりぞけた。キングは、海軍の最高指揮官であると同時に、統合参謀本部議長も兼任しており、すでに次期作戦として、台湾から中国大陸へ進む計画を決定していたのだ。

ニミッツとシャーマンがもういちどキングに草案の主旨を説明したが、頑固なキングに思い直させるのは大仕事であった。小柄で小鳥のようにつぶらな眼をしたスプルーアンスは、発言の時機を見はからっているようだった。シャーマンの鋭い洞察力とニミッツの老獪な機智が、キングの心を動かし始めた。ついにキングはスプルーアンスにいった。

「貴官の所見はどうなるんだ。沖縄を攻めるのは貴官の発案なんだろう」

話しのかけひきでは卓越しているスプルーアンスは、ぽつりと答えた。

「ニミッツ提督のいわれたとおりです」

キングはしばらく机の一点を見つめていたが、「そうだったのか」とくびをたてに振ってみせた。

つぎの夜、各提督に命令が伝えられた。

「硫黄島・沖縄攻略戦を推進せよ」

統合参謀本部は、昭和十九年十月三日、太平洋戦線の戦闘指導方針を決定したのだ。ニミッツ提督のもとに送られた命令書には、とくに硫黄島をとれとは書いてなかった。台湾は、もはや目標ではなく、そのかわり南方諸島に進出するが、そのさい占領する島は数ヵ所の飛行場を建設できることと、指令されていた。そうなると、この条件をかなえる島はただひとつ硫黄島以外にはない。

十月十二日、つまり九日の後、サイパン島のイズレー飛行場に最初のB29が着陸した。その日はコロンブス記念日、アメリカ大陸がヨーロッパ人に初めて発見された日でもあった。一番機「パシフィック・パイオニア」にはヘイウッド・ハンセル准将が座乗していた。初代の第二一爆撃司令、通称ポッサム・ハンセルは一番乗りの栄誉をひとり占めにしようとはしなかった。銀色の巨大な機体が完成には程遠いでこぼこの滑走路に舞い降りる様子を、何千のアメリカ軍将兵がびっくりして見守っていた。これまで見たこともない大きな飛行機だ。異常な雰囲気が群衆をおしつつんだ。機体が停止すると、そのまわりに将兵がどっと押し寄せ、ハンセルが胴体の真ん中にぽっかり開いたドアから姿を現わした。航空史上、新時代が始まろうとしていた。

真珠湾にあるニミッツ提督の海軍司令部では、シャーマン大佐をはじめ、作戦参謀が四日間にわたる作戦会議を開き、硫黄島攻略戦の詳細を書き上げた。もういまでは記録にすら残されていないが、そのころ、この計画は〝分遣作戦〟という名で呼ばれていた。硫黄島が別の名で呼ばれたのは、その計画書が最初で最後だった。硫黄島――それは、醜悪な場所につけられた気味の悪い名だった。

攻略戦の概念は簡単である。一〇〇〇キロ彼方に浮かぶ小島に猛攻を加え、敵の戦力を裂き奪取することだった。上陸作戦の戦術と兵器は恐るべき進歩をとげていたので、硫黄島攻略戦に失敗する気遣いはなかった。アメリカ海軍が日本海空軍の迎撃をくじき、上陸部隊を輸送して上陸させる。海兵隊が島を奪取したあと陸軍が占領体制をしき、航空隊が島を使用するという筋書きだった。すばやくことを運ぶのが先決である。硫黄島作戦のすぐあとに控えている沖縄戦では、大変な量の艦艇船舶を必要としていた。

硫黄島攻略戦を担当する軍首脳部は完璧に近い顔ぶれだった。ガダルカナル島上陸からグアム島戦までの作戦を手がけ、敵前上陸戦法の改善に力を尽くしてきた将軍や参謀がそのまま顔をそろえていた。彼らはガダルカナルのジャングルを振り出しにソロモン群島を北に進み、中部太平洋を西に向かってマキン・タラワの血で染まった環礁から、マリアナ群島の岩山までを征覇した。その間、強行上陸にまつわるほとんどすべての問題を解決し、あらゆる戦技をこなしていた。

それでも硫黄島の戦いは、他の戦場とは違う。しかし、相異点はよく認識されていた。まず、硫黄島にはジャングルがない。サンゴ礁や山もなく、ただ、海上にぽつんと浮かぶ岩だらけの島だ。百戦錬磨の海兵隊員の目は、島の地形から、戦闘は波打ち際の攻防戦になると見てとった。運さえよければ、海兵隊は迅速に日本軍に肉薄し、一挙に殲滅できる。アメリカ側は二週間で戦闘にめどをつけようとたかをくっていたが、闘いは五週間におよんだ。

アメリカ側硫黄島攻略部隊首脳の顔ぶれはつぎのとおり。

(1)、総指揮官スプルーアンス海軍大将

(2)、硫黄島派遣軍総指揮官リッチモンド・ケリー・ターナー海軍中将

(3)、硫黄島派遣部隊総指揮官、ホランド・M・スミス中将（海兵隊）

(4)、第五敵前上陸軍団司令官、ハリー・シュミット少将（海兵隊）。この上陸部隊は、単一指揮系統で戦った軍隊としては史上最大の規模であり、その中核につぎの三師団が含まれていた。

(a)、第四海兵師団　クリフトン・B・ケイテス少将

(b)、第五海兵師団　ケラー・E・ロッキー少将

(c)、予備軍、第三海兵師団　グレイブス・B・アースカイン少将

目標の大きさを考えると、硫黄島の攻略にふりあてられた部隊の規模は恐るべきものだった。ターナー提督直轄だけで司令艦四隻、戦艦八隻、航空母艦一二隻、巡洋艦一九隻、駆逐艦四四隻、輸送船四三隻、大型戦車揚陸艇LST六三隻、中型戦車揚陸艇LSM三一隻を含む、四八五隻の大艦隊であった。これに第五八機動部隊の主力、補給艦、補助艦艇などを合わせると、艦船の数はゆうに八〇〇隻を越えるものだった。海兵隊上陸部隊は総数七万六四七名、陸軍から派遣された部隊や、上陸地点で陸上任務につく海軍部隊の数も含めた上陸部隊の兵力は一一万一三〇八名。ターナーや第五八機動部隊乗組員を加えると、この作戦に参加した総兵力は二五万を上まわっていた。

しかし、この戦力の規模を見て気を抜いたものはいなかった。少なくとも海兵隊員は騙されなかった。タラワ環礁、マリアナ群島、ペリリュー島の激戦後、幻想はあり得なかった。硫黄島の戦いは原始的な戦闘への逆もどりである。海軍の艦砲射撃や爆撃、砲撃はいくらかの足しにはなるだろうが、小島では、大兵力の集中や戦術的かけ引きをする余地はないのだ。この戦いこそ、兵士と兵士の戦いであり、ほら穴とトンネルの戦いであり、火炎放射器や携帯爆薬、小刀と銃剣、小銃と手榴弾の戦闘になるのだ。

攻略戦の後、スミス将軍は、「四〇年間生死をともにした海兵隊のことを思うと、硫黄島戦の直前、戦慄をおぼえた」と告白している。

「戦いの結果を怖れていたのではない。勝つことは解っていた。われわれは決して敗けない

のだから。しかし兵員の損失を考えると、幾夜も眠れなかった」

そのころ六十三歳だった将軍には、硫黄島が最後の作戦となることはよくわかっていた。もともとスミスはかんしゃく持ちで、一九〇六年のフィリピン諸島の戦闘ぶりから〝カミナリ〟スミスというあだ名がついたが、このとき以来、熱烈な海兵隊〝信者〟になり、海軍のターナー提督と好一対、しかも二人は仲が悪かった。今度の作戦でも、スミスとターナーが歩み寄る気配は毛頭、感じられなかった。

一九四四年十月九日、スミス中将はニミッツ大将から硫黄島攻略の命令を受けて、ただちに二通の短い文書に作戦の筋書きをまとめて、報告した。二日後、この報告は実質的に硫黄島攻略の主力となった第五敵前上陸軍団の指揮官シュミット少将に回付された。

そのとき、シュミットはグアム島にいたが、参謀を引きつれて真珠湾に飛び、十月十三日から強襲作戦の計画をねり始めた。シュミットは当時五十八歳、アメリカ南部のネブラスカ州出身で、もう三六年間も海兵隊におり、太平洋ではマーシャル群島のロイナムル、マリアナ群島のサイパン島攻略戦で第五海兵師団を指揮した。サイパンの闘いが終わろうとするころ、テニアン占領に向かう第五敵前上陸部隊指揮官に昇格した。テニアン占領は、いわゆる〝裏口上陸〟で名高い。日本軍がアメリカ軍の上陸地域と考えて守っていた海岸をやり過ごし、その裏手にまわったため、海兵隊はわずかの損失を出しただけで、この島をとることができた。ところが硫黄島にはその〝裏口〟がないのだ。

硫黄島作戦を立案する段階での環境は申し分なかった。上陸部隊の二個師団はいずれもハワイにいた。第四師団はマウイ島が本拠だったし、第五師団はハワイ島に急造されたキャンプ・タラワにいた。また第三師団はグアム島で掃蕩戦を続けながら再編成を急いでいたが、新兵には日本軍敗残兵との戦闘が、そのまま訓練になった。十月だけで、日本兵六一七人を仕止めている。

第四師団にとって硫黄島は過去一ヵ年に四度目の出撃となるわけだが、こんどの師団長は猛将だった。クリフ・ケイテスは第一次世界大戦中、テネシー大学卒業をまぢかにひかえ、弁護士資格試験を途中であきらめて海兵隊に志願し、士官となった。一九一八年フランスのマルヌの戦いで砲弾の破片がケイテスのズボンを引きちぎった。これを手始めに、いくつかの武勇談の持ち主である。ヌワソンで三度目の負傷をしたときいった、「好男子より幸運の方がましだな」戦傷、毒ガスによる戦病合わせ十回。あるとき前線から、「左翼は一人もいない。右翼にわずか二、三名。陣地は確保する」と報告したことが、いまでも海兵隊の語り草になっている。副師団長フランクリン・ハート准将は、マウントバッテン卿のディープ作戦に観戦武官として従軍し、ロイナムル、サイパン、テニアンでは第二四連隊長を勤めた。

第五師団は師団として作戦に参加したことはなかったが、将兵の四〇パーセントは実戦を経験していた。この師団は一九四四年初頭、カリフォルニア州キャンプ・ペンドルトンで編成され、初代師団長は太平洋戦争では初陣のロッキー少将だった。ロッキーも一九一八年、フランスのシャトチェリの激戦で苦闘を経験した。あのとき、海兵隊は陸上部隊として初めから内陸で戦い、ドイツ軍の攻勢をくじいた。硫黄島攻略戦での副師団長は、以前、第二師団の参謀長をしていたレオ・D・ハームル准将だった。

アースカイン少将はかつて少年ラッパ手として、メキシコ国境警備隊に入隊したことがある。それがアースカインの軍人生活の始まりであったが、いまや第三師団長として大作戦に向かおうとしている。第一次大戦中、フランスのスワソンで、クリフ・ケイテス少将とともに戦い、爆風をまともに受けて負傷し、九ヵ月を病院で過ごした。第三師団はブーゲンビル島、グアム島の奪取に主力をつとめた歴戦の部隊。しかも、〝カミナリ〟のスミス将軍のもとで、参謀長を二年勤めたアースカインが指揮をとる。彼は四十六歳、海兵隊では最年少の将軍であったが、〝豪勇〟という点ではその名は全軍に知れ渡っていた。

計画中、障害はほとんどなかった。物資はどんどん調達されるし、これまでの上陸作戦の経験から、どの部隊にどのような装備をほどこすか、またどんな艦船や補給品を持って行くか、これらを決めるのは、まるで棚に並んだ品物を選ぶほどの気易さだった。

ハリー・シュミットは計画を立て始めてから、六日目に麾下部隊の任務を発表し、全軍、十二月十五日までに出動準備を整えるよう発令した。

また上陸地点は、全軍とも硫黄島東岸と決まった。西岸の方が遠浅だが、北と北西の風が強く、それに波が高い。一方、西岸はなだらかに高くなっていくので、ケイテスは西岸に上陸したいと主張した。その理由は明瞭だった。東岸では摺鉢山がそそり立ち、ふもとから頂上まで断崖が続いており、日本軍はこの山から上陸海岸を一望のもとに見下ろしながら、アメリカ兵をひとりひとりねらい撃ちにできる。したがって西岸の高地のすぐ南に上陸すれば、中部高地にはより少ない損害で到達できるかもしれない、ケイテスはこう考えた。

しかし、東岸の砂丘は海兵隊員におそるべき犠牲を強いることは判っていたが、上陸用舟艇の操作を受け持つ海軍は、西海岸の荒い海が気に入らなかった。そこで上陸は東海岸と決まり、西海岸は島の東側にどうしても上陸できない情況が発生したときの代案と考えられた。

東海岸は摺鉢山から南波止場までは三五〇〇メートルの黒い砂浜で、一連の砂丘の壁が波打ち際に迫っていた。海兵隊参謀はこの浜を五〇〇メートルずつ七つの区画に分け、摺鉢山のふもとから、緑、赤一、赤二、黄一、黄二、青一、青二海岸と名づけた。第五師団は摺鉢山のふもとから北へ延びる三区画に揚陸し、一気に島の中央を突破して西海岸に達したのち、左翼を形成する。さらに、その一部で摺鉢山を攻略する。第四師団は島の中央部に進出し、東波止場近くの高地を占拠する。

この高地と摺鉢山の奪取は重要な意味を持っていた。それは、海岸を制圧する日本軍の十字砲火を沈黙させることができるからだ。損害を適度にくい止めるには、上陸部隊は迅速に行動しなければならない。島の南部を確保すれば、背後からの日本軍の砲火を浴びる心配がなくなるから、安心して北へ攻め上れる寸法である。

第三師団はグアムで待機する代わりに、即戦体制を整え、硫黄島海岸に進出することに決まった。これこそ、作戦計画中最も重大な決定となった。この作戦で、迅速な行動こそ、成功の要因といえた——アメリカ陸軍航空隊は一刻も早く硫黄島を使いたがっていたし、硫黄島攻略に使われる輸送船団は、その直後にひかえている沖縄作戦に回されることになっていた。したがって、海兵隊の攻略作戦は計画の段階からきびしいものであった。できるだけ多くの兵員を、できるだけ速く上陸させ、息つく間もなく内陸へ攻め込む。そして前進また前進。守備軍が立ちなおって、再編成し、反撃を試みるいとまも与えず制圧してしまうのが、海兵隊伝統の戦法だった。

計画立案中、ひとつだけ深刻な問題がもち上がった。ハリー・シュミット少将が、十月二十四日、海軍に一巡洋艦戦隊と戦艦三隻で上陸前一〇日間、島を砲撃するよう要請した。ターナー提督はこれを言下に退けた。その理由は、艦隊にそれほどの期間、巡洋艦や戦艦をさく余裕はなく、たとえ硫黄島水域に軍艦を送ったにしても、一〇日間もたて続けに艦砲を撃ったら、上陸日までに砲弾庫の底がついてしまう。さらに、そのように大がかりな艦砲射撃をすれば、守備軍はアメリカ軍が上陸を敢行する前ぶれと気づくから、〝奇襲〟の効果が薄れる、というものであった。

しかし、実際には、硫黄島作戦に奇襲などあろうはずはなかった。栗林中将は過去八ヵ月、満を持して待ちかまえていたのである。

シュミット将軍は十一月八日、ふたたび艦砲射撃を要請した。こんどは九日間と期間を縮めたが、ターナー提督は首をたてにふらなかった。そして、「海軍の原案によると艦砲射撃は三日だけだ」と答えた。

これを聞いた〝カミナリ〟のスミス将軍は、顔を真っ赤にして反ばくした。

しかし、海軍が〝出し惜しみ〟をする理由はほかにあった。硫黄島侵攻にかこつけて、中部太平洋に進出した第五八機動部隊をさらに東進させ、日本本土を空母艦上機で爆撃しようとたくらんでいたのだ。これは艦上機による初の大作戦となる。スミス将軍は、海軍が陸軍のB29重爆による派手な大爆撃を〝二番せんじ〟におとし込もうと、機動部隊の日本攻撃を立案している真意を感じとった。

スミスは後日、つぎのように書き残した。「タラワの環礁に浮いた海兵隊の死骸や、海岸を埋めた隊員の〝むくろ〟を忘れることはできない。彼らは当然、艦砲射撃で粉砕できたはずの敵陣地を、肉弾で攻めたために命を落としたのだ」

十一月二十四日、ハリー・シュミットは艦砲射撃について海軍にもういちどだけ要請を送った。シュミットは〝三日〟を一日だけ延ばして四日間撃ってほしい、と頼んだ。この要請はスプルーアンス提督の耳にもとどいた。しかしスプルーアンスは、砲撃がちょうど第五八機動部隊の日本本土攻撃とかち合うので、一日の延長ものれない相談だとことわってきた。そして、艦砲射撃は三日間だけだと言いはった。

怒りのやり場に窮した〝カミナリ〟スミスは、自分の日記につぎのように書き留めた。「私は自分の考えが正しかったと確信している。私の考え方からすると、この作戦はもともと硫黄島を奪取することだった。しかしスプルーアンスは、この作戦の本来の目的とはおよそ裏腹な結果を生むことがわかり切っている日本爆撃を許した」

さらに海兵隊史編纂官のロバート・ハインル大佐は、「艦砲射撃を三日で切り上げたことは、多大の犠牲を生んだ痛烈な皮肉だったし、補足的作戦が、本来の目的をないがしろにした好例だった」

多分に気を悪くしていた海兵隊に、さらに追い打ちがかけられた。スプルーアンスは硫黄島砲撃艦隊から一六インチ砲を装備する新鋭戦艦ワシントンとノースカロライナの二隻を引き上げると通告してきたのだ。

〝カミナリ〟のスミスは書いた。「私が海軍大学の学生だった頃から二五年間、海軍の考え方がまったく変わっていない点を思い起こすと胸が悪くなる。当時の海軍大学は第一次大戦の戦訓から前進しようとはせず、むしろ後退し、時代おくれの思想に進歩を阻まれていた」

しかし、海軍は三日間の艦砲射撃を譲らず、これにまつわる論争はいまもって解決していないのだ。

マリアナ諸島では一番機ジョルティン・ジョシーに続いて、B29がつぎつぎに到着し、十月二十日、エメット（ロジー）・オドンネル准将が乗り込み、第七三爆撃連隊を掌握した。トラック島に二、三回、訓練をかねた爆撃が行なわれたのち、十一月五日、B29は硫黄島を初空襲した。日本軍は十機余の戦闘機を舞い上がらせたが、爆撃機の巨大な機体に度胆を抜かれたのか、精彩を欠いた防戦ぶりだった。B29の爆撃手も緊張のあまり、投下した爆弾は四分の一しか目標の一〇〇〇メートル内に命中しなかった。三日後、B29はふたたび硫黄島を襲ったが、出来ばえはさらにみじめだった。

B29の東京初空襲は〝サンアントニオ一号作戦〟と名づけられ、十一月十七日に予定されていた。しかしその日は悪天候で中止となり、やっと実施されたのは一週間後の十一月二十四日だった。スーパーフォートレスB29〝恐れ知らずのドッティ嬢〟に座乗したロジー・オドンネル准将が一一一機からなる大編隊の先陣を切った。

東京上空の天候は悪く、一万メートル上空からでは、爆撃手は目標どころか、地表すら見えなかった。風速五五メートルの追風にあおられて、爆撃機は時速七三二キロという信じられないスピードで殺到した。日本軍の戦闘機一二五機が迎え撃ち、B29一機を撃墜した。これが実戦で失われた最初のB29となった。また、帰途で、さらに一機が海上に不時着した。心理面だけでいえば、この爆撃行は成功だった。陸軍航空隊全員の士気を高めたし、海軍とのツバゼリ合いでも、ひけをとらなかった。

硫黄島の日本軍はB29よりも、むしろB24型四発爆撃機から、手痛い損害を受けた。B24は八月（日本側記録によるとB24の初空襲は七月十四日）に硫黄島を初空襲し、翌九月からはひと月で二〇回、あるいはそれ以上、島を爆撃した。

日本軍も反撃に出た。十一月二日、九機の双発爆撃機でサイパンを空襲したが、地上に損害はなく日本機三機が未帰還となった。五日の後、ふたたび一〇機がサイパンを襲い、そのうち三機が失われた。十一月二十七日になって、やっと日本側は襲撃の効果を上げた。

その日早朝、東京を空襲するB29が爆弾を積んでいるとき、日本軍の双発爆撃機二機が襲いかかった。B29一機が地上で粉砕され、他の一一機が損害を受けた。この日、日本軍は第二次攻撃をかけ、B29をさらに三機、血祭りに上げた。B29一機の建造費は五〇万ドル（現在の邦貨にして一億八千万円）していたことを思えば、これはアメリカにとって、大きな痛手だった。このころ、B29爆撃隊は東京空襲よりも、硫黄島の日本機から、一層大きい損害を受けていた。その後、日本軍はもっとひどい痛手をアメリカ爆撃隊に与えた。十二月七日、高空、低空の二段がまえで殺到した日本機はB29三機を撃破し、二三機を破壊した。

翌日、かねての計画に従って、硫黄島にいる日本軍航空兵力に対し、アメリカ側の反攻が始まった。P38戦闘機二八機が午前九時四十五分、地上目標を銃撃、続いて十一時、B29六二機が六二〇トンの爆弾を投下、さらに正午にはB24一〇二機が合計一九四トンの爆弾の雨を降らせた。

午後、アレン・E・スミス提督の第五巡洋艦戦隊が沖合に姿を現わした。駆逐艦六隻と重巡三隻、チェスター、ペンサコラ、ソートレークシチーが、七〇分間にわたって砲撃したが、島からは一発の反撃も行なわれなかった。八インチ砲一五〇〇斉射、五インチ砲五三三四発が撃ち込まれた勘定である。一発でどれほどの戦果があがったか。硫黄島飛行場滑走路から、二四時間後にはすでに日本機が発着していた。

いったい硫黄島はどうなっていたのか。この点に秘密はなかった。日が経つごとに、強固に要塞化していたのだ。

六月十五日に最初の偵察写真が撮られてから、規則的に島の情況は監視されていた。守備隊はしだいに地下に姿を消しつつある。むき出しの砲兵陣地がなくなり、トーチカや小要塞の数が激増し、第二飛行場はほとんど完成し、さらに北部には、第三飛行場の建設が始まっていた。日本軍の輸送船はつぎつぎに沈められているのに、いつの間にか東と西の波止場から補給品が陸揚げされ、守備隊の兵力が増えていった。日本軍はあきらかに、この島で一戦を挑み、莫大な損害をアメリカ軍に強いようとしているのだ。

ハワイでは海軍と海兵隊が偵察写真を分析したが、地形が詳しく判明するにつれ、司令部には心配顔の参謀が増えてきた。海岸の砂は柔らかく、砂丘はそそり立っている。この砂浜への上陸が勝敗のわかれ目なのだ。

海軍は材木でソリを作り、ブルドーザーが陸揚げする弾薬物資を、砂丘に引っぱりあげやすいようにした。誰かが、電信柱の代わりに使う棒を集めてきた。小さな丸い穴を開けた二メートルほどの長さの鉄板も運び込まれた。これはいわゆるマーストン・マットをちょうつがいで繋いだもので、敷物を巻くように丸めてあった。上陸のとき、これを砂丘に拡げて路を作るのだ。上陸用舟艇ＬＳＴ、ＬＳＭは直接、浜にのり上げて積荷をおろす。自走起重機とブルドーザーが重い火器を揚陸し、ただちに砂丘に引き上げる。しかしこの作業は、守備軍の防御砲火をまともに浴びながら、敢行することになる。そこで、ブルドーザーに防御をほどこさなくてはならない。運転席のまわりに鉄板が張りつけられ、運転手はわずかに開いた細長いすき間から外をのぞくことになった。

海兵隊工兵のほか、海軍建設大隊が攻略部隊に加わることになった。第三一大隊は第五師団、第一三三大隊が第四師団、第六二大隊と滑走路建設班が上陸軍団直属となった。第七〇建設大隊の半数と港湾舟橋建設班は、二五隻のハシケと六組の桟橋を持って、攻略部隊に同行する。この桟橋はおよそ六〇メートルの長さで、ＬＳＴが船側にかかえるようにしばりつけて太平洋を渡るが、上陸海岸へ、直角にこれらの栈橋をのし上げ、兵員、物資の揚陸に役立たせようというものであった。

海兵隊が使う上陸用舟艇の主力となるのは、車両揚陸艇ＬＶＴと、水陸両用トラックのＤＵＫＷである。各師団はそれぞれＤＵＫＷ中隊をもっていたが、陸軍は白人士官と黒人運転手のＤＵＫＷ三個中隊を、この作戦に提供した。

病院船二隻サマリタンとソレース、それに補助病院船ピンクニーが上陸部隊に同行するが、海岸に集められた負傷者を収容するため四隻のＬＳＴ九二九、九三〇、九三一、一〇三三号も硫黄島に向かう。このうち一隻のＬＳＴは輸血用血液の冷凍設備をそなえていた。各師団はそれぞれ野戦病院を持っていたが、さらに海軍も野戦病院を上陸させ、陸軍は第三八野戦病院を準備していた。そしてサイパン、グアム両島には、五〇〇〇のベッドが硫黄島の負傷者のために用意された。

揚陸する物資の量はさることながら、その種類も恐ろしく多様だった。鉛筆、血液、トイレット・ペーパー（上陸用舟艇最後部に積み、波がかからないよう防水布を被せておくことという注意書がついていた）、マッチ、ガソリン、靴下、弾薬、木の十字架（戦死者の墓に使う）、飲料水、溶接棒、ゴミ箱、タバコのライター石、食料、自動車のスパーク・プラグ、毛布、信号弾、犬の糧食、地図、聖水（カソリック教のミサ用）、発煙筒、ペンキ、靴ひも、指紋用インキ、電池、岩石粉砕器、葉巻、アスファルト用具。第五師団だけで一億本の紙巻きタバコとオハイオ州の大都市コロンバスが一ヵ月間で消費するだけの食料を準備した。

十一月に入ると、もうこれらの物資の船積みが始まった。どの梱包にも標識が書き込まれ、重さを計られ、寸法をとり、決められた場所に積まれた。またこの段階で航空写真の上で、どこを墓地にするかが決まっていた。この命令は墓穴の深さ、間隔まで指定している。たとえば、死体の中心線から中心線までは一メートル、一列に五〇体、列と列の間隔は一メートルといった具合だった。死体埋葬班は上陸第一日に、ブルドーザーとともに揚陸し、深さ二メートルの穴を掘る。それから墓の盛土をする木型まで用意していた。

第四師団は十二月二十五日、ハワイにある世界最大の火山ハレアカラ山の山腹、標高五〇〇メートルにあるマウイ兵舎を出発し、真珠湾に向かった。そこから硫黄島まで三七九一海里ある。

第五師団の先遣隊は、クリスマスの日にヒロに横づけした輸送船アセンに乗船を始めた。一月四日、師団司令部は〃乗船完了〃の報告を打電した。積み終わった船からヒロを出帆してオアフ島の攻略部隊に合流していく。一月半ば、数百隻の輸送船、貨物船、LST、LSM、その他補助艦艇が集まった。

最後の上陸演習がハワイ島で行なわれた。これまでの上陸作戦のときと同様、査閲官は、〃おおむね良好〃と評価した。もっともこの演習には、加わらない部隊もあった。また装備を全部持たないで参加した部隊もあった。水陸両用トラックもすでに積み込まれている弾薬が波をかぶってシケることを怖れ、これに加わらず、LSTも珊瑚礁で船体が壊れることを考慮して、この演習をただ見学していた。

最後の上陸が、攻略部隊全員に許された。このときも例外ではなく、ホノルル市はどこを向いても海兵隊がいるという盛況だった。十人に一人の女の子。ハンバーガーはたちまち売り切れ、バーは満員。酒保やYMCAが提供している軍人用娯楽施設は大活躍した。しかし時間がくると、カーキ色の大洪水は潮の引くようにホノルルを引き揚げ、各自の輸送船にもどった。

船足の遅い船から輸送船はハワイを出港して行った。一月二十七日、第五師団主力が出発すると泊地はがら空きになった。万を越える兵員だけでなく、一億トン以上の物資がハワイを後にしたのだ。この大船団の燃料として海軍は四億一〇〇〇万バレルの重油を準備した。

一方、輸送船の船艙で、カーキ色のシャツの脇の下に大きな汗のシミをつけた伍長がトランペットの手入れをしていた。彼はロイ、サイパン、テニアンの上陸に参加した古強者、海岸のタコツボのなかで、トランペットを吹いて戦友の士気を鼓舞した。

十二月にはいって、海軍は二回硫黄島に艦砲射撃をした。クリスマス・イブの二十四日、スミス提督は第五巡洋戦隊に、「クリスマス・プレゼントを敵に配布せよ」と電令し、硫黄島を八インチ砲で一五〇〇斉射した。東波止場で二隻の小型舟艇が沈んだ。

クリスマスの夜、日本軍は反撃した。硫黄島を飛び立った攻撃機はサイパンのB29四機を破壊し、他の一一機に損害を与えた。十二月二十七日、アメリカ第五巡洋戦隊は硫黄島海域にもどり、さらに二隻の船を撃沈した。このとき、島からの反撃はなかった。

一月二十五日午後、アメリカ海軍はもういちど攻撃した。オスカー・C・バッジャー提督が、新鋭戦艦インディアナポリスに座乗してやって来た。四五口径一六インチ砲を二〇三発撃ち、巡洋艦も八インチ砲を一三〇〇発撃ち込んだ。十二月八日以来、B24が文字どおり連日、島を空襲していたので、この艦砲射撃は日本軍をさらになやました。結局、爆撃機は七〇〇〇トンの爆弾を島に投下し、海軍は五ないし八インチ砲二万三〇〇〇発を撃った。しかし守備隊は弱まるどころか、ますます強固になっていった。

二月初めになって、第三海兵師団がグアム島で輸送船に乗り込んだ。また、その他の独立部隊も何隻かの輸送船に分かれて、マリアナに集結を始めた。輸送機が各種器材の主要部品を選んできた。あるものは、アメリカ本土から運ばれたものだった。一晩中、修理作業が進められ、溶接器が青白い炎を放っていた。

各輸送船はマストの頂辺に信号灯を掲げ、連絡艇の目印とした。縦に三本の線が生鮮食糧、赤が乾燥食糧を積んでいる船を意味した。船外の援助を要請している船は、船首に終夜灯火を掲げた。小型の船が混みあった海域を往き来し、郵便、地図、情報資料、水路報告を各船に配ってまわった。

船上の海兵隊は故郷へ最後の手紙を書いた。手紙には、海上にいるということまで書くことが許されたが、天候などについては、厳重な箝口令がしかれていた。

指揮艦エルドラド号上では〝カミナリ〟のスミスが甲板を散歩していた。胸中、上陸作戦のことを考えめぐらしているのだ。そして戦いに行くものにとっては、〝待機〟の一時期がいちばんつらい。

# 水際無抵抗作戦

九月半ばになると、硫黄島の朝夕は暑さがしのぎやすくなる。特設二一機関砲隊の園山和好一等兵は、九月十九日、徹夜で父島からついた二艘のハシケから積荷を下ろした。

そのころ一段と空襲が激しくなり、日本の輸送船はほとんど硫黄島北方海上で、アメリカ潜水艦に撃沈されてしまうので、あらゆる作業は夜間に行なわれた。島を訪れる船の数は日ましに少なくなり、鉄材、セメント、兵器は父島からハシケや高速艇で運ばれた。

園山は作業がつらいとは思わなかったが、気分はすぐれなかった。井戸水は硫黄分が強く、飲むとひどい下痢やパラチフスをおこした。飲み水が悪いことと、連日、連夜の空襲による睡眠不足から、守備隊将兵の体力はすっかり消耗していた。

飛行場に関する限り、空襲はまったく効果がない。それは栗林が特別の戦法を編み出していたからである。アメリカ機が姿を消すと、二〇〇〇人の兵員と島中のトラックが総出で、滑走路にあいた爆弾の穴を埋めた。石切場から岩が運ばれ、弾痕の穴ひとつについて五〇人の守備隊員が割り当てられた。空襲は、日本軍の士気を弱めるどころか、かえって高めていた。九月二十二日の空襲後、園山は「われわれは元気百倍。尽忠報国の精神に燃ゆ」と書いている。

八月二十二日、巡洋艦「多摩」と駆逐艦三隻がやってきて特設部隊を上陸させ、そそくさと出港して行った。日本海軍の軍艦が島を訪れたのはこれが最後だった。

当時、二十六歳の独立速射砲第一二大隊、第二中隊長浜村創《はじめ》中尉はすっかり戦争にあきあきしていた。十九歳で現役志願し、それ以来七年間を陸軍で過ごした。広島にいる妻子をしばしば想い起こした。またハワイに嫁ぎ、竹内信男氏夫人としてホノルルに住んでいる雪子がうらやましくなった。ハワイの生活はのんびりしているのだろう、浜村は想像していた。

大野利彦海軍少尉は九月中旬、五五名の下士官兵をつれて島にきた。大野は立教大学経済学部出身だった。入隊したころ、海軍はすでに主力を失っており、軍艦を見たこともなかったし、大砲についても知識はなかった。部下は補充兵。年齢も三十一歳から四十五歳まで、どうみても精兵ではなく、おまけに消化不良と長い戦場生活から疲れ果てていた。それでも重巡から一五センチ砲を海岸へ引きずり上げ、北の山地へ運んだ。これらの砲のまわりに一三ミリ機銃一〇梃、二五ミリ機関砲一〇基を馬蹄型に配置し、その丘を「天山陣地」と名づけた。体制ができ上がると、不思議に士気が上がった。

そのころ二十二歳の石工だった吉田繁一等兵は、三月以来、海岸近くにトーチカの構築作業をしていた。速射砲陣地はコンクリートで固め、その壁は厚さ一五センチ、屋根は二〇センチ、しかも三重に鋼鉄棒を埋め込んで補強されていた。後方には出口の階段があり、天井には四方が監視できる見張台がある。

吉田一等兵たちは、三六センチから六〇センチの厚さのコンクリートで天井を防備し、石とセメントで周りを囲んだ迫撃砲や機関銃陣地も築いた。そこでは、数百人の朝鮮人労働者と、日本軍の兵隊が毎日、長時間働いていた。彼らは間もなくどう猛なアメリカ軍が上陸してくるというウワサを半信半疑で思いめぐらしていた。アメリカ軍は日本兵の腕を切ってその骨で紙切りナイフを作り、自分の国の大統領にプレゼントとして送ったりすると、まともに信じていた。もちろん、海兵隊がプライヤーを持ち歩き、日本軍の死体から金歯を抜き取る話を知っていた。またアメリカ兵が日本兵の首から灰皿を作ったという事実は、あまねく日本人に知れわたっていた。これらは死体を神聖視する東洋人に、大きな衝撃を与えた。

九月二十三日、秋季皇霊祭が祝われ、守備隊は餅と恩賜の煙草を全軍に支給した。島には久しぶりになごやかな気分がみなぎったが、つぎの日から苦しい作業が始まった。地熱が高い元山付近を除いてトンネル掘りは順調に進んでいた。作業は午前三時から午後十一時までの交替制で進められ、文字どおりの突貫工事だった。ツルハシやシャベルで掘った土砂岩石を、一列に並んだ兵隊がバケツで手送りする。地下壕は一〇メートルの深さに掘られ、激しい砲爆撃に備えていたが、地熱の高いところでは、八分ないし一〇分以上続けて働くことはできなかった。トンネル内の温度は摂氏七〇度に上り、そのうえ、火山のガスが充満するので、防毒面をつけなければならないのだ。

摺鉢山の山腹には、七段階にトンネルが掘られた。計画図によると、いずれも一二メートルの深さに、幅二メートル、高さ二メートル、長さ一二メートルの横穴で、壁は手ぎわよく塗られ、蒸気パイプ、水道管、電気が通じていた。一部のほら穴では材木、流木、飛行機の死骸などで周囲が固められていた。しかも防弾壁はコンクリートでできている。摺鉢山だけでなく、島のどこに築かれた洞穴陣地も、入口から二、三メートル先で直角に曲がり、火炎放射器、砲弾、爆風を防ぐように工夫されていた。排水の便もよく、蒸気や硫黄臭い火山ガスの排気も巧妙だった。

島の北部に特別に堅固に築かれた要塞が二つあった。そのひとつは中央通信所、全島の砲撃を指揮する元山付近の陣地。他は北の岬の南にあった栗林中将の司令部である。司令部とはいうものの、二五メートル掘り下げた全長一六〇メートル余りのトンネルでできた洞窟だった。将軍の個室のほか、参謀室、暗号・通信室など、合わせて三つのコンクリート部屋があり、通路の壁にくぼみが掘られ、ベッドがしつらえてあった。中央通信所は地面に露出していたが、一メートル半の厚さの壁と三メートルの屋根をもつ、長さ五〇メートル、幅二三メートルの細長い建造物で、内部には、いつも一〇〇名の通信兵が当直についていた。

摺鉢山についで高い丘、元山南方の二段岩（アメリカ軍は三八二高地と呼んだ）に日本軍は送信所と気象観測所を設けた。しかし、この地域の主要防衛陣地は二段岩を東から南に囲む玉名山（アメリカ軍名、ターキー・ノッブ――トルコ人のこぶし）だった。栗林中将は昭和十九年十月、街道長作大佐を父島から呼び寄せ、全島の砲兵陣地構築の指揮をとらせた。街道大佐は、陸海両軍の協調をかねてから主張していたが、全島の火砲は玉名山に構築された街道大佐の司令部から指令を受けるよう通達した。ここの陣地も二段岩と同様の堅塁であり、どんな激しい砲爆撃にも耐える仕組みだった。

田原坂（アメリカ軍名、三六二A高地）には四つのトンネルが掘られた。そのうち最長のものは三〇〇メートルの通路があり、この丘の三面の七ヵ所に出入口が開いていた。二三メートルの地下に、天然の洞穴があり、その広さは幅六メートル、長さ二六メートル、このほら穴には、いくつもの枝が出ているように、さらに側面に洞穴ができていた。もうひとつの陣地には、一一〇メートルあまりのトンネルがあり、丘の頂天にかまえられた対空陣地に通じていた。これらの陣地の入口は、裏側の崖に数ヵ所造られ、弾薬運搬のたて坑は、四ヵ所に掘られていた。

十月初め、園山二等兵は足が膨れて、膿が出てきた。そのころの日記に園山は体重が減り、駆け足をしすぎたために足が膨れて困ると書いている。アメリカの爆撃機が定期便のように毎日飛んできていた。ある日、園山二等兵は至近弾の爆風を浴び、すっかり怖くなった。暇があれば、園山は雨水を集めて飲料水をためる工夫をこらしたり、流木を集めたり、桟橋で働いている労働者に昼食を運んだ。そこで、昭和十九年十月二十日ごろ、アメリカ軍が硫黄島に攻めてくるという話を聞いた。

雨水から集めた飲料水が十月二十日になくなった。兵隊たちは毎日、雨を待ったが、なかなか降らなかった。

西中佐は、いつも乗馬靴をはいて島を歩きまわっていた。戦車を隠し、あるいは戦車の砲塔から戦車砲を降ろし、岩の間にすえつけた。すぐ近くからでも、砲身すら見えなかった。こうすると砲の旋回は無理だが、真正面から進んでくる敵はかならず制圧できるはずだった。

西中佐ははじめ戦車隊は、機動部隊として島の随所で上陸部隊に襲いかかるべきだと考えたが、岩山だらけの島では戦車の運動はいちじるしく阻害されるので、この案はすぐ取り下げた。そして戦車も地下にもぐることに同意した。

西中佐は馬に乗って歩きまわった。硫黄島ではいかにも不似合な様子だった。西は栗林将軍にも乗馬をすすめたが、栗林は馬にのらなかった。彼は歩いたり、サイドカーの方が好きだった。馬の一頭が爆弾の破片で死んだとき、西はやっと乗馬をあきらめた。それでも、オリンピックに出場したとき使った乗馬鞭を手から離さなかった。そして軍服の左胸のポケットにウラナス号のたてがみの束を入れていた。

十月、西中佐は東京にもどり、戦車はじめ、他の兵器を調達してくるよう命令を受けた。西はこの命令を受けたとき、内心驚いた。ふたたび内地に帰ることなど考えてもいなかったからだ。十二月、西は二二両の戦車を受領して島に帰ってきた。そのころ中佐はひどい下痢に悩んでいた。もっとも硫黄島守備隊は飲み水が悪いため、みな、腹を下していたが、西中佐はとくに衰弱がひどく、これをたてにとれば、帰島しないですんだかもしれず、また、東京には療養をすすめたものもいた。

西はいった。

「そうはできない。部下が待っているではないか」

もういちど夫人に別れの言葉をかけると、まわりに寄ってきた子供の頭をなでた。家族の胸中を察して西中佐は、

「ただ死ぬことだけが忠義ではない。生きられるだけ生きて闘わねばならん」といった。しかし、飛行場まで見送りたいという長男泰徳の願いをしりぞけた。夫人は、軍用自動車でただひとり千葉県木更津飛行場に向かう夫を自宅の門前で見送った。そのころ西夫妻は結婚以来、二十年目を迎えていたが、一緒に住んだのは合わせて七年に満たなかった。

栗林中将は、十一月二十七日、とりわけ東京の家庭を思った。その日は長男太郎の誕生日だったからである。父は筆をとって息子につぎのように書いた。

父も決戦下敵米軍の押し寄せる真正面に立って元気で奮闘している。毎日いう通り、湊川に向う正成同様生還は期し得られないが、之も男と生まれて祖国を守る務めを果す所以《ゆえん》で、正に男子の本懐である。

さて今日はお前の誕生日であるが、而《しか》も満二十年の誕生日でまことに意義深い気がする。そこで今日になってみれば両親から色々いわれなくても、一人で分別がつく事が多いと思うが、併し自らの事は真剣に反省して見ない限り、よく分らないのが自然であるから、先ず自己反省が修養の第一歩である事をよく弁《わきま》えるがよい。

父がいつも申す通り男には「意志」の鞏固という事が何より大切である。意志の弱い男は何が出来ても役に立たない。極端な例ではあるが、殺人とかの重要犯人は見るからに弱弱しい意志の薄弱のものである事が少なくない。所でお前は、今迄意志の鍛練という事を真剣に考え、それに努力したかというと必ずしもそうではないと思う。併しそれでは将来男として一家を立てることは難しく、必竟、人生の落伍者となる。

そこで満二十年の誕生日を機会に将来意志の鍛練に専念し、常に薄志弱行を戒め鞏固の意志で物事に当り強く逞しい誰からも頼り多い人物となるよう心掛ける事を祈る訳である。殊に父なき後の事を必ず考慮し、真に一家の柱石として、母や妹たちに安心させる程度の事は、是非して行かねばならぬ事を絶えず考えてほしい。では誕生日に際し一書迄、呉々も体を大切にせよ。

つぎの夜、栗林兵団長はふたたび妻に手紙を書いた。前週と同様、日本本土の空襲を心配していた。ラジオで一晩に何度も空襲警報が鳴ることを知っていた。そして「やがて本格的な空襲が始まると思う。その準備は十分にととのえておくよう」と注意を与えた。夫人の手紙に外出したと認められていたので、「吉田さんの所へ行ったとかの話ですが、これからは外出は空襲を考えて余りしないがいいと思います。お互いに手紙で間に合わせる主義でないと、外出中空襲に会ったら始末におえぬでしょう」と書いた。この手紙はさらにつぎのように続いている。

「お勝手の床板の隙間は塞げたであろうか？　床下から吹き上げる風で冷え込む話はいつも聞かされ、何とかしてやるつもりでいて、とうとうそのまま出征してしまったので、今もって気がかりであるから、太郎にでもさっそくやらせるがよい。それができない間は、悪い薄べりを二つ折りにして敷くか、〝ルーヒングペーパー〟（防空壕に使った余りが少しあるはず）を適当の大きさに切って敷くとよかろう。

洋子が需品廠に勤められぬことはあるまいと思う。家政学院もよかろうが、あまり平時的考えで、現在の戦局にふさわしくはないし、入学できたところが、月謝を収めるだけで、勤労奉仕が大部分であろう。

当地はまだ蝿も蚊もわんわんしていて閉口だ。蟻なども〝善光寺参り〟のように行列を作ってからだに這い上がってくる始末である」


月が変わって十二月になると、マリアナ諸島を失った意味がしだいに現実のこととなって現われてきた。B29はもう硫黄島なぞかまわなかった。日本本土というより大きな目標に忙殺されてきたのだ。しかし、B24は、毎夜、硫黄島を襲い、アメリカ海軍の空母や巡洋艦が、しばしば硫黄島や小笠原諸島の北方海上を動きまわった。

栗林は知らないことであったが、十二月一日の明け方、アメリカの潜水艦SS一九〇、スピアフィッシが潜望鏡を露頂しながら東海岸に近づき、陸上の模様をつぶさに写真にとった。そのとき、島の飛行場から一機の一式陸上攻撃機が離陸した。あわてて急速潜航したが、飛行機が行ってしまうと、また露頂して、島の音響を録音した。

アメリカ側の空襲は日本軍の防備にはほとんど損害を与えることはできなかったが、守備隊将兵の生活をかき乱す上では効果をあげた。空襲が激しくなってから、兵隊はいつでも、暇さえあれば眠るようになった。夜なかの荷揚げに行かなくてもよい非番のものは、日が暮れると就寝した。

東京の大本営は、Ｂ29の日本本土空襲を減らそうとして、硫黄島の航空隊にサイパンを爆撃するよう指令したが、守備隊はこれを聞くとうんざりした。アメリカ側がかならず手ひどい報復をしてくるからだ。本土との通信にたずさわっていた坂井泰蔵曹長は、トキ作戦の中止に関する電報を読んだ。これらの電報を要約すると、「大きな犠牲を払ってトキ作戦を行なっても、物量を誇るアメリカ軍の前には焼け石に水だ」とその中止を決めていた。

昭和十九年十二月十一日、栗林中将は夫人につぎのような手紙を書いた。

昼間一回、夜間一、二回の空襲は必ずあるから、それによって大部日課が狂います。睡眠時間は十時間以上もあるように思われますが、空襲の度ごとに起きて防空壕に行くから実際は不足勝ちです。

平常の服装は、外山少佐の撮した写真の通りですが（冬服に着かえたという意味）このごろは涼気立ったので、半ズボンは長ズボンに改めました。腹巻と千人針の胴巻ははなさずやっています。夜寝るときは帽子と地下足袋を脱ぐだけで、そのまま布団一枚かけて寝ますが、余り寒からずちょうどいい位です。

部下のものからも少し肥られたとよくいわれるが、自分でもそう思います。当地（硫黄島）はわけも分からない熱病があって、大分それにかかり、参謀長始め大勢が四十日も五十日も寝込んだに拘らず、私だけは丈夫です。

（妻に）冷えないように腹巻、腰巻などをしっかりやり、また肌襦袢代わりに私のラクダのシャツなど着たらよいでしょう。火も少ないだろうから着込むに限ります。

冬になって水が冷たく、ヒビ、赤切れが切れるようになったとのこと、ほんとに労《いたわ》しく同情します。水を使った度に手をよくふき拭い、熱くなる程こすっておくとよいでしょう。また燃料節約で風呂が十日に一ぺんとは昨年の今ごろとくらべ、ほんとにかわいそうに思います。私は五日に一ぺんだが垢で困ります。

ついでながら私一日の生活ですが、起床五時半（部隊は四時に起きるもの、五時に起きるもの、また徹夜して仕事しているものなど、色々です）、すぐ用便洗面、運動のため木刀振りを終わって、六時半ころまでに朝食をすまし、七時から陣地の巡視とか演習の視察に出かけ、十一時ちょっと前に帰ってすぐ昼食、午後は書類を見るか一時ごろから四時半ごろまで再び陣地の巡視などに出かけ、夕食は五時、その後、詩吟や軍歌を少しやって六時にはもう蚊帳に入り横になりますが、間もなく寝ついてしまいます。

十二月になると、守備軍の各部隊は陣地の構築を終わり、配置についた。これらの陣地は本物のほかに、敵の目を欺くにせ物を造ってあった。にせ物は木のワクを砂や岩でかこんだ。さらに、にせの〝火線〟もできていた。戦車を走りまわらせ、アメリカ偵察機の目を混乱させた。本物、にせ物陣地とも手のこんだカモフラージュがほどこされていた。

昭和十九年の暮れ、守備隊全員に白ハチマキが配られ、常時しめて気分を引きしめようとする部隊もでてきた。また千人針を肌身に巻いて離さないものも多かった。

トーチカ内部の壁に、栗林兵団長の六訓がはりつけられた。六訓はつぎのように戦意をうたいあげていた。

一、われらは、全力をふるって守り抜かん
二、われらは、爆薬を抱いて敵の戦車にぶつかりこれを粉砕せん
三、われらは、挺身敵中に斬り込み敵をみなごろしにせん
四、われらは、一発必中の射撃により撃ちたおさん
五、われらは、敵十人を倒さざれば死すとも死せず
六、われらは、最後の一人となるもゲリラによって敵を悩まさん

十二月八日の大空襲では、警報器が故障して、サイレンが鳴らなかった。天山陣地で、ふと空を見上げた大野少尉は真っ黒い爆撃機編隊を見て、部下に大声で叫んだ。

「防空壕に入れっ」

そして松戸力男海軍一等水兵とほとんど同時に塹壕にとび込んだ。思わず腕をつかみ合って伏せている二人のまわりで、地面が轟音とともにゆれ動いた。敵機が去ったとき、大野があたりを見まわすと、爆弾の弾痕が四十あまりもできており、陣地の高射砲二門がうち砕かれていた。

この日は、日本軍が、大詔奉戴日と呼んでいた日である。アメリカ軍にとっては〝真珠湾の恨みの日〟であった。

この爆撃で、アメリカ側は、「硫黄島守備隊に〝真珠湾の日〟のプレゼントをくれてやっ

た」と溜飲を下げた。まずP38双胴戦闘機二八機が襲いかかり、爆弾を落としてから、地上掃射を行ない、続いてB29六二機と一〇二機が八〇〇トン以上の爆弾を投下した。午後、第五巡洋戦隊が一時間一〇分にわたって砲撃し、この日の攻撃の仕上げをした。

しかし、園山一等兵は別に驚かなかった。日記には、この日のことが簡単に、「第三回の大詔奉戴日だ。皇居を遙拝する」と録してあった。この日を境いに以後一日も欠かさずB29が空襲した。

街道大佐は十二月中旬、島中の砲兵陣地を査察し、いくつもの欠点を発見した。部下の士官はそれぞれの持ち場について過大に報告したが、街道はこうしたことには慣れていたから、部下の報告を頭から信用しなかった。栗林兵団長に戦闘訓練を充実し、各砲手の測的技術をさらに向上させる必要がある旨、上申した。

「弾薬は不足しておる。補給のめどもない。全弾命中させることが必要である」と大佐は訓示した。

通信線が露出しており、カモフラージュについて砲兵陣地の防御はかならずしも充分とはいえなかった。砲員のうちには新兵まるだしの未熟なものがおり、測的の計算違いや、でたらめの修正が多かった。また信号、電話、無線による通信も不正確で、用語もしばしば、まちがっていたし、無駄な会話で貴重な回線が閉ざされていることがしばしばあった。街道は訓練の量を倍にするよう命令した。

十二月末、作業隊は元山村に残っていた最後の建物を壊した。学校校舎や役場が消え失せると、ここに村があったとは想像すらできないほど様子が変わってしまった。

一兵士の日記につぎのように書かれていた。「民間人のいたころはよかった。村の真ん中を通る道を硫黄島銀座と呼んだものだった」

また別の兵士は書いた。「昼夜を分かたず敵機がやってくる。それで夜も二時間ほどしか眠れないので、昼間でもまるで夢でも見ているように、故郷で働いていたころのことばかり考えている。一刻も早く郷里に帰って、家族の顔が見たい。子供たちも、ずい分大きくなったろう。いつ家に帰れるものか、さっぱり見当もつかない」

故郷からの知らせも、元気が湧いてくるような話題は少なかった。「去年の正月と比べて、今年は黒豆もゴマメも少なく、お餅の配給は申し訳けほどに減った」と書かれていた。

伊藤登中尉のところに、子供たちから手紙が届いた。それには、「お父ちゃん、一生懸命たたかって下さい」と書かれていた。

三浦忠孝の妻は、「わたくしもあなたの軍刀を持って、敵の戦車に突撃し、子供といっしょに死ぬ覚悟です」と夫に告げた。

内地ではペンもカミソリも店頭では買えなくなり、薪や石油も姿を消した。時越げんざは夫の澄男に「家のことは心配しないよう。固炭が沢山あるので、暖かに冬が越せそうです」と書いた。

上田的蔵の妻は悲しい話を夫に訴えた。彼女はそのとき朝鮮にいたが、何ヵ月もかかって慰問袋を作り、やっとの思いで郵便局に持って行ったが窓口で断わられた。「ここでは、もう小包は受けつけません」といわれた。

年が明けるまでに栗林中将は二度妻に手紙を書いた。

その後私は相変らず丈夫にやっています。内地も最近は頻々空襲されるようになったことを承知し、非常に心配しています。今のところ、軍需工場を目標としているらしいが、どこをどう盲爆するか分かったものではない。また爆撃後の火災は一層厄介だが、それもどういうことになるか、油断もすきもあったものではない。こういう中で女子供だけで過ごすお前さんたちの気持は、いつもおっかなびっくりでいるのではないかと思い、非常に案じているわけである。どうか前線の将兵同様の気持となって、しっかり腹をきめ、万事抜け目なくやって貰いたい。

常に身仕度を整えておくことと、寒さに対して、万事遺漏ないようしておくことが肝心である。防空壕のなかへ沢山ムシロや毛布を準備し、常にぬくぬくさせておくように、また厚板の戸を太郎に造らせて壕の口に被せることを忘れぬように。それから壕の土盛りは薄過ぎるから、一尺くらいになるように四畳半の前に穴を掘り、その上に土をもって厚くするがよい。

私の方も八日（十二月）に終日空襲と艦砲射撃とあって以来、その後空襲は少しも衰えず、ことに夜間それまで一、二回だったのが、四、五回から七、八回に激増し、わが軍の睡眠を妨げようとしている。損害は別段ふえもしないが、空襲警報の連絡で、防空壕から出たり入ったり、寝ついたかと思うと起こされたりで、なかなか安眠できないので閉口である。

洋子の手紙着きました。字が余り上手ではないね。それに誤字が沢山ある。

この年（昭和十九年）の最後の手紙（十二月二十二日付）にはほとんど家族のことだけが書かれていた。ただ自分のことは「当地（硫黄島）では電灯も何もないことだから、夕食後はすぐ寝ることにしています。それでも何遍も起きて退避するが、今のところ、そう睡眠不足にもならずにいます」と書いていた。

この手紙にはさらに、つぎのようにしたためられていた。

東京も毎日のように空襲があるようになって、ほんとに同情します。今は主目標が工場地帯であるから実害はないが、段々と住宅地帯を目標にするようになれば心配です。しかし今でも盲爆もあろうし、焼夷弾も落とすだろうし、また高射砲の破片も飛んでくるから、決して油断はなりません。

次に家財を東京都で預かってくれるというなら、子供と力を合わせて荷造りして預けたがよいでしょう。それも焼けてしまっても我慢のできるものは後まわしにしたがよい。この前いった貴重品（恐らく証書類でしょうが）を庭の隅に埋める計画は当座ならとにかく、永久的なら感心しないことです。目録をつけるなり密封するなりして氷飽に預け、番号などは子供らにも全部知らせておくが至当でしょう。

ついでながら食事は早目々々に食べておくことが必要です。食事時に空襲をされると都合の悪いものです。睡眠が不足すると非常によくないから、夜はなるべく早く寝てしまうことです。そして夜中に起きなければならなくなっても、すでにある程度の睡眠時間を取っておれば、そんなに困るものではありません。

一ついい落としましたが、この前も述べたとおり履物については充分気をつけて、焼け出された場合、三里や四里はそのまま退避できることを基礎にして、あれこれ研究しておくことが必要です。この前は古い編上靴をといったが、あれはずいぶん悪くなっているので、兵隊靴はどうだろうか？　と思う。あれなら足袋をはいたまま、はかれると思う。だからやはり兵隊靴がよいと思います。兵隊靴は応接間の二階にある私が整理した靴の箱の中に入れてある。

栗林中将は東京にいるときから、従兵をつとめていた貞岡のことを決して忘れなかった。貞岡は父島で病気になり、内地に送還されることになった。夫人は貞岡にたばこでも送りたいといってきた。しかし将軍は書いた。

貞岡は最近便で内地に帰るそうです。せっかく来たが、私のもとまで来れず、それに熱病があって入院もしたりで、帰る気になったのです。東京へ着けば、むろん立ち寄るだろうから、その節は玄関だけにせず、何でもあるものを振舞ってやって下さい。

守備隊員の間では、将来どうなるか、については、ほとんど意見は一致していた。一守備兵は十二月二十六日の日記につぎのように書いていた。

「一月は特に注意しなければならない。三〇隻の輸送船と三個海兵師団が、艦隊と集結を完了しているという」

また年末に敵が来襲すると予想したものもいる。一兵士の日記にはつぎのように書かれていた。

「もう十ヵ月も内地を離れている。私は病気で寝ている。多くの戦友は、敵の空爆で戦死した。あいつたちは、まだ生きているおれや守備隊のために、犠牲になったのだ。もうすぐ正月だ。われわれは敵英米軍を撃滅する。戦死した友がかならずや、われわれを守ってくれるに違いない」

また別の兵士は「十二月二十七日の空襲は弾薬庫を炎上した」ことを記録している。

園山一等兵は、その当時、父親につぎのように書き送った。

「胃がひどく痛みますが、私は休まず、作業を続けています。最後に餅を食いました。つくづくありがたいと思いました。これからお正月のご馳走を食べます」

一月五日、市丸は全海軍部隊の将校を司令部に召集し、断固とした声で、「日本海軍の連合艦隊はレイテ島沖で大敗北をこうむり、フィリピン諸島はやがて敵手に陥るだろう」といった。

「つぎに米軍が上陸してくるのは、ここ硫黄島、台湾、あるいは北千島であろう。このうち、硫黄島作戦が行なわれる可能性は極めて高い。

敵上陸を反撃するには三つの方式が考えられる。第一は上陸が始まる以前に敵輸送船団を海上に捕捉し、これを撃滅する。第二に上陸開始と同時に、水際で殲滅する。第三は上陸し終わり、海上、空からの掩護ができなくなってから、反撃に出る。以上のうち、第一と第二を遂行することはできない。わが方には敵艦隊を海上に迎え撃つ戦力を持たず、また敵の砲に見合う火力も持ち合わせないからである。

貴官らはそれぞれの隊で、この第三の方法に習熟するよう徹底させることを命ずる。以後物資をはじめ水は節約すること。わが方の目的は敵をこの島に釘づけにし、敵艦隊をこの島の周辺に長く引きつけておくことである」

士官は部下にこれを伝えた。守備隊は洞穴を掘り、満を持して敵を待つことになった。アメリカの砲爆撃は激化し、島の兵隊は眠ることもできなくなった。

「前の日から持ち越した疲れで弾薬庫のなかで居眠りをしてしまった。眼が醒めると敵艦はすでに去っていた。一時は敵船があまり近くにまで接近したのには驚いた」

また別の兵隊は書いた。「五時起床。昨夜は空襲が十回もあって、とうとう眠ることができなかった。おれのうつろな眼をみれば、体力がすっかりなくなってしまったことが分かるだろう」

最終的な準備が行なわれていた一月十八日、栗林は、太郎、洋子に最後の手紙を書いた。

先日、太郎、洋子両人の手紙の誤字を指摘してやったもののうち、一、二字は父が間違っていたようであるから、まずそれをお知らせする。それは齒はあれでよいが、歯でもよい。然しは、併しの方がよいと思うが、これも今はっきりしないから辞書でたしかめるがよい。以上、いずれにしても誤字は人に馬鹿にされるものだから、始終気をつけて、なくなすようにすることが肝心である。それから洋子は下手な、しかも、うそのつづけ文字を書かず、正確に書くことを本旨とするがよい。

次に、この戦争は何年かかるか分からないのみならず、段々激しくなる一方で、東京なども荒野原のようにならぬとは限らぬ。現にロンドンやベルリンは一部荒野原となりつつある。従ってお前たちの先の見通しもつかず、ほんとに気の毒に思うが、日本中、誰もそうなんだから、元気を出して頑張ることが何より肝心である。

家も疎開することになろうが、疎開するとなると、洋子は母に同行するがよい。太郎は学校の関係上そうはいかず、東京に独り残ることとなり、いよいよ父母を離れて暮さねばならなくなり、容易のことではあるまいと思う。しかし、それも男としての修業の一つであるから、自己を律し、間違いないように過ごさなくてはいけない。なおまた二年生になって工場に勤めるとなると、工場は敵の爆撃目標となるのだから、戦場にいると同様の心掛けで、万が一にも不覚をとらぬよう、人の指図に従うはもちろん、自分でもよくよく注意するがよいでしょう。

一月十八日認む　　　　　　　　　　　　　　　　　父より

守備隊は作業で忙しかった。空襲や艦砲射撃から受けた損害を修復できるものは直さなければならなかった。園山一等兵は一月五日をつぎのように記録している。

「敵機と敵艦の両方から激しい攻撃を受け、一日中が戦いだった」

それから三日間、敵弾で壊れた兵舎や司令部の建物のかたずけに明け暮れた。園山は、畑で穫り残された蕪をみつけて、少しずつかじってみた。ほほが落ちるほどうまかった。

やがて園山一等兵は病気になった。毎日戦友のだれかが死に、葬式をした。一月二十四日、前夜の空襲で亡くなった庄坂清一の埋葬をした。その翌日は大石常盛の野辺の送りだった。園山の足は膨れ上がり、頭が重かったので、作業に出られず休んでいることが多くなった。

「休まねばならないのが残念だ。体重がめっきり減ったが、最後まで全力を尽くしてがんばるのだ」

士官は部下にいった。「敵はルーズベルトの誕生日である一月三十日に上陸するかもしれない。この日に来なければ、ワシントンの誕生日の二月二十三日だろう」

また兵隊たちは、後退するとき万一水筒を置いて行かねばならないときは、かならず壊すか、あるいは青酸を中に入れておくよう命令された。

一月の末、栗林は妻に極めて率直な手紙を書いた。そのころになると、どれが最後の便りとなるか、誰にもわからなかった。

戦争は長引くだろうし、また、ますますひどくなる一方だから、すべてのことはそのつもりで運ぶがよいと思います。本土空襲の「B29」は、今サイパン基地に百四、五十機であるが、四月ごろには二百四、五十機となり、年末ころには五百機くらいになるらしいから、それだけ今より、空襲が多くなるわけです。もしまた、私のいる島が攻め取られたりしたら、その上何百という敵機がさらに増加することとなり、本土は今の何層倍かの激しい空襲を受けることになり、悪くすると、敵は千葉や神奈川の海岸から上陸して、東京近辺へ侵入してくるかも知れない。だから戦争の成り行きには絶えず注意し、また新聞や雑誌に出ている空襲などの場合どうするかなどの記事は、よく目を通して実行すべきは実行するがよい。

次に比島（フィリピン）の作戦は漸次不利のようだし、われわれの方へも、もうすぐに攻め寄せてくるかも知れないから、われわれももうとっくに覚悟をきめている。留守宅としても、生きて帰れるなどとはつゆ思わないで、その覚悟をして貰いたい。その後の手紙で、色々細かに書き送ってあるから、イザとなっても驚いたり、まごついたりせぬだろうと思うが、どうかほんとにしっかりして貰いたいものです。なお一度申したが、新聞記者や何かには色々余計なことは話さないがよい。ことに手紙でも見せてくれなどといわれて、うっかり見せようものなら、すぐ新聞にのせられてしまうから気をつけることです。

墓地については豪徳寺は東京に定住ができる場合であったからで、今日としてはどこでもよい。骨帰らぬ霊魂があるとしたら御身はじめ、子供たちの身辺に宿るのだから。それではどうかくれぐれも大切にして、できるだけ長生きをして下さい。この上とも子供たちのこと、よくよく頼みます。

良人より

妻へ

戦場に夫を送っているどの妻もそうであるように、栗林夫人も奇蹟を願った。しかし、将軍はふたたび妻に心構えをさとした。

私がどこかに転任するだろうなんて思うことは夢のような話で、この戦局上からして絶対にあり得ないことです。敵が攻めてくるか、こないか分からない時期や場所なら、転任することも、あるいはあろうが、もう目の前に敵がきて、上陸の機を窺っているような際どい所では、誰一人転任はさせないもので、ましてその地の最高指揮官を替えることなど、絶対にありません。どうかその覚悟でいて、戦況の進むに従い、いつも申す通り生きては帰らぬことを観念して下さい。満州、支那を除いた戦場はどこでもみなそうです。馬場さんも今度南方基地の軍司令官に栄転されたが、遅かれ早かれ同じ運命でしょう。牛島さん、貴島さん、佐藤さん、渡辺、北村みんなそうです。それから高橋も今度台湾辺の島の大隊長になったそうだが、これだってそうでしょう。何しろ、大戦争ですからやむを得ません。

二月三日付の短い便りが栗林の留守宅に届いた。

ちょうど二十四、五日たよりがないが、みんな変わりないだろうね。しかし今が一番寒い最中だから、風邪でもひいているのではないかと心配している。なおまた疎開の方はどう進んでいるか？　やはり荷物だけ甲府にやって身柄は依然東京に頑張ろうというつもりなんだろうか？　いつもいう通り敵の空襲は春ごろから今の何層倍になるか分からないから、足もとの分かるうちに早く安全地帯に行ったがよいように思う。

爆弾でやられることはまあなかろうが、焼夷弾から起こる火事にやられる心配は相当にあると考えねばならない。当地でもこのごろ、焼夷弾を相当落とすようになり、もう燃えるものはないけれど、やはり火災が起こる。普通の焼夷弾のほかにドラム缶（ナパーム弾のこと）を投下して、火の海のようにすることすらある。

烈しい空襲が相変わらず続いているにもかかわらず、私は依然元気です。何とかして、野菜をとろうと思って、このごろ少しずつ開墾などもやっています。そういうせいか、身体の方はますます丈夫でかなり肥ったようで、たまに風呂などに入ってからだを見ると、自分でもよくそれがわかります。

この土地は健康上余りよくないので、病人が相当でき、ほとんど誰も彼も一度は病むのだが、一人私は丈夫でおれて、本当に仕合わせです。

今日、高級副官の小元少佐が連絡のため、ちょっと上京することになったのでこの手紙を認めましたが、小元少佐帰島の際は、いつもいう通り何にも届けるものはいらないから頼まないようにして下さい。

太郎は朝寝やコタツでうたたねなどせぬようにしっかり気を引きしめて、いつも規律正しい生活をするよう。

良人より

妻へ

その二日後、通信兵はアメリカの飛行機の通信を傍受すると、暗号や呼び出し符号ががらりと変わったと報告してきた。この意味は明らかである。新作戦を発動しているのだ。

二月十一日、紀元節が硫黄島守備隊にとって最後の休日となった。この日、日本では皇紀二千六百五年を祝った。また〝硫黄島守備隊の歌〟が発表され、国中にセンセーションをまき起こした。硫黄島では各部隊がそれぞれの陣地に集まり、東京から放送されてくる〝硫黄島守備隊の歌〟に耳を傾けた。自分たちのために特別に作られた歌を聞いて勇気百倍し、感激も新たに、皇居を遙拝したのだった。全員に餅が配られ、赤飯がふるまわれた。最後の酒とビールを抜いて舌つづみを打つものもいた。アメリカは二二機の重爆撃機を島に送った。その夜は、空襲警報が一〇回鳴った。

園山一等兵は書いた。「昼も夜も続く対空戦闘でみんな疲れ切っているが、最後まで敢闘する誇りと意気に燃えている」

二日の後、園山は最後のくだりを録した。

「一日中、雨。午後からレコードをかけて聞く。久し振りだ。夜またきいた」

彼はついに故郷の島根県にもどらなかった。

アメリカ硫黄島攻略部隊のサイパン出港は日本軍にすぐ知れた。日本海軍の偵察機が二月十三日、一七〇隻の船団がサイパンから北西に向かうと報じた。小笠原と硫黄島の全軍は、警戒配備についた。歩兵一四五連隊第一大隊長、原光明少佐は北集落を出発、大隊を第一飛行場の周辺に展開した。第一中隊は西側、第三中隊は海岸を正面に見る東側。また飛行場の北端にあたる滑走路の間に第二中隊を置き、ここに大隊本部を設けた。

菅原豊見習士官は、この日、父島から到着し、第一〇九師団に残された最後の移動レーダーの指揮をとった。四台のトラックに積まれた器材を東山に据えつけたが、それらも四日間の命だった。浦崎嘉次上等兵のレーダーはすでに艦砲射撃で破壊され、どうしてよいのかわからぬまま、洞穴陣地に引きこもった。

内地では、大艦隊サイパン出撃の報に大きな衝撃を受けた。学生服の一団が神奈川県久里浜にあるペリー公園になだれ込んだ。ここは約一〇〇年前、アメリカ海軍のペリー提督が上陸して、日本に開港をせまり、三〇〇年の鎖国から、日本人の眼を西欧文化に開かしめたゆかりの地である。学生はペリーの銅像に綱をかけて引き倒すと、唾を吐きかけた。

二月十六日の朝、艦砲射撃が始まると、硫黄島守備隊は地下に潜った。菅原見習士官は陣地の銃眼から、東山に据えつけたレーダーが砲弾で吹き飛ばされるのをじっと見ていた。敵弾は電話も無線塔も、すべての器材を破壊し去った。いまや菅原と部下に残されたものは、小銃だけだ。

東山に近い東海岸に掘られた井戸も壊れた。第五高射砲隊の花園不二男は、「至近弾は実に恐ろしい」と書きのこした。ある兵隊は沖に並んだアメリカ艦隊を見て、「すっかりしょげた」と書いている。「木場とおれはいよいよ最期だなと話した。こうなったら愉快に死のうじゃないか、どうみても絶望的な情況だ」

## 第五八機動部隊の本土攻撃

史上最大の空母艦隊、第五八機動部隊は二月十日、日本本土攻撃のためにウルタイ島を出撃した。最高指揮官のニミッツ提督にとって、この攻撃は空母艦隊の将来をかけた一大バクチであった。

この大艦隊は、一一六隻の各種艦艇で構成されていたが、各艦とも一九四二年以後に建造され、そのいずれもが戦速三〇ノット以上という優秀艦だった。中核は合計一六隻の航空母艦と一二〇〇機の艦上機である。そのまわりを新鋭戦艦八隻、巡洋艦一五隻、駆逐艦七七隻がとりまいている。先陣をきる艦からは、長い隊列の後尾がはるか水平線のかなたにかくれて見渡せない。

乗組員総計一〇万人、指揮官マーク・ミッチャー中将は、戦意のかたまりだった。ミッチャー提督はやせぎすのテキサス男でそのとき五十七歳、一九四二年にドーリットル中佐がB25爆撃機で日本を空襲したとき、その発進拠点となった旧式空母ホーネットの艦長だった。あの戦法は現在の海空軍力の時代では、すでに、歴史の一こまにすぎない。

第五八機動部隊が泊地から出港したとき、ミッチャーは空母バンカーヒルの艦橋から麾下の全軍を見守っていた。いつものように高いストールに腰をかけて、片腕を防弾鋼の上にのばし、ひさしの長い野球帽をまぶかくかぶっている。

「おれはもう年だよ。将来の夢ばかりみているうちに若い時が過ぎたなあ」

これがミッチャーの口ぐせだった。彼はめったに笑わなかった。提督の無線呼出符号は、モホーク、それは〝インディアンの国〟（日本のこと）に攻めていく男にはいかにもふさわしい名前であった。

ミッチャーの日本人嫌いは、艦隊の伝説である。かつての内南洋、トラック島を攻撃したときのことだ。日本軍一機が撃墜されて、海中に落ち、アメリカ駆逐艦の一隻が旗艦に〝日本人搭乗員を一人助けた〟と報告してくると、ミッチャーは発光信号で〝何故だ〟と答えたという。

機動部隊はマリアナの東側を通過し、二月十四日、海上給油をした。旗艦の巡洋艦インディアナポリスに座乗するスプルーアンス提督は、硫黄島作戦をターナー提督に押しつけて、第五八機動部隊に合流した。東京大空襲は、海軍史上に特筆される作戦なので、スプルーアンスはそれに参加しないことが、どうにもがまんならなかったのだ。もちろん、彼にはスミス将軍と海兵隊が硫黄島に対する攻撃力に穴があくと心配している事情はよく分かっていた。しかし、陸軍航空隊が、「艦上機が日本本土攻撃にどれくらい役立つものか、とくと拝見しよう」とばかり見守っていることが気がかりでしかたなかった。

二月十五日朝、駆逐艦は戦艦など大型軍艦の舷側に近づいて最後の燃料補給をした。海上の天候は崩れ始め、艦隊が日本に近づくにつれ、気温がさがった。午後七時、機動部隊は最高戦速で日本列島に接近し始めた。乗組員の間に緊張が高まった。空母バンカーヒルの艦上ではミッチャー提督参謀室の机のまわりに高級将校が集まり、翌朝行なわれる空襲の作戦計画に最終的な手なおしを加えた。

　空襲部隊の飛行隊長アーレイ・バーク准将の情況説明に、乗組員たちは喰い入るような表情で耳を傾けた。その中で一番若いパイロットはバイロン・ホワイト大尉だった。彼はコロラド大学で全米フットボールチームのハーフバックに選ばれ、ウイザー・ホワイトといったほうがよく知られていた。戦争の初期、ジョン・F・ケネディと一緒に魚雷艇にのっていた。初めてこの二人が顔を合わせたのはさらに昔の話だ。ホワイトはローデス奨学金による留学生でロンドンにいたが、ケネディも英国大使をしていた父親の個人秘書であった。何年かたってまた二人は顔を合わせた。そのときケネディ大尉はアメリカ大統領で、ウイザー・ホワイトを最高裁判所判事に任命した。

　午前九時、バンカーヒルの艦長ジョージ・サイツ大佐は乗組員に拡声器を通じ、つぎのような訓示を与えた。

「諸君は、世界で最高の艦と最強の装備をもっており、また最高の訓練をうけている。明日の攻撃の成果は諸君の双肩にかかっているのだ。わたしは諸君が最善をつくすことを期待する」

　キリスト教新教の従軍牧師は乗組員に聖書をよんだ。

「最後にいう。主にあって、その偉大な力によって強くなりなさい。悪魔の策略に対抗してたち向かうために、神の武具で身をかためなさい」

士官次室で若い兵曹長が、ルーレットをしながら、この声に耳を傾けていた。

明けて、二月十六日、金曜日の朝、航空母艦は艦上機を発進させる隊形に散開した。日本本土からわずか六〇マイルの沖である。空は雪模様で雲が低かったが、ミッチャー提督はためらわず攻撃を命令した。一番機が午前六時きっかりに発進した。

この報告がグアム島の太平洋艦隊司令部に届くと、ニミッツ提督は鉛筆をとり、みずからコミュニケ第二五九号をしたためた。

「太平洋艦隊の強力な機動部隊は、ミッチャー中将指揮の下に、東京周辺の航空機、飛行場その他の軍事施設を攻撃中である。

この作戦は慎重な立案のもとに遂行され、かつ太平洋艦隊の全将兵の積年の希望を実現したものである。

太平洋艦隊の水上部隊は硫黄島に攻撃を加えており、太平洋地区戦略空軍の爆撃機も硫黄島と小笠原諸島の拠点を爆撃中である。これらの作戦は第五艦隊司令長官スプルーアンス提督の指揮下に遂行中」

第五八機動部隊の主要目標は、東京の北西六〇キロにある太田の中島航空機工場だった。B29が六日前の爆撃で収めた戦果はみじめだった。三七棟のうち、わずか一一棟を破壊したに過ぎない。しかし、空母艦上機は工場をほとんど壊滅させてしまった。

つぎの日、艦上機はふたたび出撃した。今度は皇居から直線距離でわずか一六キロしかはなれていない武蔵野の中島飛行機会社のエンジン工場を攻撃した。B29もこの目標を三回爆撃したが、わずかに工場の付属病院を焼夷弾で焼き払っただけだった。

悪天候にもかかわらず、海軍のパイロットはどのB29が加えた一機あたりの戦果よりも大きい痛手を日本に与えた。ミッチャーは得意になったが、その夜、やはり敗北を認めなければならなかった。天候がさらに悪化したため、第五八機動部隊は三日目の攻撃を断念し、硫黄島水域に引き返した。

空母バンカーヒルの参謀室で二十六歳になるハーバート・ウィリイ大尉は、「オハイオ州スプリングフィールド商工会議所が、最初に日本を爆撃した同市出身のパイロットに賞金千ドルを贈ることにきめた」というニュースを聞いた。ウィリイ大尉はいった。

「もし、その賞金がまだかかっているなら、商工会議所はおれにその金をくれることになったぞ」

スプリングフィールドからの新聞の切り抜きがウィリイ大尉の手に送られてきたときに、第八四航空隊で「千ドルのハーブ」という替え歌がみなに歌われた。今ではその最後の行しか残っていない。

「ハーブ、お前はお国のため急降下したのか、とんでもない。千ドルの金がほしかったのさ」

海軍は大急ぎで戦果を発表した。

「日本機撃墜三三二機、地上における炎上一七七機。このうち第一日目の攻撃でおよそ一五〇機が炎上し、護送空母一隻撃破。駆逐艦一隻、沿岸用小型船など九隻撃沈。この他、多くの船に損害を与え、飛行機工場に甚大な損害を与えた。アメリカ側の損害は戦闘中、四九機を失い、搭乗員三〇ないし四〇名が行方不明となった」

ニミッツ提督はいった。

「この攻撃は、日本防衛体勢の中心に加えた徹底的な打撃であり、歴史的な勝利である。今後の作戦は、さらに大きい損害を敵に与えるであろう」

また、はるか離れた中国大陸の重慶で、中国の新聞は「空母艦隊による日本本土攻撃は、想像もつかないほどのアメリカ人の力と勇気による成果だ」と書きたてた。

## 輸送船団の北進

サイパン島では最後の上陸も許されず、見送る人もないまま、海兵隊を満載した攻略部隊の船団は一列縦隊を作って出港していった。スパイク・ブランディの艦隊が二月十三日先陣を切った。ブランディ艦隊は、戦車揚陸艇ＬＣＩの水中破壊班、艦砲射撃艦隊の戦艦六隻、巡洋艦五隻、駆逐艦一六隻、それに空母一六隻で編成されていた。

二日の後、上陸部隊が出発した。上陸第一陣をつとめる第四、第五海兵師団の先発隊をのせた戦車揚陸船ＬＳＴ、それからロケット発射艦に改造された特別ＬＣＩ、またその他の上陸用舟艇が出た。輸送船団の主力は二月十六日、第四、第五師団の主力と支援部隊、また第三海兵師団二一連隊をＬＳＴにのせて出発した。最後の部隊が、二月十七日、サイパン島を出た。それは、第三師団の主力であった。

サイパン島の島影が水平線の彼方に消えたとき、将兵はいよいよ戦場に近づいたと感じた。武者ぶるいする海兵隊員もいた。つぎに見る陸は敵地である。その敵地とは輸送船の航路の果てに浮かぶ島だ。訓練の間、その島はX島、あるいは〝労働者島〟と呼ばれた。二週間前、島の本当の名前は硫黄島だと明らかにされ、全員が海岸線の地図や、石膏とゴム細工で作った島の模型を研究した。もうこうなったら、ただ時間のたつのを待ちながら、万全の準備をととのえるよりほかにすることはない。

歩兵は、兵器の手入れをむやみにくり返した。磨いたり、弾薬をつめたり、ナイフや銃剣を研いだ。運転手は車両を点検し、通信隊は通信機を調整した。輸送船セシル号上では、アリゾナのインディアン、ナバホ族通信隊が連絡訓練の仕上げをした。

船の最高部にあるロッキー長官の司令部から、最下部のデッキまで、電線を張って、命令の伝達訓練をすると、九人のインディアンのチームが、速さでも正確さでも白人海兵隊通信員を負かした。ナバホ族は決して他部族には解き明かせない暗号をもっている。またナバホの言葉に精通している白人は一人もいないのだ。

ケイテス少将は、目前の戦闘に対する心がまえを第四師団将兵に訓示した。

「諸君は海兵隊である。この言葉は、偉大な戦闘団の象徴なのだ。かならず、諸君は勇猛四師団の輝かしい記録に新しい一ページを加えるであろう。幸運を祈る。神が諸君を守りたまうように」

ＬＣＶＴは上陸海岸に船体ごとのし上げて、前の扉を開き、車両や兵員を上陸させる船だが、あるＬＣＶＴの扉には「心配しても無駄だ」といたずら書きがしてあった。

ＬＳＴの中でレメル・ダドレー大尉は、従軍牧師が四五口径のピストルを腰につけているのを何気なくみていた牧師さんはにっこりしていった。

「いや、まったく。お祈りは役に立ちますが、しかし、この方が手っとり速いのでね」

ラルフ・ハース中佐は、二三連隊第一大隊の兵員に、「信念をもって勇敢に戦え。〝人事をつくして天命をまて〟これが戦場の哲学だ」と訓示した。四日の後、彼は戦死した。

二四連隊第二大隊のジャック・フレーザー伍長は、一〇日後は二十一歳の誕生日を迎えることになっていたが、葉巻が大好きだった。輸送船船室でサイパン島の戦闘からしまってあいた葉巻を、うまそうにすっていた。フレーザー伍長はサイパン島上陸部隊の第一陣として揚がったが、負傷し、入院したとき、故郷に葉巻が手に入らないと手紙を書いた。町の新聞がフレーザーの要望を市民に知らせたので、彼のもとには体が埋まってしまうほど沢山の葉巻が送られてきた。

硫黄島に向かって輸送船が出帆する日、フレーザーは日記に、「こんどは、いつものようにうまくいかないのではないかと奇妙な気がしてならない」と書いた。翌日、つまり上陸二日前の日記に、「生まれてから初めて、おれは心配というものを経験した。今日弾薬が渡された」と書いている。しかし、たばこ好きなこの青年は終わりまで生きてつぎのように書き残している。

「三月十八日、硫黄島を確保した。二七日間の地獄ののちに」

輸送船団が北に進むにつれて、気温はぐんぐん下がり、海は穏やかな灰色のひろがりとなった。しかし、夜には、晴れた空に上弦の月がくっきりと浮かび、無数の星がまたたいていた。船団が長い列を作って粛々と進み、単調なエンジンのひびきが海にこだましている。船は一瞬も休むことなく前へ前へと進んでいく。ほの白い航跡に、夜光虫が燐光の帯を残す。デッキ上は真っ暗、動くものすらない。しかし甲板の下には多くの生命があった。

ロケット発射艦、ドッテイLSCS30号上で、ジョー・サンソン大尉は軍規を破って部下たちに、毎晩、ビールを飲ませた。

「死んだら飲めないから、いまのうちに飲んどいた方がいい」

また船尾の弾薬庫で、ビルスター兵曹長がのんびりとバイオリンの練習をしていた。彼はカンザスシティの交響楽団の一員なのだ。ジョー・クラウス中尉は星座を勉強していた。すると航海士がいった、「おいマジェラン閣下、喜望峰はもう過ぎたでしょうか」

はるか前方で、硫黄島の闘いはすでに始まっている。二月十六日の午前六時きっかり、ミッチャー提督の東京空襲隊が離艦したと同時刻、ブランディの艦砲射撃艦隊が摺鉢山の沖に姿を現わしたのだ。栗林将軍はそれより一時間前に起きて、砲撃が始まるのを待ち構えていた。

その前夜、栗林中将の電信員、境貞蔵曹長は東京へ軍極秘の暗号電報を送った。将軍はアメリカ太平洋隊艦が硫黄島に近づきつつあるので、帝国海軍は今出撃して、これを一撃に撃滅するよう意見具申した。すぐ解答がはねかえってきた。

「現時点での出撃は不適切なり。四月一日を期し、帝国海軍は勇猛果敢に出撃し、米軍を本土まで後退せしむ」

境曹長は陸軍生活すでに六年、軍隊をかなり知っているつもりでいたが、この電報を読んで、「海軍のいいそうなことだ」とひそかにつぶやいた。

日の出は六時四十四分。太陽はまだ顔を出していないが、アメリカ艦隊が墨絵のように確認できる。山陰伍長はいった、

「これほど沢山の軍艦を見るのは生まれてから初めてだ」

実のところ、山陰伍長は老朽戦艦の最後の活躍をみていたのだ。これらの艦は一九一二年に建造されたときには、石炭で走る艦だった。そのうちの三隻は真珠湾海底の泥の中からひき上げられたのだ。

そのころ浮かんでいた一番老齢の戦艦アーカンソーはノルマンディー上陸作戦でプアン・ドウ・ホのトーチカを粉砕した。戦艦テキサス、ネバダもノルマンディー作戦に参加している。戦艦ニューヨークは、連合軍の北アフリカ上陸作戦以来、初めての進攻作戦である。アイダホとテネシーは、水兵たちに〝おばあちゃん〟とよばれていた。老朽艦の寄せ集めといっても、この艦隊は一二ないし一六インチの巨砲七四門を持っていたのだ。

これから行なわれる任務は決して幻想ではなかった。過去四ヵ月にわたる偵察は硫黄島の防備体勢がしだいに強化されていることを示していた。

| | 昭和十九年十月 | 二十年二月 |
|---|---|---|
| 六インチ海岸砲 | 八門 | 六門 |
| 連装高角砲 | 三七門 | 四一門 |
| 高射機関砲 | 一八九門 | 二〇三門 |
| 小要塞 | 二 | 三七 |
| トーチカ | 三七 | 三一六 |
| 隠蔽された火砲 | 四門 | 七〇門 |
| 露出した火砲 | 二二門 | 八門 |
| 隠蔽された構築物 | 六 | 一五 |

ペトンで固めた小要塞、トーチカ、隠蔽された砲兵陣地はほとんど〝健在〟だった。絶え間なく空襲が行なわれ、艦砲射撃が加えられたが、その効果はまったく逆であった。島の防備は崩れるどころか、日本軍はまもりを強化していたのだ。

砲爆撃計画は北アフリカ上陸作戦からノルマンディー上陸作戦、タラワ、マキン、マリアナの激戦までの経験を積み重ねて、慎重にねり上げられたものだった。硫黄島を碁盤の目のように区画に分け、各艦がそれらの区画のいくつかを受けもった。これまでに知れている目標には全部番号がつけられており、それらの目標はブランディ提督の旗艦エステスの作戦室のカードに録された。粉砕された目標のカードには印をつけた。

ドナルド・ウェラー中佐は旗艦エステートにのり、海兵隊の測的指揮官をしていた。海兵隊の側的員も各艦に配属されていた。また、弾着観測の特別訓練を受けた艦上機パイロットが空母ウェーキアイランドから発進し、緊密に張りめぐらされた無線網で艦上の測的班と連絡をとっていた。これまでの作戦の砲爆撃は無駄が多く、効果が少なかった。しかし硫黄島では慎重に目標が選択され、計画が立てられた。

つぎの目標が、優先的に攻撃された。

一、隠蔽された砲兵陣地、海岸防御陣地、対空砲火陣地。これらは飛行機や艦砲射撃艦隊の海岸制圧に脅威となるかもしれない。

二、小要塞、トーチカ、機関銃座、指揮所。これらは海岸に強行上陸する海兵隊の脅威となる。

三、洞穴、燃料弾薬集積所、兵舎、兵員の露営地。これらは守備軍の支援基地となっている。

視界は悪く、雲が島の上に深くたれこめていたが、まず掃海艇隊が日の出の一分前に発進した。海岸線から三マイルまで近づいて、守備隊に探りを入れた。しかし海岸からは一発の弾もとんでこなかった。

二月十六日午前七時七分、ブランディ提督は七マイル沖に勢ぞろいした戦艦戦隊に砲撃開始の命令を発した。しかし一〇分たってこの命令はとり消された。艦からは目標が確認できず、飛行機も滝のような弾着を見わけることは不可能に近かったからだ。地上をよく見ようと、飛行機が低空に舞い降りると激しい対空砲火に見舞われ、結局、一〇〇〇メートル上空を飛ばなければならなかった。

　艦上機八機がロケットと銃撃を第一飛行場に加え、ついでＢ24四二機の編隊がマリアナから飛んできた。しかし雲が非常に厚く、ブランディ提督は、Ｂ24が爆弾を落とさないうちに引き上げるよう命令した。

　レオナルド・フライバーク中佐は、二隻の掃海艇隊を西海岸にまわしたが、日本兵は撃ってこなかった。もっとも、艦砲射撃艦隊が〝撃ち方止め〟の命令がでるまで、二、三秒の間緊張した瞬間が続いた。掃海艇のまわりに砲弾が落下し、壁のような水柱が立ったが、一発も命中しなかった。

　その日の午後、巡洋艦ペンサコラの観測機キングフィッシャーがすばらしい働きをした。パイロットのダグラス・ガンディ中尉は、「日本軍の零式戦闘機が後尾についた」と無線電話で報告した。零戦はガンディ機の上空を銃撃しながら、一度通過したが弾ははずれた。すかさず、ダンディは零戦を追い機銃を浴びせた。零戦はたちまち高度を落として、海岸の下にある断崖に機体をぶつけた。

「やっつけたぞ。やっつけたぞ」と、無線電話に向かってガンディは叫んだ。

　午後おそくなって、掃海艇バーが東岩の二マイルまで近づいた。さらに、東海岸の一マイル半沖に進出し、モーターボートＵＤＴ一三号を海に下ろした。三人の士官と一〇人の下士官兵の決死隊がボートにとび乗ると岩にしのび寄り、とうとう、そこにアセチレン灯を吊り下げることに成功した。

このアセチレン灯は上陸部隊の目印になるよう、海に向かって閃光を発する。決死隊が撤退しかけたとき、日本軍は砲火を開いたが、損害はわずかハマン兵曹長が岩で切り傷を作っただけだった。この光は沖からはっきり見え、毎分二五回の閃光が確認された。

午後六時、艦砲射撃艦隊は沖に引き揚げて夜を過ごすことになった。この三日間で一七の目標を破壊した。しかし七〇〇近い目標がまだ無傷で残っている。

艦砲射撃の第一日目、ターナー提督は指揮艦エルドラドの士官室で最後の記者会見をした。世界各国の報道機関特派員七〇人以上が集まっていた。提督は鉄ぶちの眼鏡の奥から記者団を見廻した。毛深い眉と灰色の髪の毛がいかにも〝頑固じじい〟の風貌を与えていた。「おそるべきターナー」はガダルカナル沖からここまで長い戦いを闘い抜いてきた。ガダルカナル沖では、老朽艦ばかりのおんぼろ艦隊が海兵隊を上陸させると、強力な日本海軍がくる前に、いち早く逃げ去った。ターナーはいまや、未曾有の強力な艦隊の指揮をとっている。そしてこの記者会見で、ワシントンから届けられた新しい指令が発表された。

「海軍省は、この太平洋地域での軍の活動を取材する新聞社、雑誌、ラジオ、写真記者に対し、さらに積極的な協力を与える政策をとるよう希望している」

ターナーは、これまで新聞記者がきらいだった。士官室にターナーと、一緒に彼の仇敵〝カミナリ〟のスミスもやってきた。五、六人の参謀をしたがえたスミス将軍は、金ぶちの眼鏡の裏で目をしばたたかせていた。それから海軍長官、ジェイムス・フォレスタルが突然姿を現わして、一同を驚かせた。フォレスタル長官が艦隊に乗りこんでいると噂されてはいたが、その存在が確認されてみると、硫黄島攻略の重大さがあらためて痛感されたわけだ。

　ターナー提督の任務の一つは、新聞記事の検閲だったが、極めて非協力的な調子で注意事項を説明し始めた。

「われわれは、カメラマンは軍にとって無害と考えているが、特派員に対しては注意してる。彼らもわれわれと同じような危ない目にあうわけだ。記事に書かれている事実は検閲を受けねばならない。特派員の意見はそれぞれの責任において表明されるものだ。つまり、特派員とアメリカ市民の間の問題だ。高度の秘密、技術的な情報を除いては、検閲を決して厳しくしないつもりだ」

　さらに日本軍特攻隊、アメリカ軍のナパーム弾や水中破壊班、その他、日米両軍が使う新兵器について書くことは許されなかった。また部隊名や特定の人の名前、または第五八機動部隊の名前を明らかにしないこと。「これらが守られるならば、記事が本社に早く着くよう最大の努力を払う」と約束した。この戦いから初めてグアム島まで記事が無線テレタイプで送られた。上陸第一日には最低五〇〇〇語、その後は毎日一万語の記事が送られることになった。

　目標についてターナー提督は説明した。

「防備は強固である。守備隊の兵力はかなりいる。島の大きさからみて、兵力は充分である。固定基地、とくに孤島としては今日の世界の水準なみによく防備されていると思う。

　われわれは損害を覚悟している。艦船にも、兵員にも、損害はあるだろう。おそらくその数は、かなりのものとなるだろう。われわれは、われわれの知る限り、また力がおよぶ限り、これらの損害を少なくするよう努め、その数を最低にとどめようと考えている。だが、なおかつ損害はでるだろう。しかし、この地点はかならず奪取する覚悟である」

ハリー・シュミット将軍の参謀長ウイリアム・ロジャー准将は、壁にかけられた地図を指して攻撃計画を説明した。

「われわれは最初、海岸で猛烈な防御に遭遇する。敵はわれわれが上陸地点を確保し、橋頭堡を構築させないよう最大の努力を払うだろう。敵はもしそれに失敗すれば、少なくとも五個大隊の歩兵をくり出し、上陸日の日没後、有効な反撃を加えてくる。おそらく上陸翌日の日の出前に反撃するだろう」

そのころアメリカ側は、日本軍が〝万歳突撃戦法〟を廃止しているとは、まだ知らなかった。日本側はそのような無駄にはもう耐えきれないところまできたので〝一人十殺〟の新しい戦法に切りかえていたのだ。

シュミット作戦参謀エドワード・クレイグ大佐はいった、「最初の一時間で、われわれは八〇〇〇名を上陸させ、日没までに三万以上の兵員を上陸させる」

アメリカの敵前上陸能力は幾多の経験を経て、非常に発達していたので、この数字に関しては、記者団からひとつの質問もはね返ってこなかった。

つぎに立ったのが〝カミナリ〟のスミスだった。脇の下にはぐっしょり汗をかいたあとがしみになっている。目前に迫った作戦、また戦死していく海兵隊員のことを考えてか、感情をおさえ切れないといった顔つきをしていた。

「非常に困難な情況である。だからこそ、われわれ海兵隊がきているのだ。わたしの考えでは、日本兵は機械化した防備をもっている。すべての兵員、すべての料理番、パン焼き、ローソク作りにいたるまで海岸のどこかに、なにかの兵器をもってひそんでいるのだ」

スミス将軍もほかの将軍提督と同じようにまちがった予測をたてていた。

「敵は反撃できる体勢がととのったならば、ただちに反撃してくると思う。われわれは反撃を望んでいる。われわれが敵の背骨を砕くのは、この瞬間だからだ」

ところが太平洋戦争で、初めて海兵隊はその好機に恵まれないことになっていたのだ。

「われわれは充分検討した結果、この島を占領するには迅速な攻撃が最大の要件だという結論に達した」

栗林中将は、戦闘をなるべくゆっくりと進め、上陸部隊にできるだけ多くの出血を与える作戦を立てていたのだ。

「海岸で非常に多くの損害を出すだろう。おそらく上陸部隊の四〇パーセントがやられる。その程度の損害は前にも経験したし、もしもう一度そのような苦戦をしなければならないのなら、われわれはもう一度それをやってのけるであろう。質問がありますか」とスミス将軍はたずねた。

「はい」と一人の特派員が答えた。

「つぎに真珠湾にもどる船はいつ出発しますか」

シュミット将軍はもともと演説が下手だった。いつもよりも無神経なごつごつした表情をして短い話をした。

「われわれは、子供に大人の仕事をさせるのではない。われわれは追撃に追撃を重ね、できるだけ素早く島を占領する（シュミットの個人的見解では、一〇日間で作戦は終わるはずだった）」

スミス将軍は常に「追いかけろ、そして一度捕捉した敵は決して逃がすな」といっていた。

「これからわれわれが行なう作戦は敵のシッポを断ち切ってしまうことだ」

こういってスミスは腰をおろした。

つぎにフォレスタル長官が立ち、上気して話し始めた。

「今朝あなた方はこの作戦にわたしを参加させて下さいました。まことに特別なご配慮をいただいたわけです。この作戦を見せていただくことによって、アメリカが生んだ高度の指導力を目のあたり確認できるのは、特典だと考えております。

ここに置かれている巨大な量の物資から、深い印象を受けましたが、しかしわたしはまちがってはならない。

戦争で最後の勝利をおさめ、われわれの自由を守る代償を払うのは、小銃や機関銃を握った地上軍である。

私は海兵隊を尊敬しています。私の海兵隊に対する感情はジュリアン・スミス少将が充分に表明された。彼はタラワ作戦のあと、夫人につぎのような手紙を書いています。

〝わたしは感謝と尊敬の念なしには、一人の海兵隊員のそばを通り過ぎることはできない〟提督ありがとうございました」

とフォレスタルは語った。

記者会見が終わろうとしたとき、ターナーが一言つけ加えた。

「諸君が多くのいい記事を書くように希望する。またあまりその記事がセンセーショナルなものではないよう希望する」

## 開かれた砲門

二月十七日の土曜日、硫黄島の空は晴れていた。午前八時、掃海艇隊がまず行動を起こした。

第五、第六独立掃海隊の木造掃海艇ＹＭＳの一二隻が海岸線から八〇〇メートルに近接し、機雷、暗礁、浅瀬など上陸用舟艇にとって障害となるものを細部にわたり調べるのだ。

摺鉢山の小銃と小型自動火器は火を吹いたが、掃海隊は行動を続行した。その一隻、鋼鉄の船体をした一八五フィート級のスカーミッシュに四〇ミリ砲弾が飛んできたが、かろうじて命中をまぬがれた。機雷は一個もみつからず、波打ち際に浅いところもなかった。海水は冷たく、海岸線には高い波が押し寄せている。

戦艦アイダホ、テネシー、ネバダの三隻は午前九時、海岸線から一マイルまで近づき、ほとんどゼロ照準で主砲の砲門を開き、ペンサコラは崖のすぐ下に近づいて掃海艇の頭越しに弾丸を撃ち込んだ。

山陰伍長はとび上がったり、ころがったりしながら叫んだ。

「今一五センチ砲を撃て。誰か引き金をひかないか」

「よし」

大野少尉は答えた。

「だが敵艦をもっと近づけろ」

「照準を一五〇〇メートルに合わせろ。まだまだ。まだまだ。よし撃て」

初弾は五〇〇メートル近すぎた。巡洋艦はあわてて舵をとったが間に合わなかった。三分間でペンサコラには七発命中し、作戦情報センターが破壊され、キャタパルトの上で艦載機に火がついた。砲側に準備されていた弾丸も誘爆した。逃げ始めた巡洋艦の甲板では乗組員が火災を消そうと奮闘し、艦内でも吃水線近くにできた穴をふさぐのに大わらわだった。

「撃て、続けて撃て」と大野少尉は叫んだ。巡洋艦はまだ目の前でのたうちまわっている。しかし弾は出なくなった。伍長は、「砲台がくずれました」と叫んだが、なるほど砲台は傾き、砲は空をむいていた。大野は口惜しさで歯ぎしりしながら、「撃沈できたのに」といった。

ペンサコラは間もなく火災と浸水を止めたが、乗組員一七人が戦死、一二〇人が負傷した。副長のオースチン・ベーハン中佐は、戦闘情報センターで直撃を受けて死んだ。

午前十時二十五分、海岸に近づいていたアメリカの艦は全艦待避するよう命令された。いよいよ、フロッグマン（水中破壊班）の活躍するときがきたのだ。

水中破壊班は、上陸作戦が欠かせない重要な任務を持っていたが、その存在は厳秘に付せられ、当時報道されたことは一度もなかった。創始者ドレイパー・カウフマン中佐は、一九四三年（昭和十八年）にフロリダ州、ポートピアスで第一次の訓練を始めた。そのとき、集まった志願者は、海軍の兵、下士官で、まるで魚のように泳ぎまわる恐れ知らずの男たちだった。サイパンでは真っ昼間、激しい艦砲射撃が行なわれているさなかで、フロッグマンは珊瑚礁を爆破し、二五〇メートルにわたって水路を開き、海兵隊を上陸させた。硫黄島には珊瑚礁はなかったが、海岸の水の中にとがらせた竹やりが埋めこまれているかもわからないし、あるいは鉄条網をまきつけたコンクリートのブロックが沈めてあるかもしれない。また機雷が敷設されている可能性もあった。日本軍はガソリンのドラム缶を埋めており、海兵隊が海岸につくと同時に、それを爆破させるという噂もあった。

午前十時半、海岸線から二五〇〇メートルの沖に、駆逐艦が一列横隊に並んで、上陸用舟艇を改装したＬＣＩ砲艇がその間を切り抜けて、海岸から一〇〇〇メートルまで進んだ。砲撃が止まり、海上は沈黙した。そよ風が吹き、太陽が冷たい二月の海水をぬるませた。靄が摺鉢山の頂上を隠している。一人の水兵が緊張した声で言った。

「さあ、これからやつらを吹きとばしてしまおう。そしたら家に帰れるじゃないか」

砲艇七隻が一列に並び、ゆっくりと海岸に近づいていった。さらに第二列目には三隻が並び、その後に二隻、最後尾に一隻がつき、ちょうど逆三角形の形で上陸海岸に進んでいく。

フロッグマンは一つの上陸区画に一〇人ずつ五組に分かれて行動する。小さなボート（LCPR）を駆逐艦から下ろして乗り込むと、砲艇の間をすりぬけて海岸に進んだ。五〇〇メートルで、ボートから水中に飛び込み、海岸に泳いで行くのだ。海底の様子をさぐり、三ヒロと一ヒロの標識を入れ、さらに障害物を破壊し、海底の砂を一握り持ち帰ることになっていた。

小さな砲艇は速力が遅く、みにくい格好をしている。それでも、マストには海軍旗を掲げ、むりやり勇ましくみせようとしていた。指揮艇のLCI(G)六二七号上で、補給長のミカエル・J・マラナフィ中佐が艇底の通信室に入り、各艇の交信を傍受していた。〝パッション・フルート〟が〝フイッシャレット〟を呼び、〝リアル・ビーヤ〟が〝アイドル・スウェイン〟と〝セント・ピート〟と交信している。アラバマ州、オレゴン州、メーン州の方言が乱れ飛び、とても本当の戦争が行なわれているとは考えられなかった。しかし今や厳しい、戦の幕が切って落とされた。

栗林将軍は陸からこの様子をじっと見ていた。これは陽動作戦かもしれないが、しかしLCIは上陸用舟艇である。今やってきた艇の数ならば、二四〇〇人の兵員が運べるはずだ。十時三十五分、この作戦で栗林はただ一つの誤りをおかしてしまった。「撃ち方始め！」を命令したのだ。

第一線の砲艇は、まだ何が起こったのか気づかなかった。LCI四五七号艇の艇長ジェローム・オドウド大尉は東波止場の崖のすぐ下に近づいたとき、通信長に「巡洋艦と駆逐艦に砲撃を止めるよう伝えろ」と命令した。味方の弾が砲艇のまわり中で、水煙を上げて落下しているると勘ちがいしたのだ。

これを受信したのは四五〇号艇のウォーレス・ブラディ中尉で、彼はグアム島の戦訓がもう一度よみがえってきたと思った。そのとき、味方の軍艦から撃ち出す弾の射程が短く、砲弾は砲艇の上に降りそそいだのだ。しかし、フロッグマンはこの砲艇の間をぬって海岸に泳ぎ始めた。砲艇は一度に七〇〇発の弾を撃ち出すロケット砲の一斉射撃を始めた。海岸からは小口径の火器や迫撃砲が応戦してきた。

ついに午前十一時、守備隊は一斉射撃をはじめた。北部や摺鉢山麓のトーチカに隠されていた重砲が、砲艇に対して火をはいた。一弾はLCI四四九号の四〇ミリ機関砲塔に当たり、砲員五人を殺した。三〇秒ののちに、弾が司令塔のふもとに当たり、さらに一二人が戦死した。第三弾は艦橋に命中、右舷を吹きとばした。ラファス・ハーリング中尉は三ヵ所に受けた傷から血が吹き出していたが、大声で機関室に後進をかけるよう命令し、それから操舵室にもどって、舵輪を握った。まわりに生きているものは一人もいなかった。

摺鉢山の真下では、四七三号が重砲や軽火器の一斉射撃をうけており、舷側に一八九個の穴をあけられたうえ火災が生じた。十一時十二分、ブラディの目もやられた。第四五〇号は二つの四〇ミリ砲塔に命中弾を受け、数ヵ所で火災が発生し、一弾が船首の錨の鎖を断ち切った。錨は海底にすべり落ちた。

後日、四五〇号は、一八五三年ペリー提督以来、最初に南方諸島に錨をおろしたアメリカ軍艦だと威張った。たまたまその船の機関長はペリー提督の子孫にあたるチャールズ・キング准尉であった。そのとき、キングは先祖のことなど考えているひまはなかった。彼が指揮する消火隊が必死の作業を続ける間にも、日本軍の弾丸で、乗組員二人が行方不明となった。キングはやっと電話にたどりついたが、一弾が電話機をキングの手からもぎとった。二、三秒ののち、消火ホースも消火栓から五センチのところで砲弾で断ち切られた。

二、三分たつと、第一線に並んでいた全艇が命中弾を受けた。指揮艇と各艇との交信はそのときの戦況をよく物語っている。

「四七三号は急速に沈みつつある。海岸にのし上げる」

「四三八号の艇首の砲は破壊された」

「四五七号、浸水している」

「四六九号、数弾命中、浸水している」

「四四九号、医者を送れ、負傷者続出」

「四五七号、沈みつつあり」

「四六九号、浸水がひどくなった」

「四四一号、エンジンが止まった」

「四七一号、大至急医療班を送れ、どちらに進めばよろしいか」

これらに対する返答は、迅速にまた断固とした声で発せられた。

太平洋水中破壊班（UDT）指揮官ハンロン大佐から「モーターボートLCPRはLCIを救援せよ」
マラナフィから三四八号へ「四五七号を救助せよ」
マラナフィから四六九号へ「四四九号の乗組員を収容せよ」
ハンロンからマラナフィへ「四六六号は曳航を必要としている」
ハンロンからブランディへ「不明の地点から激しい砲撃を受けている。島の右手らしい」
ハンロンからマラナフィへ「四七三号に命中弾」
ハンロンからブランディへ「大至急、煙幕を張れ」
ハンロンからブランディへ「大至急、島の陣地に砲撃を増加して下さい」
マラナフィから四七一号へ「医者を探していた四七一号へ。どれでもよいから大型船に近づけ」
ハンロンからブランディへ「さきほど要請した煙幕は張るのか」
ここに対する答えは「イエス」であった。テネシー、ネバダ、アイダホが海岸地帯に煙幕を張り、ネバダが一四インチ砲を断崖に撃ちこんだ。駆逐艦も砲撃を激化し、爆撃機も擂鉢山陣地に向かって飛んできた。日本軍の砲台は必死になって撃ちまくっている。
ボートの中でフロッグマンたちは、革のマスクをかぶり、遊泳帯をつけ、テニス靴の上にひれをはくと、最後の器具点検をした。海底調査をするときの綱、ナイフ、機雷の爆破装置など、器具の点検である。フロッグマンは日本軍の砲弾よりも、「水が冷たい」ことを心配していた。砲弾の水柱を避けながら、ボートが海岸に近づいていくとき、フランク・ジャークラ兵曹長はニャッと笑っていった。

「ひでえもんだな。おれたちに弾があたるじゃないか」

日本軍の猛砲撃にもかかわらず百人余りのフロッグマンがモーターボートの舷側から、つぎつぎに水に飛び込んで行く。UDT一二号は二つ岩を通りすぎるとき、もう二人のフロッグマンを落とした。この岩の両側に深さ一・二メートルを示すブイを入れた。

少なくとも海上は静かであり、フロッグマンは弾のこないすきをねらって水面に顔をだして息をすると、またもぐっていく。海底はきれいで固かったが、海は波打ち際からまっすぐ深くなっていた。つまり珊瑚礁の問題はないが、錨を入れたり、上陸用舟艇をのし上げるのには、都合の悪い海岸であることが分かったわけだ。障碍物も機雷もなかった。海底が深く、潮の流れが早いため日本軍は機雷を使わなかったのであろう。

昼までに、フロッグマンは駆逐艦にもどった。激しい日本軍の砲撃はまだ続いていたが、砲艇は後退せず、応急修理をするとまた戦列に帰り、計画どおり任務が完了するまで後退しなかった。

どの艇もひどくやられ、各艇とも戦死者を出した。舷側に大穴があき、火を吹いているのに、任務を続ける艇もあった。エンジンの全力が残っている艇はほとんどなく、ある艇は曳航されねばならなかった。LCI四七四号は沈みかけ、マッシュー・ライクル中尉の艇には、十時五十五分から十一時三分の間に、六インチ砲弾一四発が命中した。三発の味方の弾が誘爆し、四ヵ所で大火災が起きたが、それでもなお前進を続けていた。しかし間もなく艇は傾き、数ヵ所の区画で二メートル近く浸水した。そこでライクル中尉は駆逐艦カップス号に近づき、乗組員をカップス号に移乗させた。それでも砲艇はしばらく右舷を下にして浮いていた。

十二時三十分、ライクルは四人の決死隊をつれて艇にもどろうとした。味方の艦のすぐ近くまで行ったとき、艇はくるりと転覆して、赤いふな底が水から顔を出した。駆逐艦カップスが、四〇ミリ機関砲を撃ってこれを沈めた。また、四七四号は准尉一人、兵曹長一人、三人の水兵をこの戦いで失った。その他二人が機関室を離れるのを拒み、艇と一緒に沈んでいった。それはオービル・マッキストン一等機関兵曹とジョセフ・ウイリアムズ三等機関兵曹であった。

四六六号艇が巡洋艦テネシーの舷側に来たとき、ジョン・マーカンドは艦橋から下りて、艇が戦艦に近づいて来るのを見ていた。

四六六号がそばに来たとき、ちょうど太陽が雲間から顔を出して甲板の上を照らした。上甲板には血のりがたまり、艇が波で揺れるとその血の海はしだいに広がっていった。砲艇上の死体には一応毛布がかけられていたが、狭い甲板は負傷兵で足の踏み場もないほど。背の高い頭の禿げた艇の指揮官はときどき命令を叫びながら、ゆう然と煙草をふかしていた。その男はジェームス・ホロヴィッツ大尉で、そのとき二十七歳、乗組員九二人中、四人の部下が戦死し、一人が行方不明となり、一八人が負傷した。負傷兵の中にはUDT一二号から発進したフロッグマンのジャークラ兵曹長もいた。ジャークラは任務を終えて四六六号に助け上げられ、ブリッジまで来たとき砲弾が命中し、両足をもぎ取られた。

ハーリング大尉の指揮する四四九号艇はいちばんひどい損害をこうむり、掃海隊の旗艦であった〝テラー〟の舷側に横づけした。乗組員のうち一七人が戦死、二〇人が負傷した。ハーリングは、艦橋のそばにほとんど気を失って倒れ、そのまわりに戦死者が折り重なっていた。砲塔は全部撃ち砕かれた。その日のうちに旗艦テラーは砲艇三隻を助け、沈没しないよう、ワイヤーロープを渡した。

行方不明になったフロッグマンは、二等工作兵曹のアンダーソン一人だった。二つ岩と海岸の間を泳いでいたとき迫撃砲弾の至近弾を受けたことが確認された。この任務で四三人が死亡し、一五三人が負傷、一人が行方不明になった。一二隻の砲艇のうちサイパンまで自力でたどりついたのは四隻だった。駆逐艦リュウツもまた命中弾を受け、七人が戦死、三三人が負傷した。その重傷者の中には、艦長のロビンス中佐もいた。その日の午後にフロッグマンは西海岸も偵察したが、そのときには、戦艦二隻と巡洋艦一隻が掩護した。ここでは、上陸用舟艇にまちがわれやすい砲艇が一緒にいなかったので、日本軍は反撃してこなかった。この海岸でも、障碍物は発見されなかった。

戦艦と巡洋艦が艦砲射撃を再開した。また航空母艦の艦上機も飛んできて、銃撃を加え、ナパーム弾を落とした。四二機のB24がマリアナから飛来し、破片爆弾を落とし、島中に鉄片の雨を降らせた。

編隊長のケネス・ブラウン少佐は、爆撃機が島の目標に対して一〇〇パーセントの命中率を上げたと公言していた。こうした砲爆撃に栗林は少しも動じなかった。むしろ上陸部隊を撃退したと思っていたのだ。

東京の海外向け放送は、「二月十七日午前、敵軍は硫黄島上陸を試みた。日本軍守備隊はただちに反撃、上陸部隊を海上に追い落とし、さらに戦艦を含む五隻を撃沈した」と報じた。

連合艦隊司令長官豊田副武大将は市丸少将に電報を送った。

「硫黄島防衛部隊が敵の猛烈な砲爆下にありて沈着冷静、よく敵の意図を洞察し、先ず敵の第一次上陸を撃退するとともに好機に投ずる奇襲攻撃により、敵に痛手を与えつつ、泰然として待つあるの情勢を堅持し難関死守の気迫横溢せるは、本職の大いに意を強くせる所なり。今後益々防衛を固め旺盛なる士気を持って敵のいかなる猛攻に会するも、敢然これを反撃し、国土外郭防衛の完遂に邁進せんことをのぞむ」

この日明らかになったことは、二日間にわたる砲爆撃が、ほとんど海岸の日本軍の火力を弱めていない事実だった。しかし上陸部隊を撃退したと思った栗林は、これまで敵に知られていなかった陣地を暴露してしまった。このときまでは二〇の小要塞のうち三つが破壊されただけで、数十個のトーチカはほとんど無傷だった。東波止場上の断崖はアメリカ側の情報では、対戦車砲四門が据えつけられていることになっていたが、さらにコンクリートの防壁の中に、六インチ砲以下一三門の大砲が隠されていることが分かり、また日本軍の砲弾の破片を調べてみると八インチ砲さえ隠されているのではないかという恐れもでてきた。

ブランディ提督の座乗する指揮艦エステス上の作戦室で、緊急会議が開かれた。もう砲爆撃は一日しか残っていないが、海岸の守備隊は制圧されておらず、北方に置かれた大砲や迫撃砲は別としても、海岸の守備軍さえ健在なのだ。海兵隊砲兵指揮官ウェラー中佐は、もう一日、艦砲射撃をするよう提案した。

東京攻撃に向かっていたスプルーアンス大将は、ブランディ艦砲射撃艦隊長官に、もし目標が充分に破壊されていない場合には、一日だけ砲撃をのばす権限を与えていた。しかしターナー中将はそのとき、天候が悪化する恐れがあるという理由で、この決定をとり消した。ブランディは、ウエラー中佐の提案をしりぞけた。

海兵隊がこの海岸線に三六時間以内には殺到することを考えると、いても立ってもいられない気持のウエラーは、最終日の砲撃を海岸だけに集中するよう、もう一度頼んだ。後にウエラーはつぎのように書いている。

「大砲、迫撃砲や対空砲火が破壊されていないからといって心配するな、また島の内陸にトーチカや小要塞が進撃路にたちはだかることになるかも知れないが心配するな、これが海軍の答えだった。そして、海岸の防衛線を制圧し、上陸海岸を射撃する水際近くの砲のみを破壊することが決まった」

新しい戦術が決められた。島の中央部の目標を砲撃していた戦艦ニューヨークが摺鉢山から崖にかけて砲撃する艦隊に加えられ、ニューヨークとネバダの二隻の戦艦が海岸のトーチカをねらい、さらに戦艦テネシーが崖の砲台を制圧し、戦艦アイダホが摺鉢山を撃つことになった。各艦には上陸日に撃つ砲弾以外のすべての弾薬を消費してもよいという許可が与えられた。

二月十八日、日曜日の朝、スコールが降りしきり、視界はよくなかったが、各戦艦は午前七時四十五分に二五〇〇メートルの沖合から砲門を開いた。必死でたてられた慎重な計画に従って、ネバダとニューヨークは、波打ち際のすぐ上にある砂丘の砂を吹き飛ばした。こうすると、砂の下に隠されていたコンクリートのトーチカが暴露するわけだ。それから二〇〇〇ポンドの高性能爆薬をつめた砲弾を撃ちこんだ。トーチカは一つ一つ破壊されていった。日本兵が陣地から逃げ出していくと、それを四〇ミリ機関砲手がねらい撃ちにする。

戦艦テネシーの砲手は五時間近くかかって、断崖に設けられた海岸砲の砲座をしらみつぶしにした。大野少尉は断崖を歩いているときに、大きな弾丸が落ちてくるのをみて、「逃げろ」と叫んだ。部下がトンネルやほら穴に飛び込むと同時に、足もとの地面が揺れ動いた。爆風でケロシンランプの火が吹き消された。大野は震えながら退避していた。二〇分間に五〇発の砲弾を数えた。砲撃が遠のき、ほら穴から這い出してみると、大野の砲はみじめに砲身をだらりとさげて、海を向いていた。二五ミリ機関砲の防壁はなくなり、五〇〇〇発の弾薬は全部誘爆し、弾薬庫から二条の煙がたちのぼっていた。

大野はいった。

「さあ、これでおれたちは歩兵になったぞ。小銃と銃剣を持って白兵戦の準備をするんだ」

摺鉢山に砲火を集中していた戦艦アイダホは一日中砲撃を続け、山麓にある岩やコンクリートを粉砕した。もしこれらの砲を沈黙させないと、それだけ海兵隊が死ぬことになるのだ。

午後遅く大型艦は引きあげ、写真偵察隊が航空写真を解読した。それによると、海岸にある二〇のトーチカのうち一六が破壊され、また小要塞も半数がこわされているはずだ。さらに一七門の海岸砲が粉砕され、そのうち四門は摺鉢山麓に据えつけられたものであった。それでもまだ数百の大砲と迫撃砲には、手がついておらず、アメリカ軍の上陸を待ちかまえているのだ。

二月十八日の夜遅く、ブランディはターナー提督に電報を送った。

「明日、上陸決行可能と思われる」

多くの海兵隊は、そのとき、戦艦にはまだ沢山の弾丸が残っていたことをいまでも決して忘れないだろう。まだ戦艦は予定されただけの量の砲弾さえ、撃ちつくしていないのだ。

輸送船では、最後の礼拝が開かれていた。出席者の数はいつもより少なかった。詩編の二十三編が読み上げられ、「われらの友なる主なるイエスは」の讃美歌を歌った。その歌声を無限にひろがる海が吸い取っていき、あとには舷側を洗う波の音ばかり、強大な艦隊は北へ北へと進んで行く。

あるLSTの甲板で、海岸防備隊の報道班員ヴィック・ヘイデンは、「いったいここにいる荒武者たちは、海岸のタコツボの中にもぐっているときでも、無神論者でいられるだろうか」といぶかった。「ふだん強そうな格好をしていても、いずれはだらしがないんだろう」とぶしつけにいった。それを聞いてある者は笑ったが、何人かは黙ってその場を立ち去った。

第五師団の輸送船の中で、イラ・ヘイズがきたない冗談をいった。まわりを見渡すと、フランクリン・スースレイ一等兵に目をとめて、「お前にやるよ。おれがもし死んだらな。これはお前のものだよ」といってハーモニカでジャズをふいた。スースレイは十九歳であった。彼にとって、これが一人で家庭を離れる最初の経験であった。ヘイズはソロモン群島のベラ ラベラ、ブーゲンビル島の闘いから海兵隊落下傘部隊員として参加していたが、これまで白人の兵隊とはつき合わなかった。ヘイズはピマ・インディアンであり、いつも黒人やメキシコ人が話し相手だった。

結局のところ、スースレイが死に、ヘイズが生き残った。このインディアンは、アメリカに英雄として凱旋した。それは一枚の写真が英雄にしたのだ。ヘイズとスースレイは隣り合って、四人の戦友とともに摺鉢山の頂上に星条旗をかかげた。生きて帰ったヘイズはシカゴで飲んだくれになり、ある朝、アリゾナの砂漠で死んでいた。一方、スースレイは北の近くで戦死した。

航空母艦カボットは大船団の端を進んでいたが、その一室に従軍記者アーニー・パイルが船酔いで寝ていた。パイルは初めて太平洋戦線にまわってきたのだが、偉大な海軍力を目のあたりにみて感激していた。何年もヨーロッパ戦線で過ごした後であり、タコツボや塹壕と親しんできただけに、こうした風景は珍しくもあり、人間味のない戦争と感じていた。

その前夜、〝カミナリ〟のスミス将軍は苦しんだ。四年間の海兵隊生活はこんどの作戦で終わろうとしている。翌朝ひどい損害のでることを知っていた。その夜、またしても血で赤く染まったタラワ島海岸の水たまりが、悪夢のように脳裡から消え去らないのだ。

ヒル提督がタラワで何度もいった言葉を思い出した。

「海軍はこの島を破壊してしまうつもりはないのだ。われわれはそこにいる守備隊を撃つのが目的なのだ」

サイパン戦でも海軍指揮官マーク・ミッチャー中将の信号は〝海兵隊、前進せよ。敵は逃げ腰になっている〟であった。

その夜おそく、将軍はエルドラド号の船室に入り、聖書を読んだ。スミスはメソジスト派のキリスト教信者であり、これが習慣になっていた。それから祈り、最後にジョセフ・ステッドマン神父の書いた「日々の言葉」を開いた。首のまわりにはローマ法王ピオ十世から与えられたセイント・クリストファー勲章が下がっていた。やがて彼は目を閉じてあかりを消した。

# 第二章　決死の上陸

## 二月十九日午前八時五十九分

夜が明けると、島が目の前にあった。くすんだ色をして灰色の水平線にくっきり浮かびあがってみえる。長い間何もみえない海上で過ごした目には、そこに島がみえるのが不思議だった。

まったくその島は何とも言い表わしようのないたたずまいをしている。ジョン・マーカンドはその島が掛軸に描かれた墨絵だと感じた。三師団第二六連隊、ジャングル戦にベテランの歩兵ウイリアム・ガドワ伍長には、島がまるで憎しみの固まりのように見えた。ある若い中尉は、朝靄に包まれた島が、神聖な場所と感じた。

ありきたりの島ではなかった。この島こそ、日本領土、硫黄島なのだ。つまり、敵の本土の一部なのだ。ここに足を踏み入れた外国人は一人もいない。海からみるとそれは無毛の、生物も木も育つもののない、そして人類が住んだ形跡すらありえない島のように見えた。左端の摺鉢山頂上を雲が隠している。灰色の斜面は海から鋭くそそりたち、荒地が北に向かって急にひろがっている。この二つの間に海岸線が黒く狭くのびており、地面が平らになる前に急な斜面の砂丘が走っている。

LST戦車揚陸艇や、輸送船上の兵隊は午前三時に起き、海軍の伝統にしたがって——敵前上陸日の朝食、ビーフ・ステーキ——縁起の悪い朝飯を食べた。

「三日間晴天がほしい」かつてターナー提督がいったことがある。午前五時、少なくとも晴天の朝が一日はありそうだった。風速三メートルの風が北から吹き、上陸海岸に打ち寄せる波の高さは、わずか一メートル。

警報が出たとき、ターナー提督は、指揮艦エルドラドの艦橋にバスローブをはおって出てきた。ターナーはたった独りのときでも、皮肉なユーモアを失わない男だ。前夜、日本の放送が「ターナーを決して生きて硫黄島から帰すことはないだろう」といったのをきいていた。彼はスプルーアンス大将あてのノートをしたためた。「おれを助けにこいよ」

午前六時三十分、各輸送船は定位置についた。一〇分後、艦砲射撃が始まった。史上最大の上陸作戦にふさわしい恐るべき砲撃であった。スプルーアンスは巡洋艦インディアナポリスに座乗し、二隻の戦艦ノースカロライナ、ワシントンをひきつれ、東京空襲から硫黄島にもどってきた。島のまわりには合計七隻の戦艦、四隻の重巡、三隻の軽巡、数え切れぬほどの駆逐艦、各種小型艦艇が整然と隊列をととのえ、上陸日砲撃計画をいよいよ実施しようとしていた。

この計画書はていねいに三色の文字でかかれ、最高機密の印がおされていた。硫黄島を目の前にして、この一週間さらに慎重な検討が加えられていた。その日に撃たれるすべての砲弾は計画書に克明に記載されていた。どの艦も決められた時間に、決められた数の砲弾を、決められた目標にうちこむのだ。摺鉢山から第二飛行場まで、一メートルの土地も余すことなく砲火の洗礼に見舞われることになる。

はじめ砲撃はゆっくりと始まった。西海岸に二隻、東海岸に五隻の戦艦が最初の八〇分間に七五斉射を浴びせ、巡洋艦は一〇〇斉射を加えたが、これらの砲撃で島と海は文字どおり揺れ動いた。ほこりが雲のように島から湧き上がり、島全体がその中にかくれてしまった。

砲撃は八時をまわると予定にしたがって、二、三分やんだ。するとミッチャー提督が一二〇機の空母艦上機を島の北方海上から送りこんだ。その中にはウイリアム・A・ウェリントン中佐のひきいる海兵隊航空隊の四八機もいた。

海兵隊は、彼ら自身の航空隊があることを知っていたが、その飛行機に彼らの上陸を掩護してもらった経験はほとんどなかった。この朝、ウェリントンが部下のパイロットに与えた命令には、「進め、胴体が海岸の砂をこするほど低空に舞い下りろ」と書かれていた。

海兵隊機は二列縦隊に並んで南の方から進入すると上陸海岸を北に向かい、第一回目にナパーム弾を投下した。不発弾もあったが、多くは海岸線にそって、恐ろしい火炎の幕を張った。まだ海上にいた海兵隊は歓声を上げた。飛行機は舞いもどると、こんどはロケットと機銃で二〇分間にわたり、海岸を制圧した。一方、海兵隊上陸部隊は上陸用舟艇にのり、発進をまちかまえていたが、おたがいに叫びあい、肩をたたきあって喜んだ。

陸軍はマリアナから四四機のリベレーターB24爆撃機を飛ばせたが、わずか一五機が島に到着し、一九トンの爆弾を投下した。陸軍機はスプルーアンス提督の要請で三〇〇〇メートルより低い高度で進入した。はじめ陸軍は上陸海岸に目標らしい目標はないから、わざわざ爆撃機をとばすまでもないと主張していた。

艦砲射撃が午前八時二十五分に再開され、すべての砲は海岸線を目標にした。上陸部隊第一波の上陸用舟艇が出発点に整列した。八時三十分に発進する。戦艦主砲の一斉射撃はオレンジ色の火炎の幕を海岸線に張りつめた。主砲を撃つたびに反動で大きな艦体が海面をずれ動いている。一六インチ砲の雷のような轟音、鋭い音を立てて空気を突き破って飛んでいく巡洋艦、駆逐艦の五インチ、八インチ砲弾、海兵隊がこれまでに経験した最大の砲撃である。八〇〇〇発の弾丸が、わずか三〇分足らずの間に海岸に落下した。日本兵は摺鉢山や北方の地下深く潜って待機していたが、地底を揺がす大音響にぼんやりしてしまうものも少なくなかった。

上陸部隊は、午前六時三十分から沖で編隊を整えていた。ターナー提督は六時四十五分、落ち着いた声で「上陸用意」の命令を下した。これまで何もなかった海面は海岸から一〇マイルまで近づいた五百隻の輸送船群でにわかにざわめいてきた。ハッチが開いてクレーンの斜桁が延び、ボートが水面におろされ、舷側に綱が張られた。無線電話の回路が開かれ、船内の電話がけたたましく鳴った。何千というガソリンやディーゼルのエンジンが急にスタートした。

午前七時三十分、海岸線と平行して二マイルの沖に出発線がしかれ、その両はしに司令艇が位置した。この線にそって上陸用舟艇が一列に並び、両はしに第四師団副師団長ハート准将と第五師団のハームル准将がいた。LST戦車揚陸船は船首のドアを開いてLVT大発や七五ミリ砲と機銃三梃を装備した水陸両用戦車LCIを吐き出した。これらの戦車は海岸線から五〇メートル内陸に入り、後から上陸してくる部隊のために火線をつくることになっていた。

兵員をのせた大発は、船のまわりに円を描いて待機している。最初の三波は八時十五分までに出発点に勢ぞろいした。空から見ると大発は白い航跡を曳いて、まるで水すましのように海面を走りまわっていた。太陽はすでに高く上がり、島に茶色と黄色の陰ができた。風がひと吹きしたと思うと、三角形の信号旗が何百というマストから、サッといっせいに降ろされた。

「全艇突撃せよ」

それはある晴れた日の出来事だった。

中央指令船の信号旗がおろされたのは正確に午前八時三十分。その瞬間、上陸部隊第一波が発進し、戦闘の幕が切って下ろされた。第二機甲上陸大隊のLVT大発六八隻が出発線を越えて、真っ先に進んだ。艦砲の砲弾がうなりをたてて頭上を飛んでゆく。戦車揚陸艇を改装した特別LCIが前進し、最後の二万発のロケット弾を発射した。やがて一三六〇名の海兵隊をのせた大発の第二波が出発線を越えた。さらに八波までがそのうしろにひかえ、五分間隔で発進し、四五分以内に九〇〇〇名が上陸する。

　空から観測機が、「先頭集団は海岸線から、四〇〇メートル」と報告した。艦砲射撃の各艦は目標を海岸線から島の中央に移し、最後の空襲部隊が飛来した。これはミリングトンの率いる海兵隊爆撃機で、波打ち際近くの海岸線を攻撃した。

　ＬＶＴ大発の一番手は八時五十九分、予定より一分早く赤海岸に到着、それから三分間に、海兵隊は摺鉢山から東波止場の北にある断崖まで、青海岸二区画を残して、砂浜にとりついた。彼らの前に立ちはだかっていたのは、高さ三ないし五メートルの柔らかいぐさぐさした砂の丘である。キャタピラ車両でなければ、この丘は越えられない。

　水陸両用トラックは丘に突進し、キャタピラでまわりにいる海兵隊の顔に砂をけり上げながら、台地に進出した。数両のトラックは中央部と北部の海岸線から五〇ないし七五メートル進んだところで、摺鉢山麓の断崖にぶつかった。大砲を積んだ武装大発は海岸線をはなれ、海上から砲撃を始めた。

　最初の二、三分間、日本側から弾丸は一発も飛んでこなかった。ＬＶＴ大発からおどりでた第一陣は砂丘を登り始めたが、足がすべってまるで滝を登るようだった。完全装備で歩兵は二五キロ、迫撃砲手は六五キロの七つ道具を身につけている。柔らかい砂を進む兵は海の中を泳いでいるのと変わりなかった。台地の固い地面にたどりつこうと懸命にもがいた。

　まだ日本軍は砲門を開かない。栗林中将の計画では充分時をおき、上陸部隊が台地に這い上がってきたところで、殲滅してしまうことになっていた。

一二〇〇名を乗せた第三波は九時七分に到達し、五分後に第四波の一六〇〇名が着いた。後続部隊がすぐ後にひかえ、うち寄せる波のように規則的に殺到した。栗林将軍が決めた反撃開始時刻はもうやってくる。ときどき小火器の銃声が散発的にすぐ近くで鳴った。

二五連隊が海岸集結を終わったとき、連隊長ジョン・R・ラニガン大佐は島の中央に進出しようとして石切場に目をむけた。ウエッシンガー大佐の率いる二三連隊が、まっすぐ第一飛行場に向かって進み始めており、その南には、トーマス・ウォンハム大佐の二七連隊が飛行場を西から包囲する体制をととのえている。

二八連隊のハリー・B・リバセッジ大佐には、三つの任務が与えられていた。まず島の一番細い部分を横断し、二手に分かれ、南に回った大隊は摺鉢山を占領し、北に攻める大隊は第一飛行場攻略を掩護する。ジャクソン・バターフィールド少佐が指揮する第一大隊が台地を強行突進し、シャンドラー・ジョンソン中佐の第二大隊は摺鉢山を攻め、第三大隊のチャールズ・E・シェパード中佐は第一飛行場に進むことになっていた。

摺鉢山の一番近くにいた独立歩兵第三一二大隊の長田謙次郎大尉はじっと待機していた。松下久彦少佐の率いる独立速射砲第一〇大隊は黄色第一海岸の前面にひかえていたが、そこは第一飛行場の主要滑走路につながる斜面の正面にあたった。南の黄色第二海岸の後方には、粟津包勝大尉の独立歩兵第三〇九大隊がいた。そのとき、何人が生き残っていたか明らかではないが、松下少佐の率いる三〇〇人のうち六人は戦いの終わりまで生きていた。三一二、三〇九大隊は、それぞれ八〇〇名の定員だった。その一六〇〇名中四二人が生き残った。

そのうちの一人、藤井真佐郎上等兵は、三十一歳で熱心な仏教徒だった。艦砲射撃の砲弾が三〇九大隊陣地の真ん中に落下し始めてから一分たつと、彼の中隊の四〇名のうちわずか一〇人しか生きていなかった。藤井は宮崎で飴屋をしていたが、昭和十年から陸軍にとられ、早く故郷にもどりたかったが、砲撃を逃れ、北にはっていくうちに、第二飛行場滑走路のそばで洞穴をみつけた。藤井上等兵はそこに一九日間とどまっていた。その間に戦線は頭の上を越え、北に移動していった。

アメリカ軍の上陸が進むにつれて三一二大隊はひとつひとつ陣地を敵に譲りながら、ゆっくり摺鉢山に後退していった。一日中激戦し、夜になっても夜襲を続けた。大隊のうち九人つまり一〇〇人に一人がこの戦闘を闘い抜いた。

二月十九日の朝、吉田茂一等兵は、陣地外に出なかった。もうできることは何もなかったからだ。一年近く、東海岸を見おろす丘の上で働いていた。毎日いわれたとおり石を並べて弾薬庫を作り、待避壕を掘った。その朝、吉田一等兵は摺鉢山のふもとにある洞穴に潜っていた。まわりにはガスマスクやガスに汚染した地域にまく漂白粉をならべていた。そして噴気孔でお茶をわかしてじっとまっていた。

## 血に染まった砂浜

海兵隊の第一波が上陸してからはじめの三〇分間、アメリカ兵は肩すかしを喰ったような気分だった。海岸ではたまに日本軍の迫撃砲弾が炸裂し、まるで牧場にそよ風が吹くように小口径の自動火器がうちこまれてきた。

二八連隊のベイトス中尉は砂丘に這い上がったが、胃が苦しく息が切れたのでそのまま伏せていた。ベイトスが上陸してからまだ一〇分しかたっていない。いったい何が起ころうとしているのだろう。テキサス出身、二十四歳の中尉は、C中隊第二小隊長だった。右側に第一小隊のハックラー少尉、左側にはB中隊第一小隊フランク中尉がいるはずだ。その一瞬、ベイトスは、「日本兵はこっそり島を撤退しているのだといいな」と考えた。

ソウステンソン軍曹は、伍長一名をつれて一番最初のトーチカに向かっていた。手榴弾を三、四個投げると、伍長がトーチカの中に入った。血のしたたる銃剣をさげて出てきた伍長は第二のトーチカにかけのぼり、その上に仁王立ちになった。その瞬間、別のトーチカが火を吹き伍長を殺した。ベイトスの夢は破れた。

海兵隊は蛙のように伏せたかと思うと、走り、また伏せる。行く手をはばむトーチカには爆薬を投げ込んで破壊する。ときには勢いあまって破壊するいとまもなく、トーチカの火線を突破する。上陸部隊はいっきょに西海岸に進んでいった。ぎらぎらした太陽が、頭の上から照りつける時間になった。それと同時に、迫撃砲弾や小口径の砲火が激しく海兵隊に降りそそいだ。

ジョン・ヘミング一等兵は、息せき切って走った。分隊長のJ・ドーソン軍曹を見失うまいと、われを忘れて島を横断した。不意に眼前にトーチカが現われたが、迂回するのももどかしく、そのまま正面からトーチカの屋根をふみつけて進んだ。そうする以外に、方法がなかったのだ。アダムス一等兵は、フィールドジャケットを脱いで背嚢につめた。すると砲弾が背嚢を吹きとばした。トレッドウェー一等兵は額の真ん中に大きなこぶができた。鉄兜の真正面にあたった弾が鉄兜の内側を半周し、逆の方にぬけていったからだ。

ライト中尉は、午前十時三十分、西海岸に到着した。小隊六〇人の指揮官だったのに、気がついてみると一緒にきたのはレチェリー一等兵とリーザック一等兵の二人だけだった。ここにくるまでに、リーザック一等兵は二〇ミリ砲座におどり込んで、八人の日本兵を撃ち殺すと、裏口からぬけだした。

ベイトス中尉はライトとほとんど同じころ西海岸に到達した。ちょうど島を横切るのに九〇分かかったわけだが、わずか四、五人が後に従っていた。ひと握りの海兵隊が横断したからといって、島が二分されたわけではなかった。ベイトスは小隊付の軍曹ヒッケンズを探そうと、つぎの瞬間撃たれるとも知らずに、左手に小銃をぶらさげて、歩き始めた。

上陸海岸から一五〇メートルの地点に自分の中隊をみつけたので、ベイトスは手をふって〝こちらに来い〟と合図した。彼らも手をふって応えたが、その瞬間なぜ戦友が手をふったのかその意味が分かった。左方の機銃が火を吹き、弾丸が左腕をもぎとった。ベイトスは倒れながら考えた。

「畜生、やられた」

まわりをみると二等兵が、小銃の台尻に頭をのせ砂を噛んでいた。戦友が駆け寄って、二等兵を助けた。ベイトスが覚えているのはそこまでだった。

意識がはっきりしたときベイトス中尉は立ち上がって、まわりにいる部下に声をかけた。激しい銃声が聞こえる。日本軍守備隊の砲火は激しくなった。ところきらわず、轟音とともに大きな弾丸が炸裂し、息もつまりそうだった。中尉は西海岸に孤立したら大変だと思った。しかし、激しい砲撃を冒してまでも、部下たちはつぎつぎに西海岸に到達した。

砲兵軍曹L・モーリーは島の中央付近にできた穴にもぐった。前方に進む兵隊もあれば、後方に歩いていく兵隊もいる。ちょろちょろ動きまわっていたのは伝令で、すぐそばにいる後続部隊に報告を伝えにいくのだ。そのころ、通信兵が上陸してきておらず、報告と命令はすべて口から口へ伝えられていた。

やっとベイトスに部下の居場所が分かった。ヒッケンズは負傷、第三分隊長ミカエル・コスト軍曹は戦死。伝令のデイベント一等兵も負傷、トウダー一等兵はおとなしい少年であったが、足にうけた傷の出血がひどく、いまにも死にかけていた。しかし部下は三々五々到着した。小隊付軍曹のサトフィンがA中隊三小隊の生き残りをつれてきた。

メヤス大尉は、トーチカにはピストルが一番のえものだと発見して、ひとりで感心していた。ピストルをかざして島を横断し、西海岸に到達したとき、弾丸がのどを貫通し血が吹き出した。そのままじっと寝ていると、二等兵が砂をかけ始めた。メヤスは、「何をしやがんだ。おれは生きてんだぞ」と叫んだ。午後おそくメヤス大尉は船に運ばれたが、つぎの朝、息を引きとった。

二八連隊第一大隊の中隊長は一人を除いて、みな戦死した。ウイルキンズ大尉はA中隊を海岸に待機させ、第二大隊が摺鉢山攻撃のため集結するのを待っていた。ウイルキンズは西側から進んだ。興奮して進みながら、部下のトニー・スタインを見守っていた。彼は二十四歳、ガダルカナル、ブーゲンビル、ベラベラなど歴戦の勇士である。この闘いで彼は〝スティンガー〟と呼ばれる特別の兵器をもっていた。トニーは故郷のオハイオ州ノーステイトンで道具作りをしていたので、壊れた海軍戦闘機の翼についた機銃から、手ごろな機関銃を作った。

A中隊が前進を始めたとき、いちばん最初に飛びだしたのはスタインである。たちまちトーチカに突撃し、すぐ後に爆破係のサベイジ軍曹とタベルト伍長が従った。手製の銃を撃ちまくりながら、スタイン伍長はトーチカをつぎつぎに攻撃した。タバートとサベイジがすぐ後から支援する。初めの一時間で、スタインは少なくとも二〇人の日本兵を殺した。彼はやがておかしな仕草を始めた。前進をやめたと思うと、鉄兜と靴をぬいで、一目散に海岸に走っていく。しかし逃げたのではない。弾丸をとりにもどったのだ。スタインはその日、前線と海岸の間を八回往復した。敵弾が二回も例の機関銃を手からもぎとったが、日が暮れても、その機関銃は火を吹いていた。彼のユーゴスラビヤ人の母親がよくいった。「この子は頑丈な子ですよ。このトニーはね」

摺鉢山は二八連隊の第二大隊が攻撃することになっていた。第二大隊はこの山さえ陥せば、戦争は終わるだろうと早合点し、緑海岸に上陸すると、士気を燃やして待機していた。九時三十分をちょっとまわったころ、山の日本軍は防衛体勢をととのえた。海兵隊の頭上に迫撃砲が落下しはじめたのだ。近くから、銃弾が雨あられと飛んでくるし、ねらい撃ちした砲弾が炸裂したが、アメリカ兵には弾がどこからくるのか、どこを反撃すればよいのか見当もつかなかった。

LVT大発が波打ち際にのしあげると、兵隊はおどり出たが、彼らには砂丘を越えることはできなかった。海兵隊は、陸にとび下りたものの、遮蔽物を求めて砂丘のふもとにとりついて、ちぢこまっているか砲弾の穴に伏せていた。アメリカ側が散々な目にあっていることは誰にも分かった。海岸は上陸部隊がいっぱいで動きがとれず、指揮官が強力に統制する必要があった。やがてその指揮官が現われた。砲火をものともせず、背の低い、太った体を揺すって叫んだ。

「さあ、みんな、この海岸から進むんだ」

大隊長シャンドラ・ジョンソン中佐である。この声に促されて海兵隊は砂丘から体を起こし、擂鉢山に向かって島の中央に進んでいった。ジョンソンのすぐ後に大隊副官のウェルズ少尉が図嚢をベルトに下げて従っていた。図嚢にはアメリカの国旗がおさめられている。

スーパー中尉は上陸の朝、LST六三四号のタンク甲板に積まれているLVT大発に這い上がった。五時三十分だった。ちょうどお祈りの時間である。スーパーはカソリック・ジェスイット派の従軍牧師で、第二大隊に配属されていた。

それからしばらくたって、隊員がそれぞれの車両のそばに立ったまま、サンドイッチをかじり、コーヒーをすすった。スーパー神父はジェスイットふうに〝勇気〟と〝恐れ知らず〟のちがいについて考えた。

「勇気ある男は、心の中にひろがってくる恐れをおさえて義務を果たす。わたしは〝恐れ知らず〟ではないのだから勇知らず〟だが、勇気あるものは非常に少ない。多くの男は〝恐れ知らず〟ではないのだから勇気を持ちたいものだ」

彼らは第九波で上陸した。スーパーのほかに、ナイラー大尉、ケインズ中尉ら多くのものがいた。従軍牧師は数日前に、ウェルズ少尉が輸送艦から旗をもらったと、話したことを思い出した。ケインズ中尉はいった。

「お前、旗をもってこい。そしたらおれが摺鉢山のてっぺんにそれを上げるから」

そのときスーパー神父はいった。

「君はその旗をあげろ。わたしはその下でお祈りをしよう」

そのすぐ北側の海岸、赤海岸に、ジョン・アントネリ少佐は第一波で二七連隊第二大隊E、F中隊をひきつれて上陸した。

ペテルセン一等兵は機関銃手だったが、その日のことをはっきりとおぼえている。ちょうどその日が、二二回目の誕生日にあたっていたからだ。三八日後、中隊でたった一梃残った機関銃を、大事にもって島を去っていった。そのとき、三八日分のひげが生え放題だったが、二十二歳三十八日とはみえないほど、すっかり年老いていた。

バトラー中佐が指揮する二七連隊第一大隊は、第二大隊と並んで赤第二海岸に上陸した。

海岸はようやく混みあってきた。E中隊はC中隊の右側に出るはずだったのに、左側に来てしまった。しかしこれを直しているひまはなかった。というのはA中隊はB中隊が占拠するはずの地点にすでにとりついていた。

大隊はただちに前進を開始、第一飛行場の南端をめざした。進撃中、連隊副官のプレイン中佐は腕を撃たれた。しかし、中佐は一わたり戦線を視察したあと、報告をすませ、任務を果たしてから後方に送られた。

海岸を進んでいく間、A中隊のブランケンシップ伍長は海岸を走りながら思わず吹き出した。軍曹がLST七五六号のボートに乗り込むときのことばを思い出したからだ。ほとんどすべての上陸作戦に参加していたゴールドブラット軍曹は、部下に向かって、「突っ込んでくる敵兵は片っぱしから叩き殺してやる」といったが、敵兵は一人も突っ込んでこないではないか。

二七連隊第一大隊の機関銃小隊を率いて、第一飛行場の南端を突破し、西海岸に進んだ兵隊の中に大きな身体をしたハンサムで、色の浅黒いイタリア系の少年がいた。マニラ・ジョンとみんなに呼ばれていた砲術軍曹のジョーン・バシローンだ。彼は軍隊生活が大好きで高校に進もうとは毛頭考えず、中学校を終えるとすぐ陸軍に入り、一九四〇年に海兵隊に入隊した。ガダルカナル島で一九四二年十月のある夜、ひとりで機関銃二梃とピストル一梃を乱射して日本軍の夜襲をくい止め、勲章をもらった。それは第二次大戦中、海兵隊の志願兵に授けられた最初の勲章となった。

「おれはただの兵隊だ。おれはいつまでも兵隊でいたいのだ」といって彼は昇進を断わった。そのすぐ後、一九四三年のある日、故郷のニュージャージー州の公園で、表彰式が行なわれた。女優のはしくれが、マニラ・ジョンにキスし、町の公会堂にかざられた彼の写真の除幕式があった。さらに五〇〇〇ドルの戦時公債が与えられた。

上陸したマニラ・ジョンは、ただ西海岸に早くたどり着きたかったので、土を踏むやいなや部下をつれて駆けだした。ちょうどそのとき十時三十分、迫撃砲弾が砂に突きささり、炸裂して五人がたちまち戦死した。その一人はマニラ・ジョンだった。顔を伏せて倒れていたが、むき出しの腕に「死より名誉を選ぶ」という入れ墨がみえた。彼には後で勲章がもうひとつ——海軍十字章が与えられた。

バルブラヒト海軍大尉はルーテル派従軍牧師で、二七連隊付だったが、死に直面した人間のなかにユーモアを失わないのがいるのに驚いた。上陸作戦中、沈みかけている上陸用舟艇の横にぶら下がった一等兵は、敵弾がまわりの水面に水柱をあげるのをみて、「おいすげえぞ。ここは魚釣りにもってこいだ。みろ、あんなに魚がはねているぞ」といった。また別の兵隊は金切り声をあげて、「誰かおれに嘘をつきやがった。この島の住民はおとなしくねえじゃねえか」と叫んだ。

ボートが岸について砂丘に向かって走っているとき、バルブラヒトは前に上陸していた伍長が足をひきずりながらもどってくるのに合った。砲弾の破片で靴がもげ、足の指が二、三本なくなっていた。

伍長は、「短い戦争だったよなあ」というと、従軍牧師を通りすぎてボートにのり、病院船につれていかれた。二七連隊が飛行場をすぎて進路を北に向けたとき、辰巳繁夫少佐の独立歩兵第三一一大隊にぶつかった。この大隊にははじめ七〇〇名いたが、その半分が上陸日に健在で、戦闘が終わったとき二三人が生き残った。

その日の午前中、沖にいる船の上は、まるでワールド・シリーズの野球放送でも聞いているようだった。乗組員はラジオをかこみ、甲板に積まれたジープに座って上陸を待っている海兵隊は、通信機にむらがった。

「味方は五〇ヤードに進んだぞ、タンクが上陸して一〇〇ヤード前進」と叫ぶと、水兵はいっせいに歓声を上げた。

軍艦の通信室で当直している水兵は、戦場を断片的にしか知ることができなかった。

「目標地区一八一に艦砲射撃を加えて下さい」

「こちらは第五師団の観測機。第一飛行場南端に味方戦車六両到達。それ以上、前進できない」

「第五師団観測機はTA一六一CとD地点（石切場）に敵砲座を発見」

「こちらは第一一班、三〇五ラッキー（一六機の飛行機）でTA一八三WとQとD地点（石切場の裏）にある敵迫撃砲を機関銃でできるだけ早く攻撃して下さい」

「アメリカ雷撃機三機が降服勧告のビラをつんでシュガー地点上空を旋回しながら、地上からの指令を待っている」

受信機を観測機との交信に使う波長に合わせると、ドリンス少佐の歌声が聞こえてきた。少佐は第五師団司令部の連絡機を操縦していた。座席で大声にクラシック歌曲の替え歌を歌っていた。

なんときれいな朝だ
しかしいやな気持がする
みんながおれの方に攻めてくる

はたと受信機に響いていた歌声が止んだ。少佐機は不意にきりもみ状態になると、上陸用舟艇が激しく行きかう海面に突っ込んだ。ドリスン少佐の死体がボートに収容された。従軍牧師のバルブラヒトは島を半分横断して、ひと息いれようと破壊されたトーチカの残骸に腰を下ろした。煙草に火をつけて足もとを見ると、白い足が目についた。バルブラヒトはゆっくり目を右に移すと、二〇メートル先の砲弾があけた穴の中に、海兵隊の死体が四つころがっていた。死体の軍服からまだ煙がたちのぼっている。一人は片足をなくしていた。

## 戦車の支援を頼む

第四師団の上陸した海岸がもっともひどい激戦地であった。舟艇群の先陣がまだ波を切って進んでいるとき、到着する輸送船の舷側から、双眼鏡で石切場の断崖を見ていたケイテス将軍は深刻な面持ちで頭をふった。

「二五連隊第三大隊の右翼中隊の一番右側を行く者の名前がわかれば、今すぐ叙勲の申請をするのだが」と言った。

この丘に日本軍の大砲や迫撃砲が隠されていることは何週間も前から分かっていたが、はじめのうち石切場の守備隊は一発も撃ってこなかった。上陸部隊第一陣は抵抗を受けずに上陸した。

オリバー伍長はタラワでも第一陣をつとめ、日本軍の戦法に精通していた。浜の黒砂を踏んで、「どうもこれはおかしいぞ」といぶかった。二三連隊の第一、第二大隊は黄色第一、第二海岸に上陸している間、日本軍の弾は一発も飛んでこなかった。

しかしこんなうまい話がそういつまでも続いたわけではない。やがて砲火が海岸に集中した。前方、右手のトーチカ、くもの巣のようにはりめぐらされた連絡壕から、雨あられと弾丸が飛んできた。二三連隊前方に小要塞が立ちはだかっており、少なくとも五〇個のトーチカが散在していた。いくつかのトーチカは破壊されているのに、その残骸のなかからも弾丸は飛んでくるのだ。ハース中佐は大砲と戦車を要求する第一回目の連絡を送った。

二三連隊第一大隊のコール軍曹は気短だった。機関銃小隊をつれてトーチカに向かって前進を始め、走りながら自動火器をトーチカの銃眼に撃ち込み、すばやく裏手にまわり、出入口に手榴弾を投げ込んだ。たちまち手持ちの手榴弾を使い果たし、二回も後方にきて弾薬の補給を受けると、前線に駆けもどった。三回目に前進しようとしたとき、日本軍の手榴弾が足もとに落ちた。つぎの瞬間コールは死んでいた。が、彼の死は無駄ではなかった。その小隊はコールの後について前進したからだ。もし海岸にとどまっていたら、砂浜をなめつくした日本軍の砲弾で、全滅していただろう。

上陸第一日は二三連隊第一大隊A中隊にとって、不吉な日であった。中隊長カレン大尉は第三波で黄第一海岸に上陸した。ほとんどその瞬間、通信兵が負傷した。大尉は負傷兵に這い寄ったが、そこで、カレンにも弾が当たった。絶えまない砲火を避けて、穴の中にちぢこまっていた部下は、中隊長が出血で死んでいくのを見守っていた。カレン大尉は四五分後に息をひきとった。

一五〇〇メートル沖で巡洋艦チェスターの砲術長カレン中佐は、主砲の射撃を艦上で指揮していた。巡洋艦チェスターは上陸部隊の突破口を開こうと守備隊拠点をねらい撃ちしていたのだ。しかし「弟のカレン大尉が戦闘開始後、一時間もしないうちに戦死をとげた」とカレン中佐が知ったのは、ひと月もたってからのことだった。

ウォーシャム中尉がA中隊の指揮をとった。その間、第二小隊は二五〇メートル前進したが、第三小隊は一〇〇メートル後方に釘づけされていた。前方の日本軍トーチカの機関銃は、アメリカ軍の前進を一メートルもゆるさないのだ。ウォーシャムは左に迂回して、B小隊の左翼を通ろうと決めた。しかしつぎの瞬間、ウォーシャムは戦死し、ドヨー中尉が代わって、中隊を掌握した。迂回行動中、一弾がドヨーの肩を貫通した。そこでジママン中尉が指揮官となり、A中隊はB中隊の左を回って第一飛行場近くに進出した。

ところが、真正面にもトーチカがひかえている。ジママンは海岸に走って戦車の応援を求めた。もうそれ以外にできることはなかったのだ。そして、シャーマン戦車を誘導し、七五ミリ戦車砲で至近距離からトーチカを撃てる位置につれてきた。トーチカが沈黙したとき、爆破班が突撃し、小隊がその後に続いた。午後になってもジママン中隊にとって苦しい状況が続いた。飛行場付近で小隊は再集結した。ジママンは、カレンの戦死は確認していたが、ウォーシャムがどうなったのか知らなかった。

薄暗くなったとき、左腕を肩からぶらさげた大男がもっそりとジママンのところに現われた。それはドヨー中尉で、怪我にもめげずに、闘っていたのだ。ドヨーはいった。

「教えておこうと思ってな。君が二時間前から中隊長なのだ」

二十五歳のジママン中尉はロイナムールとサイパン島の生き残りである。ジママンは、顔をゆがめて苦笑いすると、

「いや、それじゃ、おれのしたことは合法的だったのか。勝手に中隊に命令したかどで、軍法会議に送られずにすむな」といった。

ドヨーは、「よかったな」というと海岸に後退していった。A中隊は一日のうち、中隊長を四人かえた。それで戦いが終わったわけではない。日本軍の夜襲がくるかもしれない。海岸でもアメリカ軍は苦戦におちいっていた。日本軍の反撃に呼応するかのように波が高くなった。砂浜に大波が押し寄せ、荷おろしのため海岸にのし上げていたLVT大発は転覆したり、沖に引きもどされた。

水陸両用トラックLCVTが上陸するころになると情況はますます悪化した。LCVTほ

どの大きなボートが波の強い力で海岸にたたきつけられ、その上からかぶさってきた大波がトラック上の人を装備もろとも海中にほおり出した、故障した艇が、揚陸のため浜にのし上げている艇の真上におぶさったり、海岸に打ち上げられた。こんな状態が長く続けば、上陸地点はまもなく大混乱におちいる。

青第一海岸は、石切場の崖から一番下にあたる地点だが、二五連隊第一大隊は、海岸に大発が着くや否や、先をあらそって丘に飛び出していった。マステン中佐は先陣に立ち、飛行場を半月形に包囲したのち、石切場の頂上を占領しようと企てた。これがその日の戦闘でいちばん重要な行動だった。この丘の陣地が海岸に砲弾を降りそそいでいるのだ。まず、ここを占領しなければならない。最初、マステン大隊はおどろくほど順調に前進した。

しかし、第一陣が上陸してから三〇分もたたないうちに、マステンはしきりにタンクを送ってくれと叫んだ。作戦計画では、LSM中型戦車揚陸艇が接近するのはまだ先のことになっていた。しかし、十時過ぎ、マステンの要請に応じてLSM三隻が黄色海岸に到着し、一六両のシャーマンタンクを第四師団のために上陸させた。また第五師団も、戦車隊の先陣をLCT大発にのせて送りこんだ。まず二両の戦車は無事上陸したが、三両目のキャタピラがいまにも砂をかみそうになったとき、波が大発を海岸から海へ押しもどし、戦車はもんどりうって海の深みに落ちてしまった。モーガン中尉はおろおろ声で報告した。

「〝猛牛〟が沈んでいきます」

第五師団のほかのタンクは大発で揚陸された。

最初の三両はたちまち命中弾を受けたが、戦車隊はひるまなかった。重さ一五トンのシャーマンが進撃を開始した。一台のブルドーザーが砂丘に突っ込み、砂をかき分けて進路を作りかけた。そのとたん地雷が爆発した。運転員が、座席からとび下りたとき、三発の大型砲弾が命中、ブルドーザーは無惨に打ちくだかれた。そこでタンクは自力で砂丘を登り、地雷原の手前に並んで七五ミリ砲を撃ち始めた。

一方、工兵隊は伏せて前進しながら、銃剣の先で地雷を探ぐり、見つけると、白テープで安全な場所を表示した。砂が磁気を含んでいるため、地雷探知器は、どっちみち役に立たないのだ。しかし、この海岸に埋められていた地雷の多くは、陶磁器のケースに納められていたため、探知は極めて難しく、見つけても素手で掘り起こして、処理するよりほかに方法はなかった。

海岸の混乱はますますひどくなった。大発舵手は波打ち際で空いているところを見つけしだい、接岸した。浜には殺到する大発の〝交通巡査〟の役目をする特別の指揮班が配置してあった。指揮班は計画どおり舟艇をさばこうとしたが、後から後からくりこんでくる上陸部隊に圧倒されてしまった。LSMの一隻が赤第一海岸に戦車を上陸させようとしたが、どうにも空地がみつからなかった。艇長は舟艇を赤第二海岸にもっていったが、指揮班に追い返された。しかたなく赤第一海岸にもどり、大汗をかいて空いている砂浜を探しまわった。

LSM二一六号は、積荷を下ろすのに四時間もかかった。黄色第一海岸にのし上げたまではよかったが、最初の戦車が砂についたとたんエンコしてしまった。あと四両の戦車が、一列につらなって、道が開くのを待っている。そこで艇長はボートを二〇〇メートル南に移して接岸しようとした。近づいてみたが、そこは砂が柔らかすぎて戦車を上陸させることはできなかった。四回目でやっと戦車を上陸させたときには、すでに午後一時をまわっていた。そのころになると、歩兵はもう戦車を欲しがらなかった。それは日本軍が戦車が姿をみせるといっそう激しく撃ってきたからだ。一人の伍長が吐き出すようにいった。

「いったいどうすればいいんだ。戦車から逃げればいいのか、それとも下にもぐればいいのか」

とはいえ戦車の七五ミリ砲は力づよい助けであった。

アメリカ海軍第一三三建設隊は、敵前上陸の戦場にはいかにも風変わりな存在だった。建設部隊シー・ビー（海の蜜蜂）は飛行場を専門に作る部隊なのに、第四師団について強襲作戦に参加しているのだ。シー・ビーが敵前上陸したのは、太平洋戦域ではこれが初めてであり、最後だった。大隊全員一〇三二名は、午後四時までに海岸に勢ぞろいしたが、戦争中どの建設隊も経験しなかったほど、ひどい損害をこうむった。

古参の建設隊員はマウイ島で新兵をきたえた五ヵ月間、一人の死者もださなかった。だが硫黄島ではそうはいかなかった。ベイカー兵曹長は入隊前、アーカンソー州でシェリフ助手をしていた男だ。黄色第一海岸に、第二波で四〇人の部下をつれて上陸し、夜中までに、そのうち三人が戦死、一四人を負傷で失った。

デイビス兵曹長は午前九時三十分、黄色第一海岸にＬＣＶＴ水陸両用トラックで三七ミリ砲四門とともに上陸した。上陸したとたん、迫撃砲弾が炸裂し、砲員七人が皆殺しになった。デイ二等機関兵曹は、波であおられたボートから海岸にこぼれおちた大砲の下敷きになって死んだ。デイは大隊中で一番上手な野球のピッチャーで、結婚のため懸命に貯金していた。プライリー一等工作兵曹はめったに物を言わない小柄な男だったが、デイを押しぐずしたと同じ大砲の下敷きになって死んだ。

フィラデルフィア出身の黒人クリーブランド・ワシントンは、こんな遠くの島の海岸に上陸する最初のニグロだと自慢しただけあって、慎重な準備を進めていた。まず、ばくちでもうけた五〇ドルを、故郷の教会に献金した。海岸にあがると第一に砂浜にひざまずいてお祈りをしていた。すると一人の海兵隊の少佐が走ってきて叫んだ。

「そこにいる建設隊のバカヤロウ。早くあの砂山によじ登れ」

ワシントン一等兵曹は弾薬をかついで飛行場の方へ進んでいった。

ラダホーク三等兵曹は点検係だった。海岸に座って目の前を通り過ぎる物資を点検するのだ。持たされていた五冊のぶ厚いノートブックは謄写版ずりの表で、ガソリンのドラム缶何本、弾薬箱何個、水の缶いくつ、と記されてあった。しかしこの表どおりに事は運んでいなかった。

前線の海兵隊は「弾薬をくれ、弾薬をくれ」と叫んだ。そこで、ラダホークは弾薬箱を下げて砂山をよちよち登った。登り切ったところで日本兵が一人じっと彼をにらんでいた。日本兵はくぼみに座っていたので、ラダホークはそっと近くの穴に体を隠した。日本兵は軍服をきちんと着ており、一つ残らずボタンをかけている。ラダホークはもう一度よく日本兵を見た。するとそれは死体だった。

「日本人は非常に小男で、まったく違った人種なんだな」

ラダホークはそうつぶやいて、飛行場に近づくと、弾薬箱をドサリと地面に落とした。

海岸への帰り道、台地に散乱する死体に気づいた。負傷兵がよろけたり、倒れたりしながら、上陸海岸にもどろうとしているのを見た。息をつこうとして、タコツボの中にとびこむと、隣の穴に入っていた海兵隊が教えてくれた。

「そこは危ないぞ。その穴をねらって日本軍は撃ってくるんだ」

ラダホークはとび上がって海兵隊の横に潜り込み、よくその男をみた。海兵隊はまだ、十七歳になっていなかった。ラダホークはもう三十四歳。「おれは年寄りだな」と思った。

「お前さんどうだ。大丈夫か」と訊ねると少年は答えた。

「おれは大丈夫。おれはこの穴のこちら側にへたばりついているからな。弾はこっちから飛んでくるんだ」と教えてくれた。ラダホークが戦場で覚えた最初の教訓だった。

リーグル一等水兵は三十六歳、入隊前、セントルイスでタクシーの運転手をしていた。いまは強行破壊班員だ。上陸はしたものの砲弾を逃れてちぢこまっていた。ぐずぐずしているうちに砲弾の破片が指から結婚リングをもぎとり、皮膚をわずかに破った。夢中で指環を探したが見つからなかった。一等水兵はもう探すのをやめた。妻への愛をおろそかにしたわけではない。故郷には妻のほかに六人の子供がいる。リーグルはどんどん前進し続けた。というのは、日本軍の弾丸はかならず背後に落ちるような気がしたからだ。とうとう最前線まできて停止した。非常に息苦しい。しかし考え直して、もう一度海岸の仲間のところにもどろうとした。

ベナード一等機関兵曹は、上陸用舟艇ＬＳＭ一四五号の上でブルドーザーのエンジンをかけて座席に座っていた。砂浜にのし上げたら、いつでも進める状態にしておいたのだ。後にはブルドーザーがもう一台と戦車二両、牽引車二両がいる。ＬＳＭが接近して艇首の扉を下ろした。

「それっ」とベナードは前進をかけようとして浜を見た。ところがすぐ目の前には死体がおり重なって倒れている。海兵隊にまじって建設隊も死んでいる。ベナードは、一瞬、たじろいだ。しかし、目をつぶってブルドーザーを海岸に進めた。

## 混乱する上陸海岸

上陸海岸の〝交通整理〟をする指揮班は、上陸第一波のすぐあと海岸に向かった。マクデビッド中佐は通信係の少尉、軍医一人、それに通信兵と信号兵八人、合わせて一一人をつれて緑海岸に進んだ。

第一波が出発線を越えたと確認すると、マクデビッドは、〝進め〟の号令をかけた。中佐はクエゼリン、サイパンでも同じ任務についたが、日本軍の弾丸が舟艇のまわりに落下したのは硫黄島が初めてだった。

中佐は艇長に、「艇に弾丸が当たってもかまわん。そのままどんどん進め」といった。LCVT大発はたしかに弾丸をくらったが、そのまま進み、指揮班は砂袋と通信機、発電機、拡声器、信号機をもって波打ち際におどり出た。迫撃砲弾が落ちてくる前に、砂浜から内陸に進出すれば、その方が安全なのだが、指揮班は危険な砂浜にとどまっていることが任務だった。

指揮班は正午前に活動を始め、拡声器を三脚につけて砂浜にすえつけた。スピーカーから流れる指揮班の指令は砲声や波の音を押さえて、沖合からも聞こえた。波打ち際に信号旗を立てて、六つに分けられた海岸の区画を示した。通信兵は、発電機を弾痕の穴にすえ、それを砂袋で囲むと、輸送船と連絡をとりながら、各上陸用舟艇に上陸の順番を指示し、戦車、兵員、弾薬、大砲、水、ガソリンを積んだボートを海岸に導いた。

第一次大戦の生き残り、ヘバート中佐は別の指揮班をつれて黄色第一海岸に上陸した。ここは第一次大戦とは比べものにならない激戦である。ヘバートは、

「舟に波をよけるようにいってやれ」と信号兵に命令した。すると拡声器が鳴った。

「LVT、LVT上陸地点がみつかるか」

LVTから「了解」の信号がきた。すると拡声器がふたたび叫んだ。

「ここに来い。ここに来い。LSTの間に入って負傷者を収容せよ」

戦いのテンポはすさまじい速さですすみ、正午ごろには最高潮に達した。駆逐艦は島の近

くに接近した。戦艦テネシーも摺鉢山から一マイルの海上に巨体を浮かべ、山に向かって、狂ったように砲弾を撃ち込んだ。日本軍の砲火も強かった。日本軍の砲撃を止めさせなければ、海岸の生地獄は続く。煙とほこりが島一面に立ちのぼり、いたるところで火災がおきていた。

海軍機上から観戦しながら、ユナイテッド・プレス通信のウィリアム・タイリー記者は、「島が、まるでフライパンの上でやけている豚肉のようだ」と報じた。

しかし、日本軍の大砲は決定的な損害を受けた。摺鉢山の重砲はすべて、上陸開始後、短時間で沈黙し、北側の丘にある火砲も鳴りをひそめた。島の一番細い部分に配置された小口径火器と自動火器も一応殲滅されたが、北方の中口径砲、迫撃砲は、激しく撃ってきた。これらの砲は上手に隠されているので、遠くからは位置を確認できない。

正午を少し回ったころ、日本軍はロケット砲発射の命令を下した。栗林中将の筋書きどおりのときがきたのだ。アメリカ軍主力が上陸し終わった。日本軍は上陸部隊を海岸で撃滅しようとしているのだ。ロケットは気ままに飛んでいった。口径二〇センチ・ロケットは筒から発射されたが、口径四〇センチ・ロケットは木製の台から射ちだされた。

もちろん、正確な射程は望むべくもなかったが、大きなロケット弾が恐ろしい音をたてて飛んでいった。浜に落下すると、広い範囲にごった返している人も物資も、あらゆるものを破壊し尽くす。日本軍がロケット砲を実戦に使ったのは、これが最初である。栗林中将は七〇門のロケット砲を備え、それぞれ五〇発の弾を用意していた。

海兵隊の二八連隊は増援軍を呼び続けた。昼ごろになってやっと予備大隊が投入された。シェパード中佐は兵隊あがりの頭のはげた男であったが、部下に二つの命令を与えた。

「まずこのちっぽけな地所を確保し、敵を撃滅すること。第二に、なるべく多くの日本兵を天皇陛下のために死なせること」

この部隊は午後一時を少しまわったころ、上陸を開始したが、ちょうどそのとき、第一日の戦闘は最高潮に達していた。海兵隊が、上陸海岸のあらゆるところでひどい損害をこうむりながらもどうにか海岸を突破し、島の中央部に進み出した。それは午後遅くなってからのことである。

そのころアメリカ軍戦車も行動し始め、海兵隊歩兵、海軍部隊を掩護し始めた。擂鉢山前面の狭くくびれた場所には、恐るべき数の日本軍が猛反撃を加えていた。ここは何日間も海軍と空軍が爆弾と砲弾の雨を降らせたところである。

しかし、日本軍はまだ健在だった。独立速射砲第一二大隊の早内政雄陸軍大尉は、シャーマン戦車数両を擱座させた。速射砲がひとつ残らず、アメリカ軍に破壊されると、早内は最後の突撃を試みた。大尉は信管のついた爆弾を抱いて戦車に向かって突撃し、自分のからだもろとも戦車を破壊した。独立速射砲第八大隊の中村少尉も夜まで、アメリカ軍戦車に対し射撃を続けた。

それでも海兵隊の上陸は続いた。ドン・ロバートソン中佐に率いられた二七連隊の最後の第三大隊が昼ごろ、二六連隊のしんがり第一大隊は、三時までに上陸を終えた。そのころには、ポロック中佐の第一大隊は、島の中心部に集結を始めた。

チェスター・グラハム大佐の二六連隊は第五師団の最後の出発だったが、朝八時までに上陸用舟艇に乗り込み、沖合で上陸の順番を待った。午前十一時に出発線に整列するよう命令が下ったが、そのとき、海岸は満員で、上陸はとても不可能だった。しかし、ついに〝進め〟の命令がくだり、浜に一個大隊を上陸させ、飛行場に向かって進撃を始めた。

大砲はすでに上陸用舟艇に積み込まれていたが、上陸地点がみつからなかった。第五師団は計画によると、第三一建設隊の一部だけを上陸させることになっていた。ジェイムス・プライス兵曹長は五人の破壊班をひきつれ、まっ先に進む上陸部隊の強襲隊と一緒に海岸にむかった。プライスはガルフ石油会社の地震研究員で爆破の専門家だし、同僚のパリス砲術一等兵曹もコロラドスプリングスから来た炭鉱夫で、これもハッパには手なれていた。午後、盛りだくさんの仕事が彼らを待っていた。まず海岸にのしあげて、動けなくなったアメリカ軍の上陸用舟艇を破壊し、浜を開けなければならない。無用の長物となった艇体が除かれないかぎり、砂浜は足の踏み場もないのだ。

一等水兵のマッセイは、三一建設隊の最初のブルドーザーを昼ごろ揚陸した。すぐに、島の最狭部に向かったが、その直後、マッセイは頸を撃たれた。キャッシ兵曹が操縦席にはい上がってレバーを握った。砂浜ではブルドーザー、起重機、動力シャベル、LVTがところ狭ましと動きまわり、砂丘をくずしてジープ、ロケット砲、水陸両用トラックDUKWの進撃路を作ろうと、やっきになっていた。もっとも重要な大砲は、二時ごろまで陸揚げできなかった。

測的班や前進観測隊は朝から上陸していたが、肝心の七五ミリ砲、一〇五ミリ砲をつんだ水陸両用トラックは昼ごろになってやっと海岸に殺到した。第五師団の大砲が初めに海岸につき、ついで第四師団の砲兵も到着した。

ケイテス将軍は午後一時十五分、太陽を見上げていった。

「もう六時間昼光があるといいのだが。いや四時間でもいい。いや、二時間にまけておこう。とにかく早く大砲を撃たなければいかん」

それから間もなく、ケイテスは一四連隊に進撃の命令を下した。

海兵隊一三連隊の砲兵は海岸南部を進み、砂丘の上に砲をおし上げ、それから三〇分後に砲撃を開始した。突如、鳴り響いた砲声に、海兵隊歩兵も日本軍も震えあがった。タイプス軍曹の〝グラマー〟と名づけた大砲が摺鉢山に向かって最初の砲弾を撃ちだした。また、ほとんど同時に、カーポートの七五ミリ砲も黄色第二海岸から北に向けて砲撃を始めた。

どちらが先だったか、この点については論争がまだ続いている。どちらでも問題ではない。いずれにせよ大差はなかった。海兵隊重砲の砲弾がうなりを立てて頭上をとびこえると、アメリカ兵は歓声をあげた。黒人が運転する陸軍部隊の四七一水陸両用トラック中隊のDUKWは、海に浮いているありとあらゆる兵器の残骸をぬって海岸にたどりつき、海兵隊をすばらしい機敏さで上陸させた。ウォーラーのひきいる第三大隊は、一〇五ミリ砲を装備しており、摺鉢山下の砂浜をまっ先に横切った。すぐその後にシャープ少佐の大隊が続いた。

午後四時四十五分、オールドフィールド中佐以下第一大隊が上陸し、最後尾の部隊、第四大隊はコーディ少佐に率いられて、七時三十分に上陸した。そのとき、もうあたりは暗く、水陸両用トラックが波でもまれて転覆し、二門の一〇五ミリ砲を失った。一方、すでに陸揚げしていた大砲はさかんに砲撃しており、この砲弾が日本軍の一方的攻勢を食い止めた。

第四師団から第一日に上陸したのは、一四連隊第一大隊、第二大隊だった。日本軍の砲弾がたえまなく落下する赤第一海岸に水陸両用トラックを揚げることは、とうていできない相談だったし、エドガー少佐の第一大隊七五ミリ砲は、人力で砂丘を引きずり上げねばならなかった。しかし、しばらく経つと水陸両用トラックが上がってきて、砂丘の急斜面を征服した。続いてブルドーザーが砲を積んだトラックをひいたが、ワイヤーロープが切れ、砲はもんどりうって海におちこんだ。急斜面を登りつめたのは空のトラックだけで、大砲と砲弾は人力でもち上げた。

午後五時、ほとんどの大砲が砲撃を始めた。観測班は占領したトーチカの一区画に入りこみ、観測所をつくった。そこにあった日本兵の死体を隣の区画に入れて入口をふさいだ。

ところがそのトーチカの銃眼から日本兵の目が外をうかがっているという噂が海兵隊の間にひろまった。その真偽が確認されたのは一一日もあとになってからのことだった。一発の手榴弾がトーチカの中で爆発した。アメリカ兵が閉ざした入口を開けてみると、二つの日本兵の死体がころがっていた。一つは冷たく、もう一つは今死んだばかりか、暖かみが残っていた。

重砲一〇五ミリ砲がやっと浜まで来たが、その先が大変だった。トラックが一トンの重さのある大砲を砂丘へひっぱり上げることになっていた。しかし、日本軍の砲撃の合い間をぬって、車両が砂にめり込まないうちに浜から台地に移すには、正確なタイミングで、敏速にことを運ばなければならない。

ドレイク少佐の率いる第二大隊の砲一二門は、日が暮れかかったころ、どうにか砲弾を撃てる位置についたが、第三、四大隊は翌日まで上陸を待つことになった。上陸もしていないのに、LSTの碇泊地に落ちた砲弾で第四大隊は七人の損害を出した。

これより早く、その日（二月十九日、上陸第一日）の午後、二七、二八連隊は、上陸を終わり、攻撃体制をととのえた。とくに、二八連隊は全力をあげて摺鉢山に突進することになった。しかし、この攻撃準備ができたのは午後四時四十五分。日が暮れる五時半になってやっと一五〇メートル進んだ。夜闇がくると、前進を停めなければならない。もし、日本軍がこれまでどおりの戦法をとるならば、夜には決死の突撃があるはずである。

上陸海岸北端では、第四師団が日中に飛行場まで、あと二〇〇メートルの地点まで前進した。一時間のうちにスケイルス少佐に率いられた二三連隊第三大隊、つまり予備大隊が到着した。第一大隊は午後二時、飛行場まで進み、そこで止まっていた。第三大隊はその戦線を突破し、さらに前進を続け、五時には塹壕を掘って第一線を確保する用意を完了した。三〇分後、第二大隊が右翼に到着した。その背後には、ジョルダン大佐の率いる二四連隊が続いている。

第一日目に上陸した唯一人の将官、ダッチ・ハームル准将は午後二時半、海岸にたどりつき、第一飛行場の南端の第五師団司令部に入った。ハームルはロッキー少将に、「海岸は満員でボートを接岸する場所はありません。また大きい通信機を積んでいる輸送船に連絡する方が、上陸部隊同志が連絡しあうよりはるかに容易です」と報告した。

五時ごろになって、ハームルは各部隊に伝令を走らせ、「夜になっても油断するな」と命令した。日没は六時五分、おそらくその直後、日本軍は死にもの狂いで突撃してくるだろう。

アメリカ側がたてていた第一目標の戦線は、石切場から第二飛行場の中心を通っていた。しかし、日没時、アメリカ軍は東海岸をのぞいて、その線よりもはるか後方にいた。

シャンバース中佐は、二五連隊第三大隊をもって石切場を占領するよう命令されていた。第三大隊はとにかく石切場を一時的に占領はしたものの、確保はできなかった。入隊前、法務官だったマリオン・シャンバースは六フィート二インチの大男である。歩いている姿が、まるでバウンドしているように見えたので、兵隊たちは〝ジャンプのジョー〟と仇名をつけていた。ソロモン群島ツラギで負傷し、野戦病院で治療を受けていたとき日本軍に襲われたが、片腕で応戦、ついに撃退したという。サイパンでは第五〇〇高地で爆風にはねとばされた。

しかし、また戦線にもどり、二五連隊第三大隊を指揮していた。だから連隊長ラニガン大佐から、「石切場をとれ」と命令を受ければ、シャンバース中佐はかならずやりとげると思われた。

「ジャップ（日本兵）が知恵をまわして、あそこを占領しないうちに、とってしまうのだ」

第三大隊九〇〇名は進撃した。I中隊のウッド大尉ははるか右翼から行動を開始した。K中隊のウィザー・スプーン大尉は攻撃開始後、三〇分で負傷、午後三時半になると、中隊の八人の士官全員が倒れた。四時半には中隊は五名の士官が脱落、ウッド中隊も六人を失った。この結果、残りの二個中隊が稜線を越えて石切場を占領したが、そのとき大隊は、一五〇人になっていた。ある中隊は、定員二四〇人のうち小銃の八人が残った。けれども、石切場は占領された。

夜になって、ラニガンは二四連隊第一大隊から兵員をかりて、包囲されたシャンバースを助けるために稜線を攻め、六時半、L中隊の生き残りが前線から下りてきた。夜半、大隊の生き残りが後方に移動した。後退中にも日本軍の迫撃砲弾はあたり一面に落下していた。

## 戦死者無数

その日、生きている日本兵を見たアメリカ兵はほとんどいなかった。もちろん、捕虜はいなかったし、二、三の日本兵の死体が見つかっただけである。わずか二五〇〇メートルの上陸海岸には、数週間前から、アメリカ偵察機に見つけられていた大砲や迫撃砲から、弾丸が雨あられと降ってきた。しかも、どこに落ちてもアメリカ側に損害を与えた。

海軍軍医と衛生兵は、海兵隊と一緒に上陸し、海岸にいる部隊のまっただ中で絶えまなく炸裂する迫撃砲弾の破片を浴びながら血の海の中で活躍した。第一飛行場、北方の丘、また摺鉢山麓から自動火器がアメリカ軍の頭上に弾丸の雨を降らせ、まるで日本兵は上陸作戦史上かつてないほどの砲爆撃にも、まったく損害をこうむっていないように思えた。

軍医ボンド中尉とマックヒュー中尉は、第六波で上陸し、海岸から七五メートルのところにある日本軍トーチカの廃墟に応急手当所を開いた。海兵隊が前進すると、軍医も前進し、一日に数回も場所を変え、夜までに二六人の衛生兵のうち一一人が倒れ、また砂浜でも、軍医一人、衛生兵八人からなる応急手当所二ヵ所が、日本軍の砲弾で壊滅した。

カカシック中尉は二八連隊第三大隊付軍医だった。上陸第一日の昼ごろ、海岸にたどり着いた。輸送船の船室内の暑気あたりと水虫の治療ばかりで、四二日間も過ごしたあとだけに、たとえ戦場であっても土を踏むのは嬉しかった。が、その喜びも長くは続かなかった。

最初に手がけた患者は部下の看護兵で、この男は上陸するや否や、砲弾の破片で足を削りとられた。しばらくして軍医は砂丘を越えて台地に進み、弾痕の穴に伏せていたが、落ち着きをとりもどし、あたりを見まわした。すぐ横に海兵隊が左腕をあげて仰向けに寝ている。その腕につけた金時計が正確に時間を刻みながら、太陽に輝いていた。腕の皮膚の色からみて、この兵隊は、しばらく前に戦死したはずだ。その近くでもう一人の兵隊が右腕を顎にあて、まるで眠っているように倒れていた。この兵隊は永遠に眠っていたのである。

一人の海兵隊が動いたのでカカシックははい寄った。その兵隊は両足を失くしていたが、意識ははっきりしていて、軍医に話しかけた。カカシックは、膝から下がなくなっている腿を調べ、傷口にこびりついた黒砂をはらってから血圧を計った。血圧はゼロだ。二等衛生兵曹ミルンが輸血用血液のビンをセットすると、兵隊は、

「先生、ありがとうございます」といった。

二人はその兵隊をそのまま寝かしておいた。いや、そうしなければならなかったのだ。この負傷兵は、かならず死ぬことはわかっていたし、カカシックは二八連隊について、島を横断するよう命令されており、いつまでも一ヵ所にとどまってはいられなかった。衛生兵や仲間の軍医のトムソン大尉と一緒に医療品を積んだ手押車を捨てた。砂の上では役立たなかったからだ。医療品は全部島の向こう側まで手で運ぶことになった。

午後遅く、くたくたになって司令部にたどりついた。カカシックはその途中、島の真ん中で呼びとめた海兵隊の泣き声が耳から離れなかった。

「軍医殿、早く戦友に手術をしてやらないと、死んでしまいます」

「海岸の野戦病院へ行け。今、ここに停まっていられないんだ」と軍医がいった。

あまりにも無情であったが、命令は、「いかなる損害にも届せず前進し、部隊とともに行動すること」と書かれていた。

夜のとばりがおりたとき、彼とトンプソンは穴の中に応急手術場を設け、小銃と並べて、メスや繃帯をひろげた。カカシックは初めて、自分が震えていることに気づいたが、夜の寒気がきびしいせいではなかった。

午後、いったい海岸全体がどんな情況なのか、海上からは想像もつかなかった。見なければとうてい信じられない状態だったのである。波がうち寄せるたびに、上がったり、下がったりしている破壊された上陸用舟艇の残骸、その下敷になったトラックや梱包、死体でうまっていた。海上には小型舟艇が上陸の指示を待ちながら、うようよ動きまわっている。あてどもなく、艇をのし上げる空間を探しているボートも少なくなかった。誰もが緊急の積荷を積んでいた。戦闘部隊はみな弾丸と糧食を欲しがっているのだ。

負傷者はみるみる増えていく。海岸で傷ついた者に加えて、内陸の前線からも負傷兵が続続と砂浜に集まってきたからだ。補給をとりに海岸にもどってくるものは、それぞれ負傷兵をつれていた。背中におぶったり、雨ガッパにのせてひっぱったり、タンカで運んできた。

砂浜は足の踏み場もないほど負傷兵で混みあった。座っているもの、寝ているもの、うめくもの、また死んでいるものもいた。何人がここで死んだか、確認することはできない。また何人が一晩中寒さに震えながら、夜明けと手当てを待っていたか、その数も不明である。

だれもが自分の任務に没頭していた。ノッキンガム三等機関兵曹は葉巻を口にくわえ、カービン銃を斜めに背負ってブルドーザーを運転し、砂浜をくずして道を作った。この作業が終わると、波打ち際のボートにいって、弾薬運びを手伝った。ノッキンガムはその間中、敵弾に当たらないよう、心中神に祈り続けた。

だれかが、ジョン・バット三等水兵に黄第一海岸から手榴弾箱を運んでくるよう命令した。彼は五回海岸にもどったが、五回目の荷をかついだとき、日本軍の狙撃兵に撃たれた。二十四歳になるバットは、故郷に妻と子供がいた。バットの落とした箱をほかの兵隊が担いで前線に運んでいった。

ロゼル海軍少尉は艦砲射撃測的観測班を内陸に引率していった。波打ち際から二〇〇メートル進んだところで、砲弾が右足を吹きとばした。だれかが腿に止血帯をはめてくれた。だが、観測班はロゼルを置き去りにして進み、ロゼルは一時間半あまり、そのまま空を見て倒れていた。するとこんどは砲弾の破片が両腿と左腕を切断した。ロゼルの知らない間に誰かが彼を海岸まで運び、ボートにのせた。ダーリンは第一三三建設隊随一のバクチ打ちだったが、上陸して一時間ほどしたとき、砲弾がサイコロを投げるきき手の右腕をもぎとってしまった。

ジャナコン一等水兵は弾薬を満載したLCVT大発が波に揺さぶられ、いまにもひっくり返りそうになっているのを見つけた。ジャナコンは戦友のターウェルガー三等水兵とともに海に飛び込み、残骸や木の破片をよけて、LCVTに泳ぎついた。二人ともこれまで大発を運転した経験はなかったが、計器板をいじくりまわして、エンジンをかけ、何とか海岸までもってきた。二人は弾丸をおろし、最後の箱を浜に上げたとき、大きな波が打ち寄せて、せっかく積み上げた弾薬箱全部をさらってしまった。

ジョーンズ一等兵は緑海岸で三七ミリ砲をみつけた。ブルドーザーに積んで砂浜の上までもち上げると、もう一人の二等兵といっしょに、摺鉢山に向かって砲撃を始めた。その直後、ジョーンズは右腿に貫通銃創を受けて、何もすることなしに暗くなるまで穴の中にねていた。

だれかが彼を海岸まで引っぱっていき、ボートに乗せてくれた。その日はジョーンズの二二回目の誕生日だったが、つくづく命がつながっていることを感謝した。

穴のあいた細長い鉄板、マーストン・マットを陸揚げした。たしかに、役に立つ間は名案にちがいなかった。上陸用舟艇から吐き出された最初のトラックが幅三メートル、長さ一六メートルの鉄の道路を作った。鉄板の数は充分でなく、そのうえこの路を敷設した場所は、突っ拍子もないところだった。しかし、役には立った。鉄板は重い車両に踏まれ、三日目には鉄屑になったが、そのころには海岸もすっかり整理された。

砲兵軍曹カーンは、二三連隊の迫撃砲弾をさがして歩いた。上陸海岸には、一発の砲弾も揚陸された形跡がない。カーンは海にとび込んでトラックに泳ぎつくと、波間に漂う舟や梱包の残骸をよけて、トラックを誘導し、砂丘までつれてきた。しかし、こうした努力も水の泡、そこでトラックがえんこしてしまった。カーンは自分の中隊に走ってもどり、作業班を組織して、弾丸を人間の肩で前線に運んだ。そしていった。

「とにかく、何でもやらなきゃ、戦《いくさ》には勝てねえんだ」

海上からは侵攻作戦が現実のものとは見えなかった。いよいよ戦いが明るい太陽の下でくりひろげられると、まるでパノラマのようだ。マックレーン中佐はハリウッド映画のシナリオライターで、新聞のニューヨーク・サンで記者をした経験もある。硫黄島沖で、戦場は映画のようだと感じた。おそらく映画が職業だったからだろう。四〇人の海軍、海兵隊のカメラマンを指揮して、この作戦をカラーフィルムで記録することになっていた。北アフリカ上陸作戦でも、ジョン・フォードのもとで同じ仕事をした。ノルマンディー上陸作戦にも参加している。しかし、これまでのどの戦いも、この島のようではなかった。

戦いはまるで箱庭に人形を並べたように見えたし、見物人のために、芝居をしているとも見てとれた。島の全貌も、そこで戦っているアメリカ軍全軍も一望のもとに見渡せる。まさか、そこで人間が殺されているとは、とても信じられなかった。

タイムライフ社のロバート・シャーロッドは、タンクが海岸線にはい上がっていくのを双眼鏡で眺め、まるでカブト虫がハエとり紙の上をはっていくようだと思った。シャーロッドはタラワとサイパンでも上陸作戦を取材しており、三度目はもうたくさんだと考えていたが、それでも海岸にいく準備をしていた。

ジョー・マーカンドは火の消えた葉巻を噛みながら、戦艦ネバダの艦橋から戦況を見ていた。マーカンドはピューリッツア賞をとった小説家で、もう五十歳の峠をこしていたが、サイパン島で輸送船にのり込んできた。海が荒れたので、体に命綱を巻きつけて戦艦の舷側をよじ登った。上陸日に副長イーガー中佐は、マーカンドに戦闘服をきせ、ズボンの裾を紐でしばり、長い靴下をはかせた。マーカンドはさらに防火剤を塗った肘まである手袋をはめ、ライフジャケットをつけ、鉄帽をかぶり、四五口径のピストルを下げて、ナップザックを背おい、ガスマスクを腰につけた。艦橋の隅に立って、何時間ものあいだ戦況を見ていた。マーカンドがいちばん感激したのは、上陸二日前、海岸の偵察でひどい損害を受けた砲艇LCI艇員の勇気だった。

これこそ第二次大戦の最大の見ものだった。アメリカの通信社、雑誌、放送、また英国やオーストラリアの新聞記者やカメラマンなど一〇〇人近くがこの戦闘を取材していた。

硫黄島攻略戦は上陸日の一週間も前から公然の秘密となっており、アメリカ国内、いや世界中の目がこの島にそそがれていた。硫黄島攻略は日本本土に対する侵攻作戦の第一歩として、特別の意味をもっていたのだ。

従軍記者の全部が上陸したわけではないが、ある記者は、危険をおかして島に向かった。記者は武器を持つことを許されない。老練の記者たちには少佐の待遇が与えられていたが、それもたいして気にかけていない様子だった。というのは、敵にとっては階級など問題ではないからだ。

命令によると、従軍記者は第五波、つまり午前九時十七分以前に上陸することは許されないことになっていた。だれも、この命令を犯したものはいなかった。AP通信のジェイムス・リンズレー記者は午後一時三十分、やっと上陸した。それは、出発する前に船で、海岸はすでに海兵隊に制圧されたと聞いたからだ。

しかし、第四師団の新聞係将校、トマソン大尉は、海岸から一〇〇メートルのところで弾丸が上陸用舟艇に命中したときにいった。

「海岸が静かになったなんて、どうもおかしいと思っていたよ」

リンズレーとトマソンは海岸のタコツボにもぐりこんだ。すると一人の士官が走ってきて、近くの穴にふせていた部下に何かを聞いた。彼は、「申し訳ありません。知らないのです」と答え、そのままこと切れた。彼は両足をもぎとられていたのだ。夜明けになってリンズレーと大尉は砂丘をよじ登り、台地をはって前進し始めたが、弾丸がまわりの砂を吹き上げていた。その近くで、かつて有名なスポーツ記者であったジョン・ラードナーが迫撃砲弾をよけて穴の中にちぢこまっていた。指揮艇上で上陸しないことにきめたセントルース・ディスパッチ紙のアル・クロッカーと別れたが、島に上がってみてラードナーはつぶやいた。

「クロッカーは利口なやつだった」

トマソンはリンズレーを穴の中に残して、海岸まで負傷兵を運んでいく衛生兵を手伝った。

午後五時、シャーロッドは輸送船を出発して、島に向かった。途中、自分にも群衆心理が働いていると気づき、驚いた。

「最悪の状態はもう終わるころだなあ」とボートにいた一人の海兵隊がいうと、みんなといっしょに、気をよくした。

指揮艇でシカゴ・タイムス紙のケイス・ウイラーも上陸しようとしていた。

「おれが、君だったらいかないよ。とにかく、この戦争でみた全部を合わせてみても、この島ほど酷くなかったぞ」

ちょうどそのとき、大佐が、「上陸用意はいいか」と叫んだ。それに答えてシャーロッドは、自分の声が「もちろんだ」といったのを聞いた。海岸には靄が立ちこめ、肌寒いものを感じる中に、彼は死臭を嗅ぎとった。その一夜をすごすために黙々とタコツボを掘った。

上陸後一時間もたたないうちに、沖合にいる船に負傷者がぞくぞくと運ばれてきたが、昼には、血が河になって流れるほどの惨状をみせていた。軍医が輸送船や病院船に待機していた。舷側では、負傷者を収容する作業が続いた。船べりに並んだ水兵は、恐怖をまざまざと顔にうかべて、集まってくるボートに積まれた肉片を見つめていた。

死体や死にかけている重傷者は、エンジン覆いの上にまで寝かされた。彼らが金網で船に吊り上げられると乗組員は目をつぶるか、あるいは顔をそむけた。人間の性格は十人十色だ。しかし、二、三分前、あるいは数時間前に島に上陸したものは、すっかり人が変わってしまった。文字どおり生と死の境目を歩んだのだ。

夜になってもボートが沖の船と海岸の間を往復し、まだ命のある負傷兵を輸送船につれてきて、船から死体を運び出した。第一日目が終わったとき、海岸や輸送船の上で六〇〇人近くが死に、二〇〇〇人近くが命はとりとめたものの、とうに戦闘員ではなくなっていた。

## タコツボで震える海兵隊

午後六時四十五分、急に夜のとばりが下りた。太陽が海に沈むと、海兵隊は日本軍の夜襲を防ぐ準備を始めた。三万近い兵員と、何千トンの武器弾薬、食糧が陸揚げされ、真珠湾の西、六四〇〇キロに横たわる硫黄島の小さな橋頭堡に積み上げられていた。

堅固な要塞ではあったが、東京からはわずか一二〇〇キロしか離れていない。戦線、あるいは戦線深く縦深をとって、何千の日本軍が隠れているのか見当もつかない。海兵隊司令部は、スミス将軍以下、各参謀とも第一夜が決戦になると考えていた。

北側の前線では、海兵隊が昼間の疲れで目をしばたたかせながら見張りをしていたが、日本側はまったく行動しなかった。ときどき神経質になったアメリカ兵が撃ちまくる小銃の銃声が聞こえた。たくさんの弾痕があり、塹壕を掘ることはそれほど苦ではなく、ある部隊は穴から穴へ連絡用の針金をわたした。

味方の陣地内や海岸では、日本軍の迫撃砲弾が絶え間なく落ちるなかでも、アメリカ兵は揚陸作業を続けねばならなかった。補給品は、砂浜に積み重ねられ、海岸の要員も海岸線にそって塹壕を掘ったが、足の踏み場もないほど負傷者が横たわっている。この日だけで、上陸部隊から一〇〇〇人以上が海岸に撤退し、数百人は波打ち際に置き去りにされた。その多くはすでに死んでいたか、死にかけていた。

沖から艦隊が第四師団の掩護のため、一二センチ砲弾一万発を島に撃ち込んだ。駆逐艦が撃ち上げた照明弾が一晩中、恐ろしい戦場の様相を明々と写しだしている。ブルドーザーは砂浜を掘りくずして道を作り、荷揚げを進めるとともに、砂浜にはまりこんだ重砲や車両を引き出し、また、応急手当所をつくるために、遮蔽壕を掘っていた。海岸要員は上陸用舟艇と砂浜の間をいそがしく往復しながら、補給品を陸揚げし、その帰りには負傷兵を病院船に運んだ。

午後十一時、日本軍の砲撃は最高潮に達し、黄と青海岸は閉鎖されることになった。ずっと南では、海兵隊は攻撃準備作業を続けていたが、そのころになると浜と沖の間を行き来する大発は二、三隻に過ぎなかった。夜になってから第三師団を運ぶ輸送船がこの水域に到着し、硫黄島南東一五〇キロの地点に投錨した。

島の台地では伝令が頻繁に司令部を出入りし、情報や報告をもってきたり、命令を運んでいった。夜の間、担架をかついだ兵が負傷者を海岸に運び出し、砂浜では、兵隊が自分の部隊と陸揚げされたはずの武器を探していた。自分の部隊を見失った兵隊が多かったので、第一日目の負傷者の数を正確に計算することはできない。しかし、甚大な損害をこうむっていることはたしかで、わずか一日で、ガダルカナル作戦全体を通して受けた損害の半数近い数字が予測された。

夜になってから、摺鉢山前面の海兵隊各大隊は昼間の混乱から立ち直ろうともがいた。リバセッジ大佐は連隊司令部を二〇〇メートル前進させて第一線に近づき、摺鉢山に対する早朝の攻撃に備えていた。偉大な連隊長はニュージョージア島で攻撃大隊を指揮した。この男はカリフォルニア州のボルカノ（火山）という町の出身なのだが、今、もう一つの火山に突撃しようとしていた。

参謀は薄暗いアセチレン灯の下に集まって、地図で地形を検討しながら、攻撃命令を書いていた。五〇センチ離れたところで、副官のウイリアム中佐がロウソクの灯りを頼たよりに、入念にひげを剃っている。いかにも落ち着いた手つきだった。

日本軍多数が、アメリカ側の戦線を突破して進んでいた。一番先に立っていたのは摺鉢山陣地を夜中に脱出した堀井順造水兵だった。上陸日第一日目の朝早く、堀井の砲がアメリカの砲弾で破壊され、武器がなくなった。夜、闇にまぎれアメリカ海兵隊の占拠する地帯をこっそり通り抜け、北の地点にまでたどりつくと洞穴にもぐりこんだ。

日本軍の逆襲の試みも、二、三はあった。午後十一時十五分ごろ、日本軍は西海岸にハシケを横づけした。待ちかまえていた海兵隊第二連隊第一大隊の小銃隊が上陸してくる日本兵を一人ずつねらい撃ちにし、三八人全部を仕止めてしまった。東海岸で建設隊のフリール二等水兵は、午前二時ごろ、波打ち際近くでその日の記録を調べていた。何気なく海に漂う丸太棒に目を移した。潮流にそって南に流れていったが、急に丸太が向きを変えた。その瞬間、フリールは怪しいと感じ、自動小銃で一三発を丸太近くに撃ちこんだ。夜が明けてみると、波打ち際に穴だらけの日本軍の死体がみつかった。

海兵隊は日本軍との接触線付近にタコツボを掘り、交替で見張りをした。歩哨は疲れから、目を醒ましているだけで大変な努力だったが、アメリカ兵は日本軍の万歳突撃が、〝いまやってくるか、いまやってくるか〟と待ちかまえていなければならなかった。岩や枯れ木が照明弾の青白い光の中で動いたと思えば、錯覚であってもアメリカ兵はヒステリックな叫び声をあげ、自動火器を乱射した。しかし日本兵は突撃してこなかった。

海岸の混乱は依然として続いていた。報道係のチューリンデン少尉はその日の午後遅く、従軍記者の原稿を集め、輸送船の電話で本国に打電するために上陸した。しかし新聞記者は一人も見当たらなかったし、従軍記者用のボートも、その後、海岸にはやってこないので、彼は日が暮れてから自分で塹壕を掘った。

午後十時半、砲弾がすぐ近くで炸裂し、チューリンデンはなかば気を失った。ハイニック軍曹がブランデーを与えると、少尉は正気を取りもどしたが、自分の足が、おかしいのに気がついた。両足ともなくなってしまったような気がする。右脚が二つに折れて上体の下に敷かれている。左脚は、腿の付け根からほとんど切れかかっていた。脚を手にとって壕からほおり出してしまおうかと思ったが、もう一度よく調べてみると、まだ一部分が腿についていた。そこで脚をまっすぐに伸ばして、もとのとおりの格好に置いたが、そこで気を失ってしまった。

翌二十日午前八時、だれかが少尉をボートにのせた。艇上で原稿を持って帰ろうとしていたジム・リンガーとばったり合うと、ピートは肘をついて上体を起こし、にっこり笑って言った。

「ジム、震えているようじゃないか。ブランデーをやろうか」

十九日の夜半をわずかまわったころ、黄海岸にいた二三連隊第一大隊の司令部に砲弾が直撃した。そこにいたハーツ大佐と作戦参謀エバーハート大尉は即死した。副連隊長のブリザード中佐が隣りの壕からはってきて、ただちに連隊の指揮をとった。

ちょうどそのころ、大口径砲弾が北から飛んできて、擂鉢山近くの緑海岸で炸裂した。ナッター伍長は爆風で目まいを感じながら、よろよろ歩いていると、だれかが穴の中に引っ張りおろし、防水布をかぶせてくれた。あとで海軍軍医が懐中電灯の明かりを頼りに、ちぎれた右腕に木を当てて繃帯をすると、行先を書いた荷札をつけてボートに乗せてくれた。二十日午前七時三十分、伍長は飛行機でハワイに運ばれた。

二五連隊の八〇ミリ迫撃砲弾、火炎放射器の燃料――上陸用舟艇二艇分――に午前四時、直撃弾が命中し、そのあたり一帯に掘られた海兵隊のタコツボ陣地に、火の雨を降らせた。海軍軍医アイラスは爆風で砂に埋められたが、必死でもがいた。やっと、片腕を砂の上に出して、どうにか穴からはいでた。すぐ隣りに伏せていたはずのウイニイ少佐を掘り始めた。手ごたえがあって鉄カブトに触れた。その下に少佐が埋まっているわけだ。アイラスは少佐の口もとまで砂を掘り、さらに続けた。まわり中で、飛び散った弾丸に火がつき暴発している。アイラスはウイニイをやっとのことで掘り上げると、砂丘まではっていって、肩で息をつきながらそこに横たわっていた。

レバイン一等水兵は、その夜、利巧な男がつくづく嫌いになった。海岸線の歩哨に立っているとき、暗闇の中に見た人影を誰何《すいか》した。符号はアメリカの大統領の名前をいうことになっていたが、その人影は大きな声で、「フィルモア」と答えた。

「よし通れ。この馬鹿野郎、もう一度そんなことを言ってみろ。お前は殺されてしまうぞ」

とレバインは言った。

つぎにウォレス三等水兵がやってきて、レバインに誰何された。すっかりびっくりした水兵は大きな声で、「ウォレス」と叫んだ。

「馬鹿野郎、大統領の名前をいうんだ。副大統領じゃねえ」レバインは怒鳴り返した。

空が明るくなってきて、ボブ・シャーロッドがあたりを見まわした。

「硫黄島の第一夜は、地獄の悪夢というよりほかに呼びようがない。朝方、海岸は死体だらけ。太平洋のどこででも、これほど酷く打ち砕かれた死体をみたことがない。多くのものが真っぷたつに裂かれたり、足や腕が十数メートル先に飛ばされていた」

シャーロッドから一〇メートル離れた弾痕の穴の中に八人の海兵隊の死体が折り重なっていた。その反対側には不発の日本軍地雷二個が置いてあった。シャーロッドの視界の中だけで、少なくとも五〇名の海兵隊が負傷していたが、彼らは、依然として戦い続けていた。

「一晩中ジャップ（日本兵）は激しく迫撃砲、ロケット、大砲で海岸から飛行場にかけた砂地一帯を砲撃した。海岸に設立した野戦病院にも、二発弾が当たり、怪我をしただけの将兵が死んだ」

「それにもかかわらず記者（シャーロッド）の非公式な見積もりによると、硫黄島を完全占領するには一三日かかりそうだ。サイパンよりも、やや少ない損害で、勝利が得られるのではないか」

シャーロッドの見通しは両点ともまちがっていた。占領に要した時間は三倍であり、損害は二倍に近かった。

沖合の輸送船で軍医は夜明け近く、やっと仕事を終えた。最初の日、その船だけで、負傷者七四人の手当てをした。マッカレイ中佐は、ぐさぐさに粉砕された腕にほどこした手術を、今でも自慢している。四肢の切断は医道の下の下だ。隣りの手術台は仲間の軍医が脳手術を行なっていた。

「あのような場所で脳手術をしたのは初めてだった」と述懐した。手術が終わったとき、死者四人、危篤二人、成功六八人はむしろ上出来だった。

従軍牧師ライト大尉は、そこで亡くなった四人の海兵隊の臨終に立ち合った。

第一夜は明けたが、ついに〝万歳突撃〟はなかった。しかし日本軍の防御は突撃より性が悪かった。日本軍はアメリカ側から損害をこうむることなく、夜っぴいて、橋頭堡の海兵隊に砲弾を降らせ、アメリカ兵を殺し続けた。海兵隊員はこんな多くの兵員を一度に海岸に揚げる計画を立てた参謀をうらんだ。彼らはまるで牧場の柵に入れられた牛のように他所にいくこともできず、ただ死の来るのを待っていた。

しかし、栗林中将は死を待っていたのではない。彼の計画では、なるべく多くの海兵隊を海岸に釘づけして殲滅することだった。

# 第三章　摺鉢山の死闘

## 厚地大佐の堅陣

硫黄島上陸の第二日目、二月二十日は冷たい、みじめな日だった。小雨が降りしきり、風が北から強く吹きつけ、一メートルの高さの波は海岸を奥深く洗っていた。砂浜にいたものはほとんど睡眠はとれなかった。日本軍から撃ち込まれる砲撃は少しも弱まらない。

その間にも戦線は強化され、二八連隊を除いて、各連隊ともいっせいに北に向かって戦列をととのえていた。リバーセッジ大佐の二八連隊は、摺鉢山に向かっていた。摺鉢山はちょうどお椀を伏せたようにみえる。二八連隊とふもとの間は打ち砕かれた岩や、ちぎれた木の幹が散乱する荒地であったが、そこには姿を隠した日本軍が強固な陣地を築いているのだ。

まず初めに、航空母艦の艦上機が飛んできてロケット弾で山腹を攻撃し、日本軍砲火の大部分が飛んでくる山のふもとにナパーム弾を投下した。駆逐艦マンナート・エル・アベールが西海岸の沖から、シェパード中佐の第三大隊を支援し、機雷敷設艦トーマス・E・フレーザーが東側からシャンドラ・ジョンソン少佐の第二大隊の掩護射撃をした。バターフィールド少佐の第一大隊は予備軍として後方に残り、硫黄島の西海岸から東海岸に向けて横断したときに失った損害から立ち直るため、再編を急いでいた。

午前八時四十分、攻撃が始まった。だが、まだ戦車は到着していない。八台は準備がととのっていたが、弾丸、ガソリン、燃料が海岸からとどかなかった。戦車の乗員がガソリンをとりに行こうと、残骸の間を走り抜けていく間にも、日本軍の迫撃砲弾が戦車のあたりに落下し、少なくとも三回は戦車の停車位置を変えなければならなかった。そのあたりには戦車を隠す場所はどこにもなく、乗員はただ行動に移れるまで、戦車を無事にこわさないで置いておくことが精一杯であった。

七五ミリ砲や三七ミリ砲の支援を受けたが、それでも海兵隊は午前中七五メートルしか進むことができなかった。駆逐艦は二〇〇メートルのところから五インチ砲を一五〇発、撃ち込んだ。前進の唯一の方法は、火炎放射器と爆薬による強行破壊のほかはなく、速度は極めて遅く、かつ危険であった。

夕方近く、ジョンソンの大隊が海岸から摺鉢山のふもとまで進み、四〇の日本軍のほら穴陣地を破壊し、その入口をふさいだ。まわりには上陸日、あるいはそれ以前、海軍の艦砲射撃で破壊された迫撃砲の残骸が散らばっていた。しかし、機関銃、小銃の弾は激しく飛んできた。

西側ではシェパード大隊が七三体の日本軍の死骸を数えた。これは硫黄島の戦いが始まって以来、初めて見られたもので、アメリカ兵にはまさに歓迎すべき光景であった。おそらくもっと日本兵は死んでいたのだろうが、日本軍は味方の死骸を山の中に隠してしまうのだ。

栗林の計画はつぎのように決められていた。

「敵がわが方の陣地を占領しても、擂鉢山は全力をつくして守ること」

厚地大佐はついに、そのときがやってきたと感じた。二月二十日火曜の朝、栗林将軍に報告を送った。

「敵の海空からくる砲撃と爆薬による攻撃は、極めて激しく、わが方は死傷が続出したばかりでなく、空海地三方からの攻撃猛烈を極め、敵は火炎放射をするにいたった。このままでは自滅のほかなく、むしろ出撃して万歳をとなえん」

これはまさに栗林がいちばん嫌っていたことだ。万歳突撃は現状では許されない贅沢だった。おそらく擂鉢山の守備隊は全滅するだろうが、敵にそれをしのぐ甚大な損害を与えなければならない。栗林は厚地に回答を送らなかった。

午後になってアメリカ軍戦車の準備がととのい、戦列に加わったため、前進の速度は速くなった。夜までに二八連隊は山に向かって二〇〇メートル進んだ。予備にまわっていた第一大隊は、不意にあらわれた日本軍と、味方の戦線内で白兵戦を演じ七五人を殺した。

青と黄海岸は、午後六時、ふたたび使用され始めたが、九時三十分には、またしても閉ざされなければならなかった。日本軍の砲火は激しく、海岸線は残骸でいっぱいになっていた。海軍の水中破壊班が海岸に到着し、残骸を爆薬で処理し始めた。このときから長さ四〇メートルのＬＣＴより小さい船は海岸に近づくことを禁止された。大型船だけが、高い波が打ちよせる海岸にのり上げることができたし、荒波に翻弄されないで、荷下ろしができたからだ。

北方では海兵隊七個大隊が四〇〇〇メートルの全線にわたり島を横断していた。アメリカ兵は震えながら穴の中で一晩中過ごしたが、見張りの当直にあたっていないときは、死んだように眠った。なかには当直に立ったまま眠っているものもいた。

リチャード・ウィルソン伍長はノースダコタ州の農夫出身の兵隊だったが、生涯のうち、その晩ほど寒い夜を過ごした覚えはなかった。気が狂いそうなほど震えた。これはこの伍長にとって四度目の上陸作戦だが、激戦の続く海岸に一度にこれほどたくさんの兵員を上げるとは、ずいぶん馬鹿なことをしたものだと心中不平をならしていた。少数の工兵隊に強行上陸させ、まず道を開いて戦闘部隊主力が上陸すれば、これほどひどい損害は受けなかったかも知れない。しかし、ウィルソンはわずか一人の部下を失っただけで、六人で機銃を飛行場のそばまで引きずって行き、日本軍機の残骸の陰に機関銃をかまえた。

夜明け前、ウィルソンは、四人を海岸にもどし、弾と食料、麻酔薬をもってこさせた。すぐわきにいた男が伍長を楽にしようと隣りの穴に移ったそのとたん、金切り声を上げた。飛行機の陰から日本兵が一人あらわれ、こっちに近づいて来たのだ。そこで、その隣りにいた兵隊が日本兵をいきなり切りつけて殺した。ウィルソンはもどってきて、砂でよごれたカービン銃の掃除をした。そこに横たわっていた日本軍の兵士は生きているにせよ、死んでいるにせよ、ウィルソンにとっては初めてみるものであった。

攻撃の始まる前ですらアメリカ軍に損害が出始めた。午前七時十五分、二五連隊第二大隊の司令部に迫撃砲弾が落下した。青第一海岸の近くにいた二五連隊第二大隊ルイス・ハドソン中佐と副大隊長ウィリアム・ケンバー少佐、作戦参謀ドナルド・エリス少佐は重傷を負った。たまたまその日の作戦計画を受領にきていた第四戦車大隊B中隊の指揮官も戦死した。そのあと、二五連隊第三大隊長ジェイムス・タウル中佐が指揮をとった。指揮官の数が非常に少なくなっていたので、このあと硫黄島戦を通してタウルは副官なしで戦闘を続けなければならなかった。

攻撃は午前八時三十分を期して、石切場付近の端から始められた。

一方、島の中央部および左翼は戦線をととのえようと前進した。中央では二三連隊が戦車に支援されて前進し、昼までに激しい機関銃砲火をおかして飛行場を占領した。二五連隊第一大隊の司令部に直撃弾が命中し、午前十一時、六名の海岸衛生兵が死に、七人が重傷を負った。軍医マスタン中佐は前線にいたためこの直撃をまぬかれた。

午後になって、新型戦艦ワシントンがやっと硫黄島に到着、艦砲射撃に加わった。飛行機からの観測により、戦艦の一六インチ主砲が三斉射を第二飛行場の南端にあたる断崖に加えた。この砲撃で地すべりが起こり、いくつかの日本軍のほら穴が埋まったが、この小さな地域に三〇〇〇以上の日本軍の拠点が築かれていた。

そのあたりにいた独立第八速射砲大隊の中村少尉は戦死した。栗林中将は父島に報告を送った。

「上陸日から火曜日にかけて、行方が分からなくなるまで、中村少尉は少なくとも一四台の水陸両用戦車を四七ミリ対戦車砲を操作して擱座させ、その後、壮烈な戦死をとげた」

この報告は、その日の栗林将軍の命令とともに全軍に通達された。命令はつぎのとおり。

一、各員は最後まで硫黄島を守ること
二、各員は敵兵器及び兵を爆破させること
三、各員はすべての敵を小銃と刀でうちとること
四、各員は各々の小銃弾を目標に発射すること
五、各員は最後の一人になっても挺身奇襲によって敵を悩ますこと

これが摺鉢山の部隊に送られた最後の命令であった。

海兵隊第五師団の工兵隊が、砂に埋められてあった北部と摺鉢山をつなぐ直径一インチ半の日本軍の電線を発見した。これで厚地大佐は完全に孤立したことになる。

第五師団の二個大隊つまり二六連隊第一大隊、二七連隊第三大隊が東に向かってかなり平らな地形を進んでいった。戦車に掩護されているために地雷原の探知が必要であった。二大隊は日本軍に遭遇することなく進んだ。しかし北から飛んでくる迫撃砲や榴弾砲に対する防御は不可能であったが、上陸第二日、二月二十日の日暮れまでに八〇〇メートル進んだ。戦線はほとんど第一飛行場の北の端をまっすぐ横切る線まで進んだ。

その日の午後、十七歳になったばかりのジャクリン・ルーカス二等兵が溶岩地帯を進んでいたとき、一発の手榴弾がアメリカ兵の中にころがってきた。彼はその上に体を投げ出した。

ちょうどそのとき、二発目の手榴弾が炸裂した。戦友はルーカスが戦死したと思って置き去りにしたが、実は彼はまだ生きていた。厳密にいえば、ルーカスは脱走兵だった。身長一七〇センチ、体重一一〇キロの大男だったので、年をいつわり十四歳で入隊した。

彼は、気の荒い青年で喧嘩がもとで二回営倉に入れられた。二六連隊が硫黄島に向かう輸送船に乗り込むと聞いて、ルーカスは原隊である第六基地補給隊を逃げ出し、二六連隊の本隊と一緒になって船にのってしまった。ルーカスは補給隊の仕事にあきあきしていたので、二六連隊にいるいとこを頼ってきたのだ。苦戦を予期していたこの隊では、ルーカスを追い出すどころか、名うての乱暴者が来てくれたことを喜んだ。

前線で、一人の日本兵がタコツボから這い出して来て道路に地雷をうめ、二〇メートル走ったところで、戦車のくるのを待っていた。ちょうど海兵隊の戦車がさしかかったとき、地雷はうまく爆発し、戦車の無限軌道が吹きとんだ。砲塔から飛び出したウィリアム・ジャービス少尉はピストルを抜くと、今にも撃とうと銃をかまえていた日本兵を殺した。

上陸第二日、飛行場のはるか南の方では第五師団が郵便局を開いた。レスリー・バビン大尉が郵便局長であった。彼はそのとき四十三歳。五人の子の父親で第一次大戦の在郷軍人だった。海岸指揮班の命令を無視して第一日目に道具を陸揚げした。六人の水兵に道具をのせた担架をもたせて、島の中央に進んだ。担架を負傷兵のために返すと、バビンは一人でシャベルをふるって郵便局用の塹壕を掘った。二六連隊第三大隊は飛行場の西側に位置していたが、午前中、日本軍の榴弾砲でひどい損害をこうむった。

リチャード・ベイカー大尉は前のタコツボにいる兵隊をみていた。弾丸が近くに落ちて遮蔽物を吹き飛ばし、二人ともたたきつけられた。ベイカーのかたわらで、年若い兵士の顔がみるみるうちに血のりでおおわれ、一言も発しないで倒れていった。これがベイカーにとって戦闘の始まりとなった。

第二六連隊は予備隊で前線より後方にいたが、壕の中の負傷者収容所にはたくさんの遺体が毛布に包まれて横たえられていた。ベイカーはトロッティ大佐とデイ少佐とともに前方の進出路を調べるために進んでいった。滑走路のわきに作られた二七連隊の司令部を通り過ぎた直後、ベイカーは初めて、日本軍の死体を見た。非常に小男に見えたが、それはおそらく横の戦車の中に海兵隊の大男の軍曹が寝ていたためだろう。

もう一両の戦車が燃えており、人間の死体が焼ける悪臭をまき散らした。また道の真ん中に戦車にひかれた遺体があったが、一メートル四方に黄、紫、赤、灰色にかわった内臓やくずれた体の部分が散らばっていた。日本軍の砲火はしだいに激しくなり、トロッティは後退し始めた。二九連隊と交替するため二六連隊は予備として待機していたが、その日は前線に進出できないうちに暮れていった。

第二日目の戦闘が終わるころ、第五師団の損害はおよそ二〇〇〇名と見積もられ、そのうち一五〇〇人の戦死者および負傷者が確認された。第二日になって、初めて日本兵が捕えられた。いずれも負傷しており、そのうち二人はまもなく死んだ。六三〇体の日本軍の死体が数えられたが、実際の死者はもっと多かったにちがいない。

二十日、病院船サンタマリアがグアム島から到着し、フォレスタル海軍長官は、負傷者を見舞うために乗船した。しかし負傷兵の姿を見てフォレスタルは愕然とした。

二一連隊は予備隊だった。硫黄島の沖までは来ていたが、輸送船にのったまま待機していた。二十日、上陸命令が出たとき、将兵は、「第二日目に、もう予備軍が出されるのか」と驚いた。

グアム島を出発した二一連隊は上陸第一日目、まだ航海中だった。将兵は硫黄島付近の無線の交信を、真剣な面持ちで傍受していた。そこに聞こえてくるのはいずれもよいニュースばかり。たとえば「上陸用舟艇への移乗は順調に進んでいる。波は静かだ。午前九時に第一陣出発」といったものばかりだった。

その日の午後、「おれたちは必要ないな。この戦争は五日で終わるぞ」と早合点するものもいた。ある軍楽隊員は待機中の船上で音楽会を開き、クラシックを演奏した。そのうち、一人のトラックの運転手が、「ブギウギかなんか、陽気な曲はやれないのかよ」とちゃちゃを入れた。

二一連隊は正午前、荒波をおかしてボートに乗り移った。揺れるボートに乗りそこなって海に落ちたものが十数人も出た。溺れかけた兵隊をボートにたすけあげ、各艇は出発線に集合した。大発は海上で円形を描いて待機した。将兵は、波しぶきを浴びて濡れ、寒さに震えた。六時間経っても、上陸命令はくだらず、あげくの果てに、輸送船にもどれという指令が出た。あるボートは行方不明となり一晩中、漂流していた。

まだ陸揚げされていない大砲を、大急ぎで戦闘に参加させねばならない。一四連隊第三大隊の一〇五ミリ砲はすべて二月十九日月曜日の夜、上陸用舟艇に積んだが、揚陸できないでいた。二月二十日、火曜日午前十一時ごろ、ふたたび上陸用舟艇は海岸に向かい、午後になってやっと接岸できた。これらの大砲は午後五時までに赤第二海岸、黄第一海岸に揚陸して、五時二十八分には第一弾を発射した。

一四連隊カール・ヤングデール中佐の一〇五ミリ砲二門も、上陸第二日目に揚陸しようとした。大砲を積んだ最初の水陸両用トラックはLST一〇三二号を離れ、荒い波にもまれて一瞬、進みかけたが、横波をくってエンジンが止まり、大砲もろとも海底に沈んだ。ほかの七隻の水陸両用トラックもLSTを離れると、つぎつぎに沈み、貴重な一〇五ミリ砲八門と十数名の将兵が失われた。それでも四隻の水陸用トラックはどうにか岸にたどり着いたものの、波打ち際で、さらに二隻が転覆し、大砲を失った。結局一二門のうち二門の一〇五ミリ砲が陸揚げされ、夜遅く、北方の闇の中に砲弾を発射した。

一日中、前線は大砲を求めた。午後おそく、やっと大型砲——一五五ミリ砲が来たのだ。LST七七九号が残骸を押しのけて赤第一海岸にのし上げ、船首の扉が開き、トラクターがワイヤーで二トン半の一五五ミリ榴弾砲——大隊、C中隊の砲が引っぱり下ろし、崖の上に持ち上げた。午後六時四十分、四門の砲が西海岸に勢ぞろいして展開を終えた。

夜、摺鉢山の頂上は照明弾で白々と照らし出されていた。厚地大佐は山を救うために北から砲撃するよう要請した。しかし、栗林中将にもできることはそう沢山はなかった。

## 御楯特別攻撃隊

二月二十一日水曜日の午前、天候がくずれてきた。風が強くなり、上陸海岸に高さ二メートルの波が打ち寄せた。ターナー提督が初め希望した三日間の好天は得られなかったことになる。

駆逐艦、巡洋艦の艦砲射撃の支援を受けた二八連隊は午前八時二十五分、摺鉢山に対する攻撃を再開した。その直前、四〇機の艦上機が海兵隊の前線から一〇〇メートル前方に銃撃とロケット攻撃を行なった。これほど味方に近い地点に対する空からの攻撃は、兵法上、前例がない。また摺鉢山に対する空からの支援はこれが最後だった。というのは地上部隊が日本軍に非常に近づいているので、これ以上爆撃を続けると、アメリカ軍に爆弾の雨を降らせる危険があった。

そのころ山の中では六〇〇名近い日本軍がまだ生きていると推定された。

二十日も一日中、激闘が続いた。崖の低いところでは戦車と重砲が支援を与えたが、主として戦闘は歩兵が手榴弾と小火器、爆破材、火炎放射器で戦った。

第二大隊は東海岸に進出、一隊は西海岸にそって前進し、他の隊は高さ五〇メートルの砂丘の上を進んだ。ドーン・ラウル一等兵は小隊付のヘンリー・ハンセン軍曹と一緒にタコツボをはいでた。摺鉢山麓の塹壕に入り、頭上の丸太の間から砂丘の方をのぞいたとき、手榴弾が一発、狭い塹壕の中に投げこまれた。彼はハンセンに叫びながら塹壕の中に身を投げ出して、手榴弾の上に体を伏せた。訓練では、弾をよけるために、体を投げ出す練習をしてきた。しかし、ハンセンは軍曹の命を救うために弾に向かって体を投げ出した。

ラウルの功績はそれだけではない。戦闘開始以来、二十四時間たったとき、ラウル一等兵は単身、日本軍のトーチカの一つを占領し、戦線の四〇メートル先に負傷して倒れている海兵隊員を救い、その夜は日本軍が遺棄した機関銃座にとどまり、その拠点を守っていた。

二十一日、戦果ははかばかしいものでなかったが、海兵隊は確実に前進した。アメリカ軍は摺鉢山の主要な防衛線に迫ったわけだ。LVT大発が絶え間なく前線に手榴弾、携帯爆薬と火炎放射器燃料を運んできた。二八連隊は太平洋戦線で初めてみるほど大きなコンクリートと石でできた要塞を破壊した。トンネルでつながっている三〇以上のほら穴を見つけ、爆薬を仕掛けて、いくつかの穴をふさいだ。島の南部にあった日本軍司令部は完全に壊滅した。

その日の午後、冷たい雨が降りだした。〝とび石〟まで東西両海岸に斥候が出された。この一隊は夜になって帰ってきた。そのとき前線はすでに五〇〇ないし一〇〇〇メートル進み、ガ部分的に山を包囲したことがわかった。海兵隊は日本軍の話し声が山の中に聞こえると、ガソリンを流しこんで火をつけた。二〇〇人以上の日本兵がこうして焼け死んだり、窒息した。厚地大佐も弾丸の破片で重傷を負った。臨終が迫ったとき最後に発した命令は、決死隊を出して、アメリカ軍の海兵隊を突破し、栗林将軍の司令部に到達して戦況を報告することであった。

夜陰が迫る寸前、トニー・スタインが破片で肩を負傷した。送還のため海岸に連れもどされたが、二、三日たつとスタインはふたたび前線にもどってきた。

北の正面では戦況は一つの典型にはまり、戦線は膠着し始めた。午前中のアメリカ軍攻勢は艦上機によるロケットと銃撃に始まり、続いて砲撃、艦砲射撃が加えられた。あまり砂丘の高くない西海岸では戦車が支援し、第五師団は大幅に前進した。しかし簡単に進めたわけではない。日本軍は丘の前面から防御砲火を容赦なく撃ち下ろし、アメリカ側の損害はたちまちふえた。この日、二七連隊は一〇〇〇メートル近くも前進したが、六〇〇人近くを失った。

二月二十一日水曜日の夜、二六連隊第一大隊のロバート・ダンラップ大尉は、やっとアメリカ軍第一戦線にもどってきた。彼は火曜日、前線のタコツボからはい出し、日本軍がどこから撃ってくるのか確認するため、偵察にでた。断崖のふもとを北に進むと空地があり、五〇メートル先に日本軍の拠点があった。大尉は二十日の夜と二十一日をそこで過ごし、夜になってから艦砲射撃と砲撃を要請するためにアメリカ軍前線まで下りてきたのだ。ダンラップはその五日後に左の腰に弾をうけて後送されるまで奮戦した。

島の中央部では、二五連隊第一大隊が北東に進出した。しかし、その速度ははかばかしくなく、マスティン中佐はその情況を視察するために、前線に出発した。ジャンピン・ジョー・チャンバースが二五連隊第三大隊から体をゆすってやってきたので、しばらく話をしたあと、マスティンは前進を続けた。

チャンバースは自分の隊にもどっていったが、二台の日本軍の戦車が稜線を越えてマスティン中佐に近づいていくのをみた。戦車がただちに、砲撃を開始することは当然だったので、本能的にふりむいて叫んだが、ときすでに遅かった。第一弾がマスティンを直撃弾で殺した。チャンバースはその死体にかけよった。

この二人は第四師団の古強者だった。サイパンでマスティンはマルパイ岬にあった日本軍の電信柱にのぼって星条旗を釘づけにした。チャンバースはしばらく、マスティンの死体を守り、フエントン・メイ少佐がやってきて、大隊の指揮をとるのを確認してから、二五連隊第三大隊にもどっていった。

二日間に大隊長二人——ハドソンが負傷し、マスティンは死んだ——を失い、残っていたのは、チャンバースだけとなった。午後になると、冷たい雨が降り始め、メイは二五連隊第一大隊にとどまっていた。まわり中から飛んでくる銃弾のために、A中隊は第二飛行場近くの溶岩に釘づけにされていた。

いつも聖書を読むので有名な、マーベル・グレー軍曹は部下を呼び集め、稜線まで後退することにした。彼は、サイパンで工作兵として従軍したが、戦友の死を目撃し、奮然として戦闘部隊に加わったのだ。三人の小銃兵が彼を守っていた。大きな爆薬を抱いて前進し、一つのトーチカの上にそれを投げるとつぎの爆薬を取りに駆けもどってきて、また別のトーチカを破壊した。その戦意はものすごく、だれもとめることができなかった。二十一日の夕方までに二五人以上の日本軍を殺し、拠点六ヵ所を破壊し、地雷原を突破して日本軍弾薬庫を爆破した。グレーにとってこれが戦友のかたき討ちだったのだ。二五連隊第一大隊は、その日、前線にそって五〇から三〇〇メートル前進した。

無口でおとなしいジョセフ・マカーシー大尉は、サイパンで銀星勲章を受けた猛者だった。二十一日、日本軍の防御砲火のために二四連隊第二大隊G中隊がいっこうに進めないのに業を煮やして、タコツボから外に飛び出すと、七五メートルも突撃してトーチカの一つに手榴弾を投げこんで、中から出てきた二人の日本兵を撃ち殺した。また破壊班の兵隊と火炎放射器手をひきつれて、つぎのトーチカに突撃し、破壊すると、その廃虚にとび込んで、最後の日本兵を腰にかまえた銃で撃ち殺した。それから部下を前進させ、飛行場のすぐ隣りにある稜線にふせた。これでやっとマカーシーは溜飲を下げた表情をした。G中隊は一〇〇メートル前進したが、第四師団全体は多くの犠牲を出していた。この日も五〇〇人以上も失い、戦力は七割にへった。

二十一日の上陸三日目、海岸に対する日本軍砲火は、やや下火になった。それでもアメリカ兵は鬼気を感じていた。恐ろしい闘争が島全体を覆っている。どこに行っても死体や肉のかたまりが散らばっている。波打ち際には、ライフジャケットをきた肩と顔が別々にころがっていた。見るも無惨な残骸が海岸に打ち寄せられ、またひく波が破片を海に引き込んだ。

二一連隊の将兵三〇〇〇が昼ちかくなって上陸し始め、夜闇にまぎれて第一飛行場に集結した。午後、ロッキー少将は第五師団の司令部を飛行場の南に設立した。しかしケイテス第四師団長は輸送船上に残っていた。上陸した副官のフランクリン・ハート准将が、その日は上陸を見合わせるよう報告してきたからだ。ハートによると、各部隊間の交信は依然として困難なので、ケイテス少将は船にいたほうが各部隊との連絡がとりやすいことになる。

滑走路の下に作ったタコツボがロッキー第五師団長の司令部だった。その近くでブルドーザーが第五師団の墓場にするために深い溝を掘っている。この地点は上陸前から、航空写真によって墓場と決められ、このための十字架もすでに陸揚げされていた。十字架はまだ白木の束で紐でくくられていた。二本の木を組み合わせさえすれば簡単に十字架になった。何百という死体が、この十字架の到着を待っている。

海岸の混乱を救うため、ヒル提督は、はるばる運んできた応急桟橋を築こうと考えた。イタリアのサレルノをはじめ、他の上陸作戦で、この応急桟橋は非常に有効だった。硫黄島の沖合で提督は軽率にも、「あれをもってきてよかった」とほくそ笑んだ。第七〇建設隊の半数がこの応急桟橋の専門家で、六つの組み立て桟橋をLSTやLSMにつんでもってきていた。桟橋は長さ五八メートル、重さ一三〇トン。ヒルの「進め」の命令で、建設隊は荒海にのり出した。

高い波のため、その結果は惨憺たるものだった。ブランナー一等水兵は二つの桟橋の組み合わせ部分の間に落ちて、片脚を失った。フランチ工作兵曹は桟橋と船の間に落ちた。しかし深くもぐって、離れた海面に頭をもたげたため、負傷はしなかった。

ダフィー兵曹長と部下は、やっと桟橋の一つを鎖でつなぎ合わせ、水陸両用トラックにひっぱらせて、赤第一海岸まであと一マイルで接岸というところまできた。彼はじゃじゃ馬が跳ね上げるように、激しくゆれ動く桟橋の上にふせており、二〇〇トンの大きな浮上物が頭から海岸にぶつかるやいなや、建設隊は重さ一五〇〇キロの錨を艦尾に入れた。さらにブルドーザーで、波打ち際についた桟橋の端をひっぱり上げた。

二、三分間、桟橋はどうにか海岸に固定されたようだったが、みるみるうちに、海側の端が少しずつ動き始めた。ダフィーはLSTにワイヤーロープを渡して、桟橋を曳いたところが、たちまち頑丈な鎖が切れた。大きな桟橋全体がもんどり打って海岸に打ち上げられ、揚陸されていた物資を無惨に打ち砕いてしまった。これによって混み合っていた海岸には、二六〇トンもの無用の長物が長々と横たわり、貴重な砂浜を占領した。

ほかの桟橋はそこまでいかないうちにこわれて、沖合にプカプカ浮かび、ほかの船の運行にとって、はなはだ危険な存在となった。ある桟橋は、もう一度つなぎ合わされたが、多くは海上を漂い、行方が分からなくなった。

「大変なしくじりをしでかした。まず一つだけを出してどんな具合にいくか確かめてみるべきだった」とヒル提督は後悔した。ヒルはターナー長官に報告を送って、訓令を待ったが、返事はこなかった。

エンジン付二五トンの小型桟橋も同じような結果に終わった。ひろい海面のあちこちに人間を乗せたまま漂流してしまったり、あるいは、さかさまになって海岸に打ち上げられた。そのうち四個は廃物利用として病院船の舷側に横づけして、負傷兵の乗船を助け、また他の一つはその上にガソリン補給所を設けた。

ガンディ兵長とその部下は、黄第一海岸の四〇〇〇メートルさきに錨を下ろして桟橋の上にドラム缶を並べ、七日間にわたって、上陸用舟艇など小型船に手動ポンプで燃料を補給した。しかし、一つだけ重大な手落ちがあった。それは桟橋に標識灯をつけなかったことだ。とうとうLSTの一隻が三日目の夜、衝突した。その週が終わるまでに、残存した桟橋の大方が水陸両用トラックにぶつけられて穴があいた。

明け方、日本軍は空からの最後の反撃を試みた。第二御楯《みたて》特別攻撃隊のおよそ五〇機は、千葉県香取飛行場を出発、途中、小笠原諸島の八丈島に着陸して燃料を補給した。

航空母艦サラトガは硫黄島の北西方三五マイルの地点で、一〇〇マイル彼方に日本軍の編隊を発見したが、はじめ友軍機と報告した。それでも六機の戦闘機が母艦を発進し、確認に向かった。午後五時、サラトガ電信室に「艦爆二機撃墜」という報告が入った。

ところが、それからものの二分とたたない間に、六機の日本機は雲の割れ目から姿を現わした。ただちに対空砲火が火をはいた。火だるまになった二機の日本機はサラトガの右舷側吃水線付近に命中し、その爆弾がその艦内で爆発した。サラトガはわずか四分間で四ないし五発の直撃を受けたが、機関部は無事だったので、速力を二五ノットに上げ、艦内の火災の消火に務めた。六時三十分になってどうやら火災はおさまった。それから三分、ひと息入れるまもなく、別の日本特攻機五機が近づいてきた。四機まで撃ち落とした。五機目は飛行甲板に突入し舷側で爆発し、飛行甲板に大きな穴をあけた。八時十五分、サラトガは艦上機を着艦させることになった。

帰艦してきた一番機のパイロットは、「やれやれ、サラトガじゃなくて有難かったよ。あの艦はひどい目にあっていたぜ」といった。

航空母艦ビスマルクシーはサラトガほど好運ではなかった。硫黄島の東方二〇マイルで六隻の護衛空母に守られていたビスマルクシーは、まちがって航空母艦サラトガ、ウェーキアイランド、ナトマベイなどの飛行機を収容した。そこで甲板は飛行機で一杯になり、燃料タンクのガソリンを抜かないまま、格納庫に下ろさなければならなかった。

六時四十五分、一機の飛行機が水面すれすれに飛んできた。駆逐艦はそれをみつけたが、サラトガの艦上機だと思って対空砲火を撃たなかった。が、実は〝神風〟で、ビスマルクシーの真横に命中、航空魚雷四発を誘爆させて、飛行機を運ぶエレベーターのワイヤーロープを断ち切った。エレベーターは甲板から艦底まで、落ちて火をふいた。ガソリンをつめたままになっている飛行機にたちまち火がつき、撃ち残しの爆薬が飛び散った。副長はこれを一目見るなり「総員退艦」を進言し、プラット大佐はこれに同意した。そのとき、二二ノットの強風が吹いており、艦内の火災はますます激しくなった。

午後七時、「総員退艦せよ」が命令され、八〇〇人の乗員は舷側をとびこえて、雨とみぞれの降りしきる荒海に飛びこんだ。二、三分すると、航空母艦の艦尾が大爆発を起こし、静かに赤い腹をみせながら沈んでいった。

護衛駆逐艦が近づいたが、日本の飛行機が水面を銃撃した。ビスマルクシーの従軍牧師ユージン・シャノン大尉は駆逐艦に助けあげられた。しかし、負傷のため死んだ。艦内の拡声器を通じて臨終の床から伝達された彼の最後の祈りは、「全能なる神よ、戦いへの招きを聞き分ける耳を与え、どこに敵がいようとも、これを識別する目と艦を守る技量、われわれ自身を悪魔の手から守る力を与えたまえ。勝利を与えられる全能なる神に栄光のあらんことを。主イエス・キリストの御名により、アーメン」

ビスマルクシーの乗員のうち、二一八人が寒い暗い海上で行方不明になった。

三隻の別の艦も攻撃を受けた。航空母艦ルンガポイントだけは幸運で、損害を受けることなく、艦上攻撃機四機を撃墜した。硫黄島南東五〇マイルの海上ではLST船団と防潜網敷設艦が攻撃された。かつて鉄道連絡船だった防潜網敷設艦ケーカックは、特攻機に命中され火災を起こした。LST四七七号は第三師団の大砲を積んだまま〝神風〟に命中された。ケーカックはかろうじて火を消しとめたものの、一七人の乗員が戦死、四四人が負傷した。サラトガでは、一二三人が戦死、一九二人が負傷、四ヵ月間戦線を去らねばならなかった。しかし、〝神風〟は一機も日本にもどらなかった。

この攻撃中、〝赤配備〟（空襲警報）が発令され、両軍が遮蔽物の陰にかくれた。二一連隊第一大隊の伝令ラニアート一等兵は、もし日本兵に捕えられたら命令書を食べてしまうように命じられた。その危険はなかった。むしろ、ラニアートはひろい砂漠にひとりで取り残されたような気がしてならなかった。

夕暮れ、病院船サマリタンが六二三人の重傷患者をのせてグアム島に向け出帆した。上陸第三日、第四師団の損害は二五一七人、第五師団は二〇五七人だった。

　日本軍負傷兵を迎えにくる船は一隻もなかった。傷を負った日本兵は四つんばいにはったり、戦友の肩で後方に運ばれ、トンネルの壁に掘り込まれた棚の寝台にねかされ、戦友の看護を受けるのが精一杯だった。また自分で傷口を包み、そのまま原隊にとどまり、前線で闘い続けたり、後方勤務につくものも少なくなかった。

　原隊が壊滅した兵隊は、アメリカ軍が攻めてくるにつれ、穴から穴へと、あてどもなくさまよった。海兵隊の戦線後方にのこされたものもあり、第一飛行場にアメリカ軍戦車が殺到したとき、地下陣地にいて頭上にキャタピラの轟音を聞いた日本兵もいたのである。夜になると穴からはい出して、食料や遺棄された衣服、兵器をあさった。そのような日本兵で戦意にもえていたものは少なかった。多くが降服する気になっていたが、どうすれば、命を落とさず、捕えられるのか、その方法を知らなかった。もちろん、捕虜となる屈辱に耐え切れず、いっそ死のうと考えあぐねていた兵隊もいた。

　二十三日の夜遅く、第二飛行場近くにあった海兵隊第一線の前面にある崖をゆく人影があった。小野寺慎一二等兵曹と松野精一一等水兵だった。二人は海岸砲が粉砕され、砲員はアメリカ軍の重囲下にある窮場を報告しようと、井上大佐を探していたのだ。

　松野が最初に駆けだしたとき、海兵隊の機銃が火を吹き、彼の黒い影が地をはった。岩の陰から、小野寺は、戦友が苦しそうにのたうちまわるのを見ていたが、もう我慢できなくなり、手榴弾を鉄帽の端で点火すると、松野の方にころがした。せめて、ひと思いに死なせてやりたかったのだ。小野寺の手榴弾でたしかに松野はこと切れた。

しかし、突然起こった炸裂音に驚いた海兵隊は、松野をめがけて猛烈な射撃を浴びせた。無数の弾を吸い込んだ彼の死体が地面でおどっている。小野寺は、われに返ると、急に自分のしたことが恐ろしくなった。いたたまれなくなって、小野寺は無我夢中で逃げた。彼は生きながらえたとしても――小野寺は事実、逃げのびた――長い間、良心の苛責にせめさいなまれることだろう。

## もうすぐ死ぬでしょう

松村彰三は朝早く起きて、両親に手紙をかいた。

その手紙には「私と戦友は必死で戦ってきたが、お国への忠誠をつくす最後の手段をとらなければならない時がきた。ここ数日間、激しい爆撃に見舞われ、敵の物量による力はおそるべきものだ」と書かれていた。

「お母さん、家族のみなさん、私はここで苦しむことによって、あなたがたに対する私の義務のすべてをできるだけお返ししようと思います。私は喜んで死んでいきます。どうぞおからだをお大切に。どうか勝利の日が来るまで最善をつくして下さい。戦いは続いています。私はやがて死ぬでしょう。ここで手紙をやめます」

手紙は何日かのちに見つかったのに、どれが松村の死体か確認できなかった。

寒さと夜明けから降り出した激しい雨で、その日は一日中気色の悪い日だった。地面は砲弾ででこぼこに掘りかえされている。二八連隊はふたたび摺鉢山の攻撃を始めたが、海兵隊が日本軍陣地にあまりにも迫っているため、空からの支援は不可能となり、戦いは肉弾で進められた。積みかさなった残骸を爆破したり、焼きはらって少しずつ前進した。

トム・マホニー中尉の中隊だけで、二五ヵ所のトーチカを爆破した。山の上の方から迫撃砲弾が依然として撃ち出されており、クリフトン・テーラー伍長の小隊長が戦死した。これを見た伍長は逆上して、「ついてこい。こん畜生、やっつけるんだ」と叫び、やにわに前方にとびだし突撃を始めた。

「やっつけるんだ」そう叫びながら三人の日本兵を塹壕の中で殺した。テーラーの戦友がほかの四人をやっつけた。エベレッド・ヘンドリックはほら穴の中に手榴弾を投げこんだが、安全弁をひくのを忘れた。日本兵がその手榴弾を投げ返してよこした。やはり安全弁ははずれていなかった。そのうち、ヘンドリックはカービン銃で日本兵を殺した。

第三中隊はその日、摺鉢山の北側の日本軍陣地をほとんど攻略し、西海岸から〝飛び石〟に向けて斥候を送った。この斥候は東海岸からまわってきた第二大隊の一行にあったので、山はいよいよ包囲されたことになる。

摺鉢山の斜面は爆撃で掘り返されていたので、山道はすでになくなっていた。午後になって第一中隊のホワイト・ヘッド軍曹は摺鉢山の北斜面をかけのぼり、大型砲の残骸の上に立った。帰隊して、日本軍は一人も見えなかったと報告し、さらに山をのぼり続けてよいかどうかを、たずねた。しかしその日は日暮れも近かったので、リバーセッジ少佐は総攻撃を朝まで延期することに決めた。

山の中には三〇〇人近くの日本兵がまだ生きていたらしい。その夜、生き残った日本兵は北に血路を開くべきか、山を守り続けるかを相談した。その半分は山を守ることを主張し、半分は闇にまぎれて穴をはい出ると北に向かった。信じられないことではあるが、そのうち二〇人が戦線を突破し、元山近くにあった栗林司令部に到着し、新しい部隊に配属された。

西海岸では、夜になっても戦闘がやまなかった。午前四時、少数の日本軍が、西海岸の残骸の中から立ち上がって、南に突撃した。その日、戦線をはなれる用意をしていた二九連隊は、すぐ迫撃砲の弾幕を張って日本兵を撃退した。LCI一隻が海岸に近づいて、海兵隊の頭越しに四〇ミリの砲弾を目の前にそびえている断崖に撃ち込んだ。

日が昇ると、二六連隊は二七連隊を休養させるために前進し始めた。日本軍の迫撃砲弾が激しく前方の丘の上や、島の中央部から発射された。戦線は錯綜していた。二六連隊長トロッティ大佐は部隊をどの方向に前進させればよいか考えていた。そのとき、ベーカーは隊が移動し始めたことを連隊長に知らせようと前方に走りだし、第二飛行場に出た。走り始めた瞬間、断崖に対する砲撃が激しさを加え、一メートルごとに砲弾が落下した。そこにアーサー・チャペル中尉がやってきた。

チャペルは通信士官だったが、ひどく青い顔をして、顔から血を流していた。中尉はトロッティと作戦参謀のウィリアム・デイ少佐が戦死したことを報告し、まだ煙がくすぶっている砲弾の弾痕を指さした。

「ディック・フェイガンが後の指揮をとるために、やってきます」チャペルはいった。

その間、C中隊のリチャード・クック大尉が大隊の指揮をとっていた。大隊長のジョージ・ウォータース少佐は二日前に負傷し、すでに後退している。そこで第五師団査察官リチャード・フェイガン少佐が正午ごろ到着し、クックと交替した。

戦いは続き、第二大隊が第五師団の戦線の中央に進出した。これがその日の最初の作戦行動で、大隊はすでに上陸日の午後、背後までとんでくる日本軍の砲弾で多くの損害を出していた。第一大隊を西海岸に送っていた二六連隊は、その日のうちに三〇〇メートル前進したが、北側の高地までにはいたらず、ひどい損害を出した。

二月二十二日、木曜日には、第五師団の士官一〇人が戦死し、その前日にも同数の戦死者を出していた。四日間でその師団は三五人の士官を失ったことになる。二十二日の戦死者の中には、二八連隊付軍医ダニエル・マカーシー中尉、トロッティ大佐、少佐二名、中尉二名（アンジェロ・コナは眉間をまっすぐ撃ち抜かれた）、少尉二名、そして第五戦車大隊と同行し艦砲射撃の観測をしていたスティーブン・ホルムス海軍中尉がいた。戦線中央で二一連隊の精鋭が、午前四時ごろ、二三連隊と交替するため移動していた。二三連隊は上陸日以来戦い続けている。

パラシュートで下りてくる照明弾が闇を破り、戦場を青白く照らしている。二一連隊の第一、第二大隊は穴から穴へと移りながら、撃ち落とされた日本軍の飛行機が気味悪く光っている飛行場を過ぎ、二三連隊の戦車の間をぬって、まだ収容されていない死体を踏んで走った。

二三連隊の将兵は、少数のグループに分かれ待機していた。この部隊は丸三日間、戦線の中央でがんばったため、あたたかい食事も睡眠も与えられず、絶え間ない敵弾からも休まるときはなかったのだ。救援部隊が到着して髭だらけの兵士の肩を叩き、後方に下がれと合図すると、「てめえにキスでもしたい気持だよ」と兵隊は答えた。二三連隊が後方にまわって予備隊になったわけだ。そこでも日本軍の砲撃は同じように激しかった。しかし彼らはあたたかいコーヒーをのみ、二時間ほど睡眠をむさぼった。

二一連隊の戦闘は初めから激戦であった。雨と激しい日本軍の砲撃で、二三連隊との交替を完了するには六時間かかったのに、八時にはもう攻撃を始めていた。F中隊が左側を進み、飛行場までの強固な要塞原に立ち向かった。一五分後、中隊長ジェラルド・カービー大尉は迫撃砲弾の破片で戦死した。リチャード・シュトラウス中尉が代わって指揮をとった。昼には中隊の兵力は半数に減り、他の二つの中隊と交替しなければならなかった。背嚢の中にシュトラウスは中隊士官全員がうつった小さい写真をもっていた。その中でシュトラウスはカービーの隣りに立っており、二人とも笑っている。その日一日をかけて、大隊はおよそ五〇メートル前進した。

第一大隊はある場所では二五〇メートル進んだが、一メートルごとに高価な犠牲を払った勘定になる。大隊長マロー・ウィリアムズ中佐は迫撃砲弾が腕に突きささったまま、夜中まで前線を離れることをこばんでいた。しかしついに副官のクレイ・マレイ少佐と交替した。

東側の断崖の上に岩場があり、そこに二五連隊は釘づけにされたまま二一連隊が左側をまわって側面から攻めてくるのを待った。二五連隊第一大隊はいくらか前進したが、第三大隊は上陸日の石切場の戦闘で受けた損害からまだ立ちなおっておらず、休養と再編成を必要としていた。一日中陣地にしがみつき、午後四時になると夜を過ごすためのタコツボを掘り始めた。

一人の伍長が走ってきて、ジャンピン・ジョー・チャンバースにロケット発射トラックが発射準備をととのえたと報告した。チャンバースは屛風山（チャーリー・ドッグ稜線）を射撃するよう命令した。彼は「O・K」と答えて後方に歩き始めた。そのとき砲弾が炸裂した。瞬間、彼は小火器の弾丸があたったと思ったが、実は一弾が左肩を貫いたものだった。

真っ暗な中で看護兵がひどい怪我だといっているのが聞こえ、誰かが、傷にガーゼをつめているのが分かった。それから、連隊付の軍医ミカエル・フランシス・ザビエ・ケラーがやってきて治療した。弾丸は首から肺に入り背中を突き抜けた。

ジム・ヘッドレーがやってきてチャンバースをそっと足の先でさわって、「起きろ、この怠けものめ。ツラギの傷の方がひどかったぞ」といった。しかし、チャンバースは起き上がれなかった。部下がチャンバースを担架にのせて、そっと海岸につれ出した。上陸日から三日間に、二五連隊は三人の大隊長全部を失った。

ヘッドレー大尉が代わりに指揮をとった。ヘッドレーとチャンバースはサイパン島では五〇〇号高地でいっしょに戦い、チャンバースが丘から吹き飛ばされたとき、ヘッドレー大尉が代わって指揮をとった。そのとき、彼もやはり二回負傷した。彼は二五連隊第三大隊の集結を命じた。

一日中、トライテル少佐の二四連隊第一大隊は東海岸、つまり上陸海岸にそって進み、ほら穴やトーチカを爆破し、迫撃砲陣地と狙撃兵のタコツボをつぶして歩いた。海兵隊の一〇五ミリ砲をのせた陸軍の四七三水陸両用トラック中隊が崖から撃ち出された弾丸に当たった。舵取器をこわされた。トラックは荒い海上を波のまにまに流され、ついに水につかって沈んでしまった。ジョージ・ウエイル中尉と黒人の運転手ヘンダーソン・クロケットは行方不明になった。

午後になると、波が高くなり、負傷兵を安全に船へのせるのがむずかしくなった。LSTの陸揚げした弾薬のかげで、海兵隊は調理場を作り、ステーキやスパゲッティを料理し、コーヒーを沸かした。また大きな洞穴は乾いているのでいくらかあたたかく、五日ぶりに髭をそったり、シャワーを浴びたりする兵隊もいた。また戦闘服を洗濯して、エンジンのあたたかい味でかわかしたり、塹壕の中で昼寝をするものもいた。これは大変な贅沢だった。負傷兵は毛布でくるんで、そこいらじゅうに寝かされている。それでも、携帯ラジオが流行歌を放送していた。

一隻のLSTの中で、エリフ・ショルスバーグ主計兵曹長は少なくとも三〇〇〇人の海兵隊に食事を与えた。兵隊はあとからあとからやってきた。五〇メートル離れた崖の上では、重砲が絶え間なくとどろいていた。LSTの甲板にかまえられた砲からも、断崖や水中の怪しい動きに砲撃を加えていた。狙撃兵の弾がどこからともなく飛んできて、薄暗い海岸で、またもや一人の兵隊が犠牲になった。

夜になると、LSTは緊急病院船として海岸に残ることを希望した八〇七号を除き、全部沖にひき上げた。船上では軍医が徹夜で、二〇〇人の負傷兵を治療した。その夜も、治療のかいなく二人が息を引きとった。

第四師団の墓場がこの日から作られ始め、埋葬式が始まった。飛行場の付近で、一人の伍長が片足を見つけてきた。その地点は第四師団の戦車が直撃弾をうけたところだった。その足は海兵隊の軍靴の中に入っており、靴の番号から、その足が行方不明になっている戦車乗員のものだと判明した。死体の代わりに足を埋めて一つの墓を作った。六日たってその足の持ち主は、サイパンの病院にいることが分かった。埋葬された足はほり起こされた。

海軍建設隊長ロバート・ジョンソン大尉はこの日に上陸し、第九海軍建設隊司令部を設立した。ジョンソンは灰色がかった髪の色をした、五十がらみの頑丈な男で、七〇〇〇人の建設隊員を指揮しており、この島を巨大な空軍基地にかえる任務を帯びていた。これこそ、この島で血みどろの戦いが行なわれている理由なのだ。

第五八機動部隊は日没とともに、東京に二回目の空襲を加えるために出発していった。

その晩、艦砲射撃は目立って少なくなった。上陸第一夜から艦砲射撃は、陸上戦闘をしている海兵隊の要請があれば、ただちに激しく加えられ、一晩中空を赤々ともやし、日本軍を穴の中に閉じ込めた。しかし海兵隊自身の重砲はすでに陸揚げされたし、海軍の弾薬も底をついてきた。二十二日の晩から艦砲射撃と照明弾の要請は全部、海兵隊司令部を通して緊急を要する地点から始められることになった。硫黄島の戦いはしだいに陸上戦闘の色彩を強めてきた。

西海岸にできた大きな爆弾の穴で、真夜中、フレッド・ハーベイ一等兵は落ちてくる手榴弾に気づいた。それを拾い上げ、遠くへ投げかえそうとして、一瞬遅く、弾は炸裂し、ハーベイは足がしびれ動けなくなった。二発目の手榴弾が後から落ちてきたので、ハーベイはその上にすわって弾を砂の中に押し込んだが、炸裂した弾はハーベイの尻の肉をもぎ取った。彼はそれから後のことは覚えていない。九ヵ月の後、彼はハワイの病院を退院した。まったく恐ろしい戦いだった。

## 摺鉢山頂の星条旗

二月二十三日、金曜日がやってきた。摺鉢山総攻撃の日である。草木の生えていない灰色のドームは、つい二、三日前まで恐ろしい強固な陣地であったが、今や沈黙し、トンネルや地下陣地も無人の洞穴でしかなかった。艦砲射撃で小要塞は根こそぎ掘りかえされたうえ、トーチカの壁にはぽっかり穴があき、トンネルの入口をふさいだ粗い砂の目をぬって、煙がもれていた。

二八連隊第二大隊のワトソン軍曹は、午前八時に行動を起こし、F中隊の三人の二等兵、モンタナ州出身のインディアン、ルイス・チャーロ、カンサス州出身のセオドア・ホワイト、アイオワ州出身のジョージ・マーサーをつれて斜面を登り始めた。残骸の散らばっている裾野を突破し、山のふもとにでると足もとは急に悪くなり、息をつきながら、用心深く斜面を登り始めた。銃声はまったく聞こえず、四〇分で頂上に達し、アメリカ兵は日本軍陣地の廃墟をのぞき込んだ。重機関銃座があり、弾薬箱が転がっているのに、日本軍の姿は見えない。斥候は息せき切って斜面を駆けおり報告にもどってきた。

いまや、ウェルズ大尉の旗を掲げるときがきたのだ。ジョンソン大佐はハロルド・シュリアー中尉に伝令を送った。シュリアーが大隊本部に姿を現わすと、大佐は擂鉢山をいっきょに占領して確保するよう命令した。

「この旗を頂上にひるがえせ」とジョンソン大佐はいって、旗を渡した。

E中隊の副官であったシュリアー中尉は四〇人の部下をつれて出発、まず本隊の前進を掩護するため、側面に陽動を送った。ふもとからは斜面を登っていく斥候がはっきり見える。島の南端で疲れ切った海兵隊は息をのんで、先発隊の行動を見守っていた。

「あいつらの苦労がむくいられなきゃな」と髭だらけの軍曹がぼっつり言った。

まだ敵の反撃は始まらない。十時十五分、シュリアー中尉ら一行は山頂の火口壁を乗り越え、火口に突っ込んでいった。日本兵の姿は一人も見あたらない。

海抜二〇〇メートル近い山頂に、歴史的瞬間がやってきた。

斥候は小銃をかまえて、火口を横断した。そのうちの二人が六メートルの長さの鉄管をみつけてくると、その端に旗を結びつけ、火口の北壁にちかい柔らかい地面に突き刺した。摺鉢山頂上に星条旗がひるがえり、陸からも海からも目撃された。旗はおりからの風ではたはたとひらめいている。ルイス・ロウリー軍曹は海兵隊の隊内雑誌〝レザーネック〟のカメラマンで、火口の中に立ってこの情景を写真に収めていた。

ジェイムス・ロブソン一等兵が、「いよう、海兵隊の俳優だぞ」と冗談をいった。しかし、彼は写真の中に入ることをこばんだ。

シャッターを押した瞬間、日本兵二名がほら穴から、走り出た。一人は手榴弾を投げると、日本刀をひっさげて、しゃにむに星条旗に突撃する。ロブソンが銃を撃った。日本兵は、日本刀をほおり投げて、火口の内側にころがり倒れた。もう一人の日本兵は、ロウリー軍曹に向かって手榴弾を投げた。軍曹は火山壁からとびだし、斜面をすべり落ちた。彼は一五メートルほどころがってから、かろうじて踏みとどまった。カメラは壊れたが、フィルムは安全だった。旗は依然としてひらめいている。

この旗こそ、海兵隊全員を力づけた〝硫黄島の星条旗〟であるが、世界を湧かせた有名な〝硫黄島の星条旗〟は実のところ、この二時間後に掲げられたものだった。

砂っぽい崖下のタコツボの中で、海兵隊は星条旗を見上げて涙を流した。何日も髭をそらない兵隊たちが、おたがいに肩をたたき合いながら踊っていた。輸送船や軍艦も汽笛や鐘を鳴らした。

そのとき十九歳のチャールス・レンジャー二等兵は、病院船ソレイスの甲板におかれた簡易ベッドから起き上がろうとした。彼は二八連隊第二大隊B中隊員だが、迫撃砲弾で左ももとひざを打ちくだかれていたから摺鉢山攻撃には参加できなかった。大声をあげることすら無理だったので、彼はのどの奥でひそやかな歓声を上げた。

摺鉢山のふもと近くの波打ち際から、一メートル丘に上がったところで一人の男がいった。

「これで、この後五〇〇年の間、海兵隊は安泰だ」

その男はほかの海兵隊員とまったく同じ服装をしてるが、海軍長官フォレスタルだった。星条旗が揚がったとき、スミス将軍はじめ、フォレスタルの陸軍副官リマシラス・コレア大佐とコネリウス・ホイットマー大佐をつれて上陸していた。風が冷たいので、フォレスタルは海兵隊の戦闘服と毛糸のジャケットを着ていた。

一行はモーターボートで上陸したばかりであった。これは摺鉢山に星条旗を掲げるためではなく、フォレスタルが橋頭堡を訪問したいといってきかなかったからだ。スミス中将はフォレスタルの身に、万が一にも何か起こったときには、責任問題が生ずることを恐れ、上陸しないよう説得したが、ノルマンディーでも上陸したフォレスタルは、スミスのいうことを聞かなかった。

後にワシントンでフォレスタルは、「硫黄島の海岸はこの部屋にいるのと同じくらい安全だったよ」と語った。これに対して一人の海軍大佐がいった。

「そうです。安全でした。あの日の朝、ちょうどあの場所で、わずか二、三人が殺されただけでしたから」

ジョンソン大佐は星条旗の価値をすばやく計算して気を回した。

「畜生、誰かがあの旗をほしがるだろうな」とウェルズにいった。

「しかし、あれをやるんじゃないぞ。あれはわれわれみんなの旗だ。もう一つ旗を出してそれとかえろ。最初の旗を早くこっちにもってこい」

ウェルズは伝令を出し、ワビットと呼ばれる舌のよくまわらない伍長を、いちばん近くのＬＳＴに走らせた。

ジョー・ローゼンソールは三十三歳。がっちりした身体つきの新聞記者だった。近視がひどいので、海軍にも陸軍にもとられなかった。またローゼンソールはカメラマンであったが、特別これといって特徴のあるカメラマンではなく、他の何百人の仲間と同様の男であった。およそ一年前から太平洋戦線に来て、ＡＰ通信に戦争の写真を送っていた。海兵隊や陸軍に従軍して、グアム、ペリリュー、アンガウルの上陸作戦に参加した。硫黄島では上陸第一日の昼ごろ、第四師団の兵隊といっしょに迫撃砲弾を積んだモーターボートで上陸した。それから二、三日間、たくさんの写真をとり、フィルムを送り出すために、数回、船と島を往復した。

二十三日、金曜日の朝、南海岸の写真を撮ろうとＬＣＴ大発で島に向かう途中、通信機でその朝斥候が摺鉢山に登るという情報を耳にした。ローゼンソールは二八連隊司令部についたとき、「もう今からでは遅すぎる」といわれたが、とにかく摺鉢山に登ってみることにした。カラーのシネカメラをとっていたウイリアム・ゲーノスト軍曹と、部隊付のカメラマンであるロバート・キャンベル一等兵がいっしょだった。

そのころ、ワビットは最初に緑海岸にのし上げたままになっているLST七七九号にやってきた。通信長のアランウッド兵曹長が船の旗をワビットに渡した。それは縦五六インチと横九六インチ、初めに摺鉢山にひるがえった旗の二倍の大きさで、まだほとんど新しかった。アランウッドはその旗をハワイ真珠湾の沈没船引揚部でみつけ、しまっておいたが、二十日の日曜日に、二、三回LSTのメーンマストにひるがえした。アランウッド兵曹長は、泥だらけの海兵隊伝令がよろけながら現われたのを見て、星条旗を渡すのに何のためらいも感じなかった。

ローゼンソールが摺鉢山の頂上に達したとき、初めの旗を降ろしているところだった。「もっと大きい旗を上げるんだ。これは記念品にするのさ」と、一人の海兵隊が教えてくれた。ローゼンソールは最初の旗が下りてくるところと新しいのをかかげる瞬間を写そうと思った。そのときよい角度がみつからないので八メートルほど後ずさりして、二回目の星条旗の掲揚を写すことにした。大急ぎで石を積み重ね、踏み台を作り、その上に立ってカメラのファインダーをのぞき、シャッターを切った。一枚目は、四〇〇分の一秒で、絞りは8と11の間。こうして最も有名な写真がとれたのだ。

その夜、フィルムはほかの一七枚の写真といっしょに、グアム島に飛行機で送られた。写真説明にはつぎのようにかかれていた。

「標高五五〇フィートの摺鉢山の頂上。硫黄島の南西端にある火山口。第五師団二八連隊第二大隊の隊員が、星条旗をかかげ、戦略拠点占領を全軍に示す」

混乱の中でローゼンソールはいわゆる「左から右」へ、つまり写っている兵隊たちの名前を尋ね、記そうとしたが、それはできなかった。

正直のところ、これはニュース写真としてはなっていない。六人の人物がこの写真に写っている。一人だけほかの者から離れて旗竿の下にいて、ほかの五人は束になっているので、どれが誰だか見分けられない。ニュース写真としては落第だ。しかし絵がら構成は天下一品だった。絵は、動きと物語りをぴたり表現し、写真説明は必要としないほど、情況をいきいきと描写している。

この写真がグアム島の現像タンクの中でみえ始めたとたん、写真の価値が決まってしまった。まさに戦場の芸術であった。ここに写っている者がだれだったか、はっきりするまでには何週間もかかった。

つぎの海兵隊員の名が公式発表された。左からイラ・ヘイズ一等兵（アリゾナ州出身）、フランクリン・スースレイ一等兵（ケンタッキー州出身）、ミカエル・ストランク軍曹（ペンシルバニア州出身）、ジョン・ブラッドレー二等薬剤兵曹（ウィスコンシン州出身）、リーン・ギャグノン一等兵（ニューハンプシャー州出身）、ハーロン・ブロック伍長（テキサス州出身）。

まったく偶然なことではあったが、彼らの出身はアメリカ各地を代表しているばかりか、アメリカ人先祖の各血族も代表していた。ヘイズはピマー・インディアン、スースレイはケンタッキーの山地出身、ストランクはチェコスロバキア移民の息子、ブラッドレーは中西部出身で海軍、ギャグノンはニュー・イングランドのフランス・カナダ系であり、ブロックはテキサス出身だった。

しかし摺鉢山の海兵隊は写真をとることばかりに、気を使っていたわけではない。そのあと一日中、火口の中と山の斜面で掃討戦を行なった。が、抵抗はほとんどなかった。艦砲射撃と五日間にわたる激闘で一二〇〇名の日本守備軍は大方全滅していたらしい。もっとも、栗林は二週間、摺鉢山をもちこたえたいと考えていた。

第一四連隊が音響反射機と閃光測定機を頂上にかつぎ上げ、島北部の日本軍砲兵陣地と要塞をみつけようとしたが、これはあまり役に立たなかった。というのは摺鉢山頂はいつでも霧に包まれていたうえ、島全体は砲撃でほこりが上がり硫黄臭い煙も立ちこめていた。さらに日本軍は稜線の陰にたくみに隠れているのだ。

摺鉢山が陥落したからといって、戦争が止んだわけではなかった。いつもシガレットパイプを歯の間にくわえているケイテス少将は、その日午後、やっと海岸に上がってきて第一飛行場の長い滑走路の真下に第四師団司令部を設けた。そこは破壊された日本軍の機関銃座のあとで、まわりに石を積み強固な陣地にしてあった。そばにはこわれた飛行機の胴体が埋めてあり、通信員や作戦参謀はその中で仕事をした。

第五敵前上陸軍団長シュミット少将も上陸した。おそまきながら、将軍は地上最大の海兵隊上陸部隊の直接指揮をとることになった。その日の午後、シュミットとケイテス少将はロッキーの第五師団司令部で会同し、三人の将軍が初めて一ヵ所に集まって情況を検討した。過去五日間で上陸部隊はやっと海岸を制圧した。摺鉢山もおちた。島の南部の日本軍の抵抗は掃討した。

海兵隊の三個師団全軍は、北に向かって総攻撃ができる体勢にある。島の中部に高地があるので、第三師団が島の中央を北に向かって前進し、西海岸に流れ落ちる溶岩にそって、側面攻撃を行なうことになった。西海岸にいる第五師団と東海岸にいる第四師団は、第三師団と同調して前進する。艦砲射撃と飛行機、海兵隊の砲兵は、しだいにせばまっていく日本軍の守備地域に集中する。三個師団の戦車隊は一団となって、第五師団第五戦車大隊長ウィリアム・コリンズ中佐の指揮下に入り、中央部の突破作戦に支援を与える。

これほどの大きな破壊力が集中されれば、栗林中将はたちまち粉砕されてしまうと思われた。一方、海兵隊たちはこれまでの経験からおして、日本軍が降服するとは考えていなかった。

ボッブ・シャーロッドはハリー・シュミット少将に追いつき、司令部で、

「あとどれくらいこの作戦がかかる見通しなのか」とたずねた。将軍は答えた。

「今日から五日間だ。先週わたしは一〇日かかるといったが、この計算はまちがっていないと思う」

二十三日、海岸の作業は順調に進んだ。崖をくずして交通路がいくつも開かれ、こわれた

兵器の取りかたづけが効果を上げ始め、補給品は島の中央にどんどん流れこんでくるようになった。多くのLSMが接岸し、八一ミリ迫撃砲弾二五〇〇発を陸揚げした（過去五日間、八一ミリ迫撃砲は弾がなくて困っていた）。LST六四六号で、第三海兵師団の戦車二五台が上陸した。波や日本軍の砲弾から大きな損害をこうむったが、四〇〇隻のLVT大発のうち二六七隻はまだ活動しており、二五〇両の水陸両用トラックのうち一九〇両が走っていた。

行方不明になったLVT大発の話をしておこう。

それは「ママ・バスタブ（お母さんの風呂桶）」と呼ばれ、ロレンティ伍長が艇長だった。五日間、補給品を運んで海面を動きまわったが、ついに幸運に見はなされた。夜中、どのLSTも船首のドアを開いてくれなかったために、寒い海に取り残され、やがて燃料もなくなって沖の速い潮にのせられ、どんどん流された。二日たって、駆逐艦が見つけて、飢えと寒さで疲れ切ったロレンティと二人の二等兵ウィリアム・シーワード、アレックス・ハーバードを助けた。水兵が乗組員を艦上にひき上げると〝ママ・バスタブ号〟の浸水はだんだんひどくなり、ついに沈んでいった。

この日の艦砲射撃の目標は、アメリカ軍戦線に非常に近い地点が選ばれた。戦艦アイダホは朝の攻撃が始まる直前、海兵隊の前線から四〇〇メートルのところにある目標に、主砲一四インチ砲一六二斉射を浴びせ、巡洋艦ペンサコラも、八インチ砲弾三九〇発を撃った。海軍・海兵隊合同の艦砲射撃指揮班は第一線にいて、効果的に砲撃を要請した。

風が東に変わり、東海岸の波が高くなった。ヒル提督は、そこでシュミット軍団長に五、六日間、第五師団の地域である西海岸で揚陸作業をするよう要請した。

摺鉢山に星条旗がひるがえったものの、北部の戦闘は激しかった。第五師団は一日中、西海岸で激闘を続けたが、損害は増えるばかりで、一メートルも前進しなかった。二六連隊第二大隊司令部に弾丸が落ち、指揮官のジョセフ・セイヤー中佐は腕と脇腹を破片で引きちぎられた。セイヤー中佐は上陸第一日から膝をくじいて、足をひきずっていたが、とうとう、後方に送られることになった。大学ボクシングのミドル級チャンピオンであった副長のリー少佐が大隊の指揮をひきついだ。

この二六連隊第二大隊は硫黄島攻略戦を通じ、いちばんひどい損害をこうむった大隊である。

中央部では、第三、第四師団が、作戦中最も重要な目標の一つである第二飛行場に、攻撃を集中していた。栗林将軍はその重要性を充分に認識しており、池田大佐の一四五連隊を飛行場防備に配置していた。一四五連隊は硫黄島守備隊のうちでも精鋭中の精鋭であり、四七ミリ対戦車砲は、滑走路のどの点でもねらい撃ちできるよう配置されていた。

二一連隊は四時間の戦闘で、その中央まで進出した。マレイ少佐は最初の日、二一連隊第一大隊を指揮していたが、もし日本軍の防備に弱点がみつかればそこを破壊し、突破口を開き、防衛陣地を一つずつ、粉砕できると考えていた。電話機をとって命令を発しようとしたとき銃弾が手から電話機をもぎとった。弾丸は左頬を貫いたほか、開いた口から入って歯を五本こわし、最後の一弾が左腕の手首を砕き、左耳をひきちぎった。ハウザー少佐があとを引き受けた。二一連隊第一大隊は、二日間で三人の指揮官をかえたことになる。

C中隊はまわり中が日本軍のトーチカであるため、まったく動くことができなかった。ついに中隊長は、ウィリアムス伍長に、「何とかならないか」と聞いた。二十一歳のウィリアムスは、中隊に九人いた火炎放射手の最後の一人だったが、「やってみましょう」と答えた。

四人の小銃兵に守られ、ウィリアムスは、火炎を発射しながら前進した。右手に日本軍が立ち上がり、埋めてあるドラム缶に火をつけようとした。伍長はやっと上むきに火炎放射器を発射し、日本兵に浴びせた。四人の日本軍が襲いかかると、ウィリアムスはたて膝の姿勢で、これを撃退した。さらに突撃を続け、つぎからつぎへとトーチカに火炎を注ぎこみ、焼き払った。中隊はいくらか前進したが、それほどの距離を進むことはできなかった。いくつかのトーチカをやっつけると、すぐ背後に別の防衛陣地が立ちはだかっているのだ。

スミス一等兵はこんな日本人をみたことがなかった。彼は一八〇センチの大男で、一歩も退却せず、たちまちスミスの戦友を倒した。起こしてみると、ピストルの弾が眉間を貫いている。日本兵は海兵隊の四五口径のピストルを奪い、発射したものだ。反対側に一人の日本兵が、軍刀を正眼にかまえて近づいてきた。スミスは右手をあげてそれをよけようとしたが、腕は指から肘までまっぷたつにたち裂かれた。スミスは前進した。すると、日本軍の姿は消えてしまった。スミスは日本軍があらわれた穴をのぞき込み、弾を撃ち込もうとすると、日本兵はトンネルを通って、スミスの背後に出てきた。これに気づいて、スミスはふりかえりざまに撃った。一瞬の差で、スミスが勝った。

このあたりの地形は池田大佐にまったく有利であった。そして日本軍はこの地形を充分に利用していたのだ。夜が近づくと、占領した地域はほとんど日本軍に奪いかえされた。

戦線の背後では予備にまわっていた部隊が掃討戦のかたわら、武器の整備と補給をした。ある者は二十四日になって十九日の朝以来、五日ぶりに初めての熱いコーヒーをすすった。第五師団は戦車の駐車場を五〇〇メートル後退させた。それはこれまで置かれていた第一飛行場の北西端には、まだ日本軍の弾丸が激しく落下したからだ。

二十四日の暮れ方、硫黄島の派手な戦いは終わった。フォレスタル長官は、午後四時、グアム島に向かって出発した。第五八機動部隊もその前日、第二回目の東京空襲に出発していた。空からの支援は小型空母から発進した艦上機が昼間攻撃と、空母エンタープライズの夜間戦闘機による夜襲だけとなった。海兵隊は上陸を完了し、四四名が摺鉢山の頂上を守備していた。その他の部隊は島の完全占領めざして北に攻めのぼった。硫黄島作戦の最後も激しく、最も犠牲の多かった血みどろの戦いは、この後やってきたのである。

市丸少将はそれをわきまえていた。連合艦隊長官豊田副武大将にその夜電報を送り、伝統にしたがって水際で敵を殲滅できなかったことを詫びるとともに、つぎのように報告した。

「しかしながら本当の戦いはこれからやってきます。わたしの部隊の各員は充分にこの戦いがわが国の将来におよぼす重要性を知っており、いかなる犠牲を払おうともこの島を守り抜くことを決心しております」

# 嵐の前の静寂

戦術的には戦いの第一段階は、ひときわ激しい戦いが続いた二十四日土曜日で終わった。

後方では、兵員と資材が絶え間なく陸揚げされた。ときどき海岸には迫撃砲弾が落下したが、このころになると気にかける者もなくなった。シュミット少将の参謀も協力し、アースカイン第三師団長、すばらしいカイゼル髭をたくわえたケンヨン大佐も最後の戦闘部隊第九連隊を引きつれて上陸した。大砲と第三師団最後の戦車が海岸にはい上がり、島の内陸に進んだ。

レイン二等兵は二五連隊と交替するため、前線に向かった。レインが聞いていた命令は非常に簡単なもので、軍隊の知恵がそこに集約されていた。軍曹はいった。

「ここがG中隊だ。今朝出発することになっている。戦線は複雑に入りくんでいる。だから日本人をみたらすぐ撃て。日本人がどんな格好をしているか、知っているだろう。海兵隊を撃つな」

軍曹はどこかにいってしまった。海兵隊はそれだけ知っていれば充分だった。

彼はタコツボにもぐり、戦場ではまだ一度も撃ったこともない小銃を握って待機していた。一日中そこにいたが何も起こらなかった。夜になって後方に引き返すよう命令され、小銃をかかえて平らな地面を走りぬけた。そのまま海岸にもどったのだが、それ以来、ふたたび前線には行かなかった。レインは小銃を一発も撃たず、一人の日本兵も見なかった。

　レインは、いっしょに海岸に上陸した戦友たちの多くに二度と会わなかった。ノースカロライナ州の小さな放送局で歌手をしていたホルコムは、夕暮れ前、戦死した。いつも抱いて寝ていた愛用のギターは輸送船にとり残されていた。大きな体をしたフィンランド系のコシは機関銃弾で撃ち殺された。レインはその死体を墓場に運ぶのを手伝った。コルブマイヤーは、ある日、タコツボの中で誤って手榴弾の安全装置をひいてそれを穴の底に落としてしまった。タコツボを跳ね出したところを、すぐ隣りの穴にいた海兵隊が瞬間に撃ち殺してしまった。

「あっちこっちで、ジャップ（日本兵）が穴からとび出してきていたんだ。仕方がなかったよ」

　レインは日本軍を一人もみなかったが、そのあたりに日本兵がひそんでいることは確かだ。毎朝、穴から穴へとはって歩き、G中隊でまだ生き残っているもののリストを作った。そのリストは毎朝短くなった。

　二十四日土曜日の朝までに海軍建設隊が勢ぞろいし、その第三一大隊は第一飛行場の整備にあたることになった。小銃隊が警備している間に滑走路を四つんばいではいまわり地雷を探し、破片をひろい集めた。これはもともと、一三三大隊の仕事だったが、大隊は上陸第一日目にひどくやられ、まだ再編成できないのだ。一日中、海軍建設隊と海兵隊第二独立工兵隊が滑走路を整備し、破片や岩のかけらを除いた。どこかに隠れている日本軍の狙撃弾、ときには砲弾さえも飛んできて滑走路に落ちた。

五万人におよぶ海軍建設隊、陸軍部隊、作業隊が硫黄島に集まった。島の狭い部分が大混乱を極めている。二八連隊は摺鉢山の掃討を続けた。穴の中にはなお一〇〇〇人以上が閉じこめられていると見積もられた。おそらく彼らは永久に埋まったままになるだろう。当時まだ生きているものもおり、山の内部で日本語で囁きあう声が聞こえた。海兵隊は閉じこめられた日本軍がでてくるのを待つより仕方がなかった。

アメリカ海軍の飛行艇基地が摺鉢山の沖に設置され、ブイや防潜網がこの基地を守るために敷設された。その南側は一大建設現場だった。飛行場が作られようとしていたのだ。

さらに北側では飛行場の争奪戦が始まっていた。砲撃は島の中央部に集中し、戦艦アイダホと巡洋艦ペンサコラも海上から弾を撃ち込んでいた。空母艦上機も爆撃にやってきたが、そのうちわずか二六発が二五〇キロ爆弾で、ほかの爆弾は全部五〇キロだった。戦車はふたたびコリンズ大佐の掌握下に入り、二一連隊第二、第三大隊が島の中央部に前進し始めた。

しかし前進はおぼつかなかった。八〇〇以上のトーチカが飛行場のまわりを囲んでおり、その多くは北側の丘の斜面に作られていた。これらの陣地からは、アメリカ兵の頭上へ砲弾を撃ちこめた。中央を進む第三大隊と、左側の第二大隊の攻撃は九時三十分に始まった。第三大隊司令部で、大隊長デュプランティス中佐は部下にいった。

「今日中に飛行場を占領しなければならない」

K中隊の中隊長ハインツ大尉は、戦闘が始まって、わずか四、五分で戦死した。彼が滑走路のはじに到着したとき、二発の手榴弾が炸烈し、ハインツは穴の中に落ちこんだ。ものの内側に破片が大きな穴を開けた。これらの手榴弾は鉄板でカバーしたタコツボから投げられたもので、日本軍がふたたびふたを押し上げ、手榴弾を投げようとしたすきに、強行破壊班がすばやく爆破材を投げ込んだ。中隊の指揮はマーシャル大尉に引き継がれた。

右翼では、ロックモア大尉がI中隊を指揮し、日本軍トーチカに真正面から立ち向かった。ロックモアは背の高い、短気な男、コーネル大学を途中でやめて海兵隊に入隊、グアム島の闘いで負傷した経験もある。トーチカに向かって走り出したとたん、たちまち一弾が喉を貫き瞬間に絶命した。二、三分のうちに三人の中尉も負傷し、中隊の指揮は軍曹がとった。

アーチボルト中尉がやってきて両中隊の指揮をとり、滑走路の横断を試みた。中隊員の多くは、グアム島（銅勲章）、ブーゲンビル島（銀勲章）で活躍したアーチボルトをよく知っており、この中尉が先陣を切ると、兵隊はふるい立ってあとに続いた。頭上を弾丸が飛びかう下を突撃し、飛行場滑走路を横切ったが、そのときアーチボルトは思った。

「まるで、玉突台の上で戦争をしているようなものだ」

とにかく滑走路の向こう側に部下とともに進出した。背後に迫撃砲が続き、六〇ミリと八一ミリ砲弾を発射し始めた。しかし、人間が走り出すと、まわり中から日本軍の機関銃が十字砲火を撃ち込んだ。滑走路の反対側までどうにか生き残ったものは、稜線のかげにころげ落ちた。

最初にこの中央高地を走り抜けたのは、グロッシイ中尉だった。その小隊で生き残ったものは一二人。この一二人は、よく呼吸を合わせていた。一つの稜線を占領すると、グロッシーはふたたび銃剣と手榴弾の突撃を始めた。反対側にあった丘の日本軍拠点は、はちの巣のようにトンネル、塹壕でつながれており、その中で海兵隊と日本軍は手あたりしだいのえものので、白兵戦を展開した。

ここで池田大佐の部隊にはばまれた海兵隊は、岩や小銃の台尻や、ナイフやピストル、シャベルで肉弾戦を演じた。九〇分の激闘ののち、アーチボルトとその部下は稜線の頂上をついに占領した。これで八〇〇メートル前進したことになり、戦線はこの部分で大きくはり出した。そのギャップを埋めるため、戦車、バズーカ隊、迫撃砲、機関銃手が進出した。

驚いたことに、夜になってトラクターがあたたかい食料や水、弾丸を積んだトレーラーを引っ張ってやって来た。砲兵観測班のグリーン准尉は、そのトラクターをだれが運転してきたかいまだに分からずじまいだった。彼は、「その運転手は頭が狂っていたのか、あるいは行先をまちがえたものだろう」と推論している。もしまわりで海兵隊が運転手を制止しなかったなら、その男はそのままトレーラーを引っ張って、日本軍のいる北の岬の地点に入っていくつもりだったらしい。

グリーンはとにかく食べ物が手に入って嬉しかった。このトレーラーは砲兵の弾着観測用の電線を断ち切ってしまったが、一言〝ばかやろう〟とどなっただけですませてしまった。食べ物を食べてしまうと、グリーンははって後方にもどり、電線の切れた個所を見つけて修理した。アーチボルトは、やせた背の高い男であったが、穴の中にちぢこまっていながら考えた。

「グアムや、ブーゲンビルよりよっぽど悪い。ジャングルでは、人間は静かに見えないところで死んでいく」

　ここでは目の前で兵隊が肉をさかれ、四肢をちぎられて死に、そのまま地面にちらばっている。埋葬する時間さえないのだ。絶え間なく弾が飛び交い、まるで戦争が終わらないうちに、大いそぎで、全弾を撃ちつくそうとしているかのようだった。

　二十四日夕方、ミドルブルークス伍長は、船にもどりかけた。ミドルブルークスは記録係で、アーチボルトとその部下が第二飛行場を奪取した模様を書こうと思っていた。伍長は、グアムとブーゲンビル戦にも参加している。硫黄島に上陸する直前、「この戦いは海兵隊の古強者《つわもの》にとっては、朝飯前の仕事でも、新参の兵隊たちには、恐ろしい経験となるだろう」と書いた。船にもどるボートを待っていたとき、第三大隊の弾薬運搬を手伝った。弾箱をかついで戦線に行く途中、弾にあたり、日没までに絶命した。

　第四師団は、二十四日の土曜日、海岸近くの戦線を確保していた。二四連隊だけで屏風山（チャーリー・ドッグ稜線）を攻撃し、第二飛行場に進出しようとしていた。初めの一、二時間、連隊は楽に前進し、十一時には、第二大隊が滑走路から一五〇メートルの地点に出た。しかし、池田部隊は虎視たんたんとかまえており、午後一時二十五分、対戦車砲、自動火器、小銃の一斉射撃を始めた。海兵隊はあわてて砲兵の掩護を求め、三七ミリ砲を前線に呼び寄せ、さらに迫撃砲をも加えて、日本軍の猛攻に応戦した。東側の第三大隊全員が、日本軍の防御砲火をまともに受けた。

栗林中将は、そのころ、島の中央部の防御線で戦っていた。飛行場を越えたところから、島の北部でいちばん高い地点、二段岩（三八二高地）、円型劇場（アンフィシアター）、玉名山（ターキー・ノッブ）の天然の要害が並んでいた。一群の切りたった溶岩が丘と谷を作り、すべての岩もコンクリートも藪も巧妙に掘られたトンネルで連絡する一大要塞だった。海兵隊二四連隊はここで重要な日本軍の神経系統にせまり、日本側は迫撃砲弾の豪雨を降らせて、アメリカ軍に応えるかまえをみせていた。

午後三時までに、二四連隊第三大隊の損害は甚大となり、黄燐の煙幕を張って負傷者を後方に運ぶ始末だった。

午後四時すぎ、大隊司令部に迫撃砲弾が落下し、三人が殺され、指揮官のアレキザンダー・バンデクリフト中佐は両足を負傷した。中佐の父親も海兵隊であり、事実、そのころまだ海兵隊指揮官をしていた。ドイル・スタウト少佐が代わって第三大隊の指揮をとり、戦闘は続いた。日没までに、二四連隊は玉名山の頂上に進出し、拠点を確保した。

二十四日の損害には、ウイリアム・ウェッブ少尉がいた。彼は戦死したのだが、それはまったくの偶然であった。上陸日に腿を負傷したが、歩けるようになるとすぐ病院船を脱出して、ヒッチハイクで行きずりの上陸用舟艇に乗ると、自分の中隊に合流した。このような振舞いをした海兵隊は、ほかにもたくさんいた。どのような犠牲を払ってでも病院から脱け出し、部隊に帰ろうとした。ウェッブの場合には、このため命を投げ捨てることになった。

東集落近くにあった井上海軍大佐の司令部に、日本軍の海軍大尉と、数名の兵隊がたどりついた。血でよごれた服を着た大尉は、摺鉢山から脱出してきた旨を報告した。

井上大佐はどなりつけた。

「この裏切者め。なぜここにきた。何という恥さらしだ。お前は、卑怯者で脱走兵だ」

軍規のもとでは脱走兵はただちに断罪される。

「いま、その首をたたき落としてやるからそう思え」と井上は叫んだ。

日本刀をひき抜き正眼に構えた。大尉は無言で地面にひざまづき首をたれていた。しかし副官がそれを押しとどめ、井上の手から刀をもぎとった。大佐は涙をかくそうと振りむいて、「摺鉢山は陥落した」とつぶやいた。その従兵であった小安利一兵曹は大尉を治療所につれていって、傷の手当てを受けさせた。

井上大佐は正気にもどったとき、厳しく心に誓った。

「海軍の軍人は、一人たりとも硫黄島を生きて去らない」と。

二十四日夜、六日間の激戦のあと、海兵隊の損害は戦死一六〇五名、負傷五四七六名、また戦場で疲労困憊して戦意を失ったものも六五七名、損害の総計七七五八名であった。

しかしこれだけの犠牲を払って、海兵隊はこの小さな島のわずか三分の一を占領したにすぎなかった。

# 第四章　栗林兵団の最後

## 地獄の二週間

二月二十六日の日曜日、〝恐るべき二週間〟がいつのまにか始まっていた。

島の残り三分の二を占領する方法は、中央部の高地を占領する以外にない。比較的平らな高地から、島は東と西に分かれ、その中に渓谷や水の涸れた川底が無数に走っている。このあたりは艦砲射撃で岩は砕かれ、ごろごろした石だらけの荒野に変わっていた。その斜面には、ほら穴やトンネル、タコツボが掘られ、稜線は、まるで砂利を積んだように、粉々に砕かれていた。

西海岸を進む第五師団は苦闘した。稜線をひとつ越えると、またつぎの稜線があらわれ、斜面を戦いながらはい上がり、やっと頂上に達したと思うとつぎの溶岩陣地が待ちかまえ、さらにその先には、また別の稜線が進路をはばんでいた。日本軍は渓谷に向かって丘の斜面からつるべ撃ちに撃ち下ろしてくる。海兵隊はまず中央部の日本守備部隊を払い落とすことが先決だったが、それができたとしても、海岸線にそって進む部隊は多大な犠牲を強いられた。

第四師団が進んだ東側は、遮蔽物の無い、むきだしの戦場だった。ここにはかつてカシの林があったが、今では撃ち砕かれた岩と、背の低い藪があるだけで、谷間が櫛の歯のように海に続いていた。海からそそり立つ大岩が二段岩（三八二高地）であり、摺鉢山を除いては島でいちばん高い地点であった。その脇の高地、玉名山をアメリカ兵は〝トルコ人のこぶ《ターキー・ノップ》〟と名づけた。だれかが、その横にある円い丘を〝円型劇場〟と呼び始めた。

はるか北の端に千田貞季少将の司令部があり、この岩場一帯に第二混成旅団が布陣していたが、全軍地下に姿を隠して、無傷のままアメリカ軍の接近をまちかまえていた。二段岩頂上には、レーダー基地の残骸があり、もう何ヵ月も前から円型劇場の斜面はトンネルの入口になっていることが確認されていたが、肝心の日本軍砲兵陣地はまったく見えなかった。いたるところに機関銃、迫撃砲、自動火器、小銃、山砲、速射砲の十字砲火陣地が作られていた。その背後には軍刀、ピストル、竹やり、手榴弾を入れた袋をもった兵隊がまちかまえているのだ。

中央部で、第三師団長アースカイン少将は、第四師団とともに上陸した二一連隊を返してもらい、麾下全軍を掌握した。二一連隊は後方にさがって休養しながら再編成を急ぎ、そのかわりに九連隊が前線に展開した。第四、五師団の砲は配置を終わり、第三師団の大砲も揚陸された。

中央部に対する総攻撃が開始された。戦艦一隻、巡洋艦二隻が総攻撃の火蓋を切って、二

○分間にわたり、主砲で慎重な砲撃を加えた。その後から榴弾砲が全戦線に一二○発の斉射を加え、さらに空母艦上機が二五○キロ爆弾で防衛線のすぐ前面を爆撃した。
午前九時三十分、地上部隊が前進を始めてみると、艦砲射撃、爆撃が行なわれなかったのも同然だった。日本軍砲火がまず第二飛行場に、猛烈に、しかも正確に降りそそいだ。

前線の海兵隊戦車二六両が歩兵を乗せて、滑走路を進むことになっていたが、この案は廃止され、戦車だけが前進した。その中に戦車アテボール、アゴニー、エンジェルの三台がいた。エンジェルとアゴニーは、たちまち命中弾を受けて火炎に包まれ、アテボールも、砲弾を受けて前進を止めた。アダムソン伍長は、アゴニーのハッチをあけて地面に転落し、戦車のそばに伏せた。足に弾丸をうけ、戦車のエンジンから吹き出す煙に巻かれて地面に座っていた。しかしアダムソンはズボンを裂いて傷に繃帯をした。目のすみで火を吹いている日本軍の銃口をみつけた。そこで地面をはってアテボールに近づき、その七五ミリ砲の砲身から三○メートルのところまで進んで、手で日本軍砲火の方向を教えた。アテボールが戦車砲を猛烈に撃ち込み、日本軍の砲を沈黙させた。

続いてアダムソンは四つの敵の機関銃座をみつけた。すると日本兵が一人、携行爆薬をもって走ってきた。また歩兵三○名が溶岩の稜線を越えてはい寄ってくる。アテボールはそこに戦車砲火を集中した。やがて海兵隊の牽引車がアテボールに近づき、アダムソンを側面のハッチから戦車に収容した。他の戦車も救援に来て、急場は逃れた。しかしここで、夕方までに戦車九両が擱座した。

海兵隊九連隊第一大隊は五時間にわたる戦いの後、ピーター高地のふもとまで一〇〇メートルの地点に前進した。二十五日の夕刻までに、戦線は最右翼を除いて第二飛行場の北側まで進出した。

アースカイン第三師団長は満足しなかった。もっともアースカインは満足を知らない男であった。そして九連隊のケンヨン大佐を呼び寄せ、「部隊は夜襲の準備ができているか」とたずねた。大佐は腕で汗だらけの顔をぬぐうと、「みんな疲れております」と答えた。

将軍はそり返って第一次大戦の自慢話を始めた。フランスのスワソンの戦いで、斥候から帰ってくると、中隊長にもう一度行ってくるように命令され、ドイツ軍の機関銃に岩を投げつけ、沈黙させたという話をした。将軍はさらに言葉を続けた。

「おれは命令どおりに行動したんだ」

それから偵察中隊のオスカー・サルゴ大尉の方をむいた。

「夜襲で日本軍の戦線を突破し、前進をはばんでいるトーチカを爆破してこい」

大尉は、「分かりました。行ってまいります。しかし、どのトーチカのことをおっしゃっているのですか」とたずねた。

地図によるとトーチカは二、三ヵ所しか書かれていないが、そこには無数のトーチカがあることはだれでも知っていた。将軍は目をぱちくりさせていたが、夜襲の計画をその晩はとりやめた。またいつか別のときにやろうと考えたのだった。

第四師団は二三、二四連隊を使って、いよいよ〝挽き肉器〟と呼ばれた屛風山、玉名山など一群の堅塁を攻撃することになった。だれがこの名前をつけたかは分からなかったが、なぜこの名前がついたのか、だれでも知っていた。二段岩から玉名山、円型劇場までの地域を進めば、それこそ人間が挽き肉器にかけられるように日本守備軍の砲火で、粉々にされてしまうことは火を見るより明らかなのだ。

　榴弾砲、重砲、艦砲射撃、モーターボート、ＬＣＩのロケット砲の砲撃や艦上機の急降下爆撃のほか、ＬＶＴ（Ａ）大発に積んだ大砲が沖から猛烈な砲撃を行なった。第三師団地区には戦車も送りこまれた。戦車なら、残骸を踏み越えて前線に進める。アメリカ軍は、その間に、戦車につけたブルドーザーで岩を押しのけ、進撃路を作ろうと考えた。その結果はどうだったか。アメリカ兵は一日中戦い、夜までに一〇〇メートル前進した。

　第五師団は楽な戦いを進めていた。つまり前進しないで、中央にいる第三師団が攻め上ってくるのを待っていたのだ。第三師団は楽な戦いではあったが、それでも北の稜線を越えて飛んでくる迫撃砲や砲弾で一六三人の損害を出していた。

　午後になると、第五師団の重砲が手柄をたてた。命令に反して、真っ昼間に日本軍の榴弾砲が西海岸の高地の上を北に移動し始めた。アメリカの飛行機が午後三時三十分それをみつけ、第五師団の重砲が六〇〇発をその地区に撃ち込んだ。日本軍の大砲三門が破壊され、弾薬庫に火がついた。街道大佐はそのような行為を禁止していた。この作戦を通じて、重砲が昼間移動したのは、このときだけであった。

　後方では、前線で血みどろの戦いが続いているとは思われない状態だった。東風が吹き、東海岸の波は高かったが、LSM、LSTは海岸に殺到し、トラックや起重機が荷物を陸揚げしていた。ブルドーザーと水陸両用トラックが、しだいに形になってきた道路の上を進んだ。また地面に敷かれてあった電線を柱にうつした。重砲は絶え間なく火をふいていたが、すぐその近くで建設作業が進められていた。海軍は西海岸の測量を始め、第五師団の工兵隊が飲料水の浄化装置を運転し始めた。西海岸の海面から、一五メートル先の天然の泉にパイプを差し込み、熱湯を吸い上げて、海水の中を通して冷やした。また熱いままで、シャワーを作り、泥だらけの兵隊を喜ばせた。

海軍の第三一建設隊は、六二連隊から借りた建設機具で、第一飛行場の南北に走る滑走路を仕上げた。夜までに長さ一五〇〇メートル、幅一五〇メートルの滑走路が完成し、軽飛行機ならばいつでも離着陸できる状態になった。マリアナから飛行機が飛んできて、郵便を落とした。シカゴ出身のジョセフ・ホイットマン伍長に宛られた手紙もその中にまじっていた。伍長は、手紙を手にして大喜びしたが、開いてみると海兵隊通信教育部から送られた市民法のパンフレットだった。

前線からは絶え間なく負傷兵が海岸に運ばれ、九隻の輸送船がグアム島に出港した。このときの積荷は人間ばかりで、その大部分は、一四六九人の負傷兵だった。第三師団は第一飛行場滑走路のそばに基地を開いた。

二一連隊が休んでいたとき、第一大隊のレニアート伍長は交替を探すため、海岸に初めてもどった。四日間前線にいた後だけに、上陸したばかりの兵隊をみると、まるで、カリフォルニアの大軍港サンディエゴで休日を終わったばかりの兵隊のように思えた。その兵隊を五〇ないし一〇〇名ずつつれ、前線にもどり、下士官にひき渡した。これらの新兵が、爆薬、バズーカ、機関銃を渡される様子を見守った。だれかが彼らに鉄砲の撃ち方を実際にやって見せた。その音を聞いて、やっと新兵も心の準備ができたようだった。彼らは上陸第一日の地獄を経験していないが、特別な苦行が待ちかまえているのだ。

はるか北方では、第五八機動部隊が日本本土の攻撃を終わり、また硫黄島水域にもどってきた。天候が悪く、東京の一九〇マイル沖から艦上機を発進させたが、主要目標は確認できず、この空襲計画は午後十二時十五分、中止となった。

その夜遅く、天井からつり下がった一個の電灯のもとで、西大佐は副官の大久保といっしょに酒をくみかわしていた。午後、第二飛行場で火炎放射器をもった海兵隊が突撃しているのをみた。

西は射撃をやめるよう命令したが、大久保がその海兵隊員を捕虜にして日本軍の陣地につれてきて、軍医に引き渡した。アメリカ兵はポケットに母親からの手紙を持っていた。そこには母親が息子の帰りを毎日祈っていると書かれてあった。

西は自分の子供のことを考えていたが、大久保はそのとき、西がアメリカびいきだという噂を思い出した。西は捕虜を尋問して情報を聞きたいと考えた。「もしこのアメリカ人の命を救ったとしても、それでおれの経歴に傷がつくわけではない」と西はいった。二人は話を続け、もし西がアメリカにとどまっていたら、あるいは硫黄島に赴任する命令を受けなかったならば、何が起こったかを話し続けた。大久保が寝台にもぐりこんでから、西はなおも酒を飲んでいた。つぎの朝、西はアメリカ兵が息を引き取ったことを知った。

硫黄島作戦の第二週が、二月二十六日の朝、だれにも気づかれないまま始まっていた。七日間の戦いで海兵隊は島の五分の二を占領し、八〇〇〇人以上の損害を出した（東京の国際放送はこの島でアメリカ軍が占領したところは猫の額ほどだと放送している）。しかし上陸日の記念式典をあげる理由も時間もなかった。上陸日に海岸を東から西まで突破した海兵隊は毎時間、毎時間、前線で消耗していき、一週間という長い時間を考える余裕はなかった。もう一時間が問題であり、一時間たつごとにまだ生きている、夕暮れがきて日の出がくるたびに、命がまだあると改めて安心した。

たとえばある中隊から〝占領した。現在生存者は六人〟という言葉が伝わると、海兵隊の胸は痛んだ。ある男は六人が生き残ったということを聞いて頬の肉がひきしまるのを感じ、またそのたびに頭に白髪がふえ、年をとっていく感じがした。

だれも猫背をして、よろめくように前進した。しかしいよいよハロルドの番がまわってきたときに、前進が止まった。西海岸で小銃隊の指揮をとっていたが、部下はハロルドが機銃砲火を全身に浴びて倒れるのをみた。弟のルーサー・クラブトリーも強行破壊班の一人としてほら穴を爆破しながら、兄が倒れていくのをみた。ウイリアム・アーリー一等兵も目撃した。ウイリアムとハロルドとルーサーは、オハイオ州のコロンバスで二年半前にいっしょに海兵隊に志願してから、ずっと同じであった。

アーリーは、「あんなところに兄貴を置き去りにはできません」と叫んだ。中隊長はその死体を収容するまで、一分間前進を止めることにした。こんなことは近代戦の定石ではなく、硫黄島の性格からしてもあり得べからざることだった。しかし、煙幕を張り、アーリーと二人の二等兵がタンカをもって前進した。

死体が横たわっている地点は、みんなにはわかっていた。日本軍の十字砲火の交差点だったからである。一行は死体を担架にひきずりこむと、大急ぎで味方の戦線にもどった。ルーサーが味方のタコツボに転げ落ちた瞬間、味方が撃ち出した。八日前、三人はいっしょに硫黄島に上陸したのに、いま、兄貴のハロルドは死んでしまった。ルーサーとハロルドとアーリーは、決して離れたことがなかった。三人は死体を後方に運び去ると、煙幕がしだいに消え、明るい空が見えてくるにつれ、双方の射撃は激しくなっていった。

ハロルド・クラブトリー、またその日に戦死、あるいは、負傷した二〇〇〇人をさておくならば、あるいはちがった角度からみれば、二月二十六日は、第五師団にとって悪い日ではなかった。夜までに三〇〇ヤード前進し、二六連隊は、日本軍の第四、第五井戸、つまり日本軍のもっていた最後の井戸を占領した。

第二装甲水陸両用トラック大隊のＬＶＴ大発二〇両は七五ミリ砲を撃ちまくりながら西海岸を制圧した。少なくとも三ヵ所の守備軍の陣地を壊滅した。夕方近く、海が荒れてきて、砲撃をやめなければならなかった。波が高くなると、艇につまれた砲の照準がくるって、弾丸が海兵隊の頭上に落ちることもあったからだ。

八〇〇メートル前方に見えている田原坂(三六二A高地)がつぎの主要攻撃目標であった。二十六日、数人の日本軍が海兵隊の目前で戦死した。このとき、アメリカ兵は初めて日本兵とまともに対決したのであり、彼らにうち勝ったことが海兵隊の士気を高めた。

第一飛行場に初めてアメリカの飛行機が着陸した。第四師団のOY-1型小型機で、着陸と同時に車輪がほこりを巻き上げた。汚れた工兵隊や海軍建設隊が滑走路の両側に並び、小さな観測機が着陸すると、歓声を上げた。ステインソン・センチネルと呼ばれた小型機はメイタッグ・メッサーシュミットと名前がつけられており、二、三分島にいただけでまた飛び上がり、玉名山と円型劇場の上空を飛び、第四師団の砲撃を指揮した。離陸を終えたつぎの瞬間、第一三三建設隊の地ならし車と、ブルドーザーが滑走路に登ってきた。

過去、一週間の戦闘で甚大な損害を出し、やっと再編成がすんだ第一三三建設部隊が、本来の目的である建設作業に取りかかろうとしているのだ。

島の中央部でケンヨン大佐の率いる九連隊が、ピーター高地に対する二日目の攻撃を開始した。八機の爆撃機と戦闘機が前線の上空を舞い、目標のはるかかなたに爆弾を落とした。海兵隊は飛行機をうらんだ。第三師団の報告は、その爆撃をつぎのように記録している。

「この種の支援は、この情況にこたえるためにはまったく不適切なものであった。多くの数の飛行機がかたまりになって目標に向かっても、ただ歩兵の前進をはばむに過ぎないことを示している」

九連隊第一大隊は高地のまわりに、火炎放射器を積んだ戦車を配置した。トンネルからとび出してきた二、三人の日本兵が火炎放射器でやられた。海軍のロケット砲手岡崎勇三等兵曹は塹壕からとび出すと、海兵隊が五〇ヤード先にいるので驚いた。岡崎は胸に弾丸を受けて倒れたが、手榴弾を投げて自分を傷つけた海兵隊を殺し、さらに、三発の手榴弾で海兵隊を追い散らした。そこから約八〇〇メートルはって、元山のふもとにあった野戦病院にたどりついた。軍医が傷の上に消毒剤をかけてくれた。

「これ以上の手当てをすることができないから、ほら穴に入って、わしがもう一回くるまで休んでいろ」と軍医は告げた。岡崎は自分のほら穴の中にたどりついたとたん気を失って倒れた（ほら穴から出て来たとき、前線は彼の頭上を通って、はるか前方に進んでおり、うじむしと時間が胸の傷をいやした。知恵をふりしぼってアメリカ軍陣中で四月まで過ごしていたが、ある日、アメリカ兵に肩をたたかれ、そのまま連れていかれた）。

九連隊は二十六日、一日中ピーター高地のまわりで戦った。戦車を集結させ、その砲撃を支援として攻撃を続けたが、五時間たって一メートルも前進できなかったうえ、一一両の戦車が擱座した。小銃兵ジェイムス・ゴールデン一等兵は日暮れに戦死した。午前中、彼は頭の先から足の先まであせもができたので、海岸にもどった。だが、海岸に顔見知りは一人も見つからず、また、自分の部隊も見失ってしまった。そこでとぼとぼと歩きまわって原隊を探し、高地のまわりをうろついていた。昼すぎ弾丸が鉄帽のひさしの真下に当たり、眉間をまっすぐに貫いた。

第四師団は二段岩と玉名山に対する攻撃を再開した。ラニガン大佐の率いる二五連隊は、最初の四日間でひどい損害を受けたため交替して、補充兵で増強し、ふたたび前線にもどって、二四連隊と交替した。前線にもどったとたん、玉名山と円型劇場から撃ち下ろされる、ひどい防御砲火の中に立たされた。この地点の地形はあまりにきびしく、戦車を使うことができず、七五ミリ砲や三七ミリ砲も配置できなかった。しかし、東波止場付近の日本軍狙撃兵がやっと掃討された。

ついに海岸をねらう日本軍は完全に掃討されたことになる。また一般物資の揚陸が第四師団の海岸で始まった。コロンビア・ビクトリー号が砲弾を積んで到着し、作業隊が徹夜で弾丸を大砲のもとにとどけた。海兵隊の大砲はその日、五六五二発発射した。全作戦を通じ、一日あたり最高の発射数であった。

二三連隊は第二飛行場の東のはじにあたる誘導路にしかけられた地雷原を突破し、二段岩前面の通信所の残骸をまわって斜面にたどりついた。

二段岩斜面で、二三連隊第三大隊のジャコブソン一等兵は十字砲火で釘づけになった。無我夢中の一等兵は、小銃手であることを忘れ、バズーカ砲手になった。倒れている海兵隊の手からバズーカ砲をもぎとると、日本軍の二五ミリ砲陣地に撃ち込み、それを粉砕した。ジャコブソンはそのまま突撃を続け、トーチカと小要塞を破壊した。それでも突撃を止めず、一六日本軍前線を突破し、弾を撃ちつくすまでに少なくとも七五人の日本兵を殺し、一六の拠点の拠点を粉砕した。Ｉ中隊は二十六日午後、南西側の斜面をかなり進んだが、日本軍は依然として山頂を確保しており、二三連隊は夜になって、引き上げなければならなかった。

日本軍がこれ以上後退しないことが明らかになった。海兵隊は日本軍が背水の陣と考える主要防衛線にぶちあたったのだ。栗津包勝大尉の独立歩兵三〇九大隊は、そこに断固踏みとどまり、夜までに全滅した。日本軍三〇九大隊は上陸第一日目、第一飛行場からしだいに後退、ついにこの主要防衛線に到達したものであった。海兵隊二三連隊は南東方面に守備隊を圧迫しつつ、ラニガン大佐の率いる二五連隊に合流した。この間に日本軍三〇九大隊は全滅したのだ。この日一日で二三連隊は、わずか二〇〇メートルしか前進できなかった。

日本本土沖の天候は日暮れまでに非常に悪くなり、ミッチャー提督は名古屋空襲のための発進位置に空母艦隊を展開できないと判断した。昭和二十年初頭、日本本土に対して派手な攻撃をしていた第五八機動部隊はここで二手に分かれ、空母艦隊の一部はウルタイ島に進み、残りは硫黄島の西方海面で燃料の補給を受けると、沖縄を空襲するため出発した。

アメリカ陸軍の五〇六高射砲大隊は二月二十六日上陸を終わり、九〇ミリ砲弾を西海岸のはずれにあるカマと監獄岩に撃ち始めた。そこからときどき迫撃砲が発射され、第五師団の兵隊をおびやかしたからだ。

夜になって天気がよくなり（午後、ときどき小雨が降った）、明るい月が出た。一個中隊以上の日本軍が西海岸を下ってきた。明らかに、その日占領された井戸の奪回を企てたものであった。コンクリートの壁で囲まれた井戸は約八メートルの深さがあった。第五井戸の水は硫化水素を含んでいたが、これこそ栗林中将がもっていた最後の井戸だった。海兵隊は日本軍の姿をはっきりと確認し、アメリカ側の榴弾砲や駆逐艦の砲火で全滅してゆく日本軍をじっとみていた。これから日本軍は雨水か貯蔵した水だけに頼らなければならなくなった。

二月二十七日、火曜日の朝、島では前線でも後方でも活発な行動が始まった。

グレイブス・アースカイン第三師団長は中央部前線を進ませようと、叱咤激励した。ケヨン大佐の九連隊はオーボエ、ピーター両高地に対する攻撃を再開し、ワットソン二等兵は、その前日に始めた任務をやっと完了した。二等兵は、背の高い頬のこけたアラバマ州出身の農夫であったが、月曜日に分隊をひきいて前進し、バズーカと火炎放射器、手榴弾でトーチカを攻めた。二月二十七日火曜日の午前、ついに高地の頂上に達し、バズーカ砲を発射して一五分間そこの高地を確保した。ワットソン二等兵はかすり傷一つ受けず、少なくとも部下の小隊が到着するまでに、六〇人の日本軍を殺した。

十二時四十分、山砲が一〇分間一斉射撃を試みたあと九連隊が突撃した。ランドールのひきいる第一大隊がピーター高地に殺到し、うしろの斜面をかけ下りると、いっきょにオーボエ高地のふもとにたどりついた。第二大隊はクッシュマン中佐にひきいられ、左側を確実に進み、一五〇〇メートル前進した。三日間の激闘が終わったとき、第三師団は比較的平らな丘が続く高地に達し、第二飛行場は完全に占領された。

一方、右翼はそうやすやすとは進まなかった。五個大隊を展開している第四師団は一五五ミリ重砲の三〇〇斉射を含む、激しい砲爆撃の後に前進を始めたが、二三連隊はふたたび二段岩で白兵戦にまきこまれ、前進をはばまれた。高地の頂上は平らにならされ、そこに日本軍重砲、対戦車砲の陣地が築かれていた。昼間と同様、夜になっても手榴弾と携行爆薬を斜面の上と下で投げ合った。二三連隊は高地の北西斜面にまわりこみ、やや前進した。しかし、頂上の日本軍砲兵が、そのあたり一帯を制圧し、アメリカ軍戦車さえ撃破する勢いであった。

　二四連隊は玉名山、円型劇場の南をまわり、東海岸にそって二〇〇メートル近く進んだが、この二つの要塞にはほとんど手がつけられなかった。海兵隊の激闘もむなしく、二三連隊は夜までにまた出発点にもどった。第四師団のその日の損害は七九二名であり、これが上陸後二日目に海岸でうけた大殲滅を含め、全作戦を通じて一日あたりの最大の損害であった。

　しかし千田貞季将軍の第二混成旅団もひどい損害を受けていた。関東平野一円から集まった兵隊で、九州の師団にはやや見劣りするとしても、太平洋戦争域で最高の奮闘ぶりをみせた。関東の兵隊は二段岩頂上をアメリカ兵に許さず、その日の夜半、医療品と弾丸の補給を要請するのろしをあげた。一時少し前、パラシュートで補給品が落とされた。これは小笠原諸島から飛んできた最後の日本機であった。

　海兵隊二五連隊の兵隊が、二十七日、おもしろい事件にあった。三人の海兵隊員がほら穴をのぞき込むと、そこに加藤国松上等兵が寝ていた。彼は本当に寝ていたのか、寝たふりをしていたのかはっきりしない。海兵隊の白い靴下を結びつけた棒を握っていた。三十歳になる加藤は第三〇九大隊の看護兵で、一人の海兵隊が銃剣で突っつくといきなり起き上がって、逃げ出そうとした。情報士官に加藤が語ったところによると、彼は硫黄島に一四ヵ月おり、栄養不良で少なくとも二〇人の兵隊が死んだ。またほら穴の水と湿気で日本軍の間に風邪やパラチフスがはやり、下痢が粗末な食べ物と水で弱っていた兵隊をいっそう疲労困憊《こんぱい》させた。

彼は捕えられて、むしろほっとしたらしく、日本軍降服勧告に協力することに同意した。やがて福島県田村郡にいる妻のもとに帰る気になった。

すべての日本軍が降服しようとしたわけでない。海兵隊第五偵察中隊は、一週間にわたる後方地区掃討で五一五人の日本兵を殺した。それでもまだ多くの日本軍がアメリカ占領地に残っており、情報部ではその見積もりを書きなおした。上陸日に島にいた日本軍は一万四〇〇〇人ではなく、二万人以上だったことがほぼ確実となり、日本軍の戦死者数は、五四八三と見積もられた。しかし、確認された死体の数はわずかであった。また栗林中将も島にいるだろうと思われたが、果たして、生存しているかどうか、確認されなかった。


西海岸で二七連隊は二六連隊と交替し、重砲の一斉射撃をかわきりに、田原坂（三六二A高地）の攻撃を始めた。海兵隊の師団砲と部隊直属砲兵の双方が三〇分間砲撃したあと、駆逐艦艦砲と、ロケット発射艦が斉射を加え、さらに艦上機が爆弾とロケットで攻撃した。

一日中、ほら穴とトーチカに向かって肉弾攻撃が続いた。二七連隊は、二十七日、右翼で四〇〇メートル、海岸にそって五〇〇メートル前進した。これで手が届きそうな地点にまで田原坂に近づいた。この攻撃中に、第三大隊は砲術下士官ウォルシが小隊を率いて、稜線に突撃する途中戦死した。ウォルシは第二回目の攻撃を指揮し、こんどは、二三人の海兵隊員が頂上にある塹壕まで達した。やっと頂上を征服し、息をついたところに一発の手榴弾が投げこまれた。その瞬間、ウォルシは弾の上に体を伏せた。戦友が稜線を確保し、夜になってからウォルシの死体を後方に運んだ。

島のほぼ三分の一がアメリカ側に占領された。占領したとはいえ、兵員と機械でごった返していた。それでも整理作業が始められた。第三一海軍建設大隊は島の西側に進出し、まるで都市のごみ捨て場を思わせるようなタコツボ陣地に住んでいた。しかし一人の鉛管工が温泉をみつけ、共同シャワーを作り台所を開いた。これで兵隊各自が自分の糧食を用意する手間がはぶけ、建設隊員は全力を作業に集中した。

西海岸沿いの道路と、内陸に向かう交通路が作られ、小型舟艇は接岸できるようになった。しかし、北方から撃ってくる日本軍の砲火は、依然として激しかった。

東海岸近くの水槽のあとに、第四師団の郵便局が開設された。ニューヨーク市で郵便査察官をしていた局長エメット・ハーディン大佐は、その夜サイパンに向けて初の郵便機が飛び立つと発表した。この局は三個師団の軍事郵便十万通がさばける体勢を備えていた。アメリカ兵は軍事郵便が嫌いだったが、それでも手紙を書いた。これらの手紙はマイクロフィルムに収められ、分量を減らしてから、発送された。

輸血用の血液が各中隊繃帯所に配られた。ロサンジェルスとサンフランシスコ、サンディエゴ、ポートランドの病院で集めた血を氷づけにして、飛行機で運ぶのだ。海兵隊は大助かりだった。トラックに積まれた血液が、第三師団の野戦病院に到着したとき、タイレン中佐、は叫んだ。

「梱包を破って、大急ぎでもってこい」

二、三分の間に砂袋の陰に張られたテントの中で、新鮮な血液が負傷兵の動脈にそそぎこまれた。第三師団付軍医アーチボルト大佐の、「いや、有難い」のひとことには、真心がこもっていた。

海軍特別野戦病院が夜中までに西岸側の紫海岸に設置され、二〇〇のベッドを開設した。この種の病院が太平洋区域に建てられたのも、硫黄島が初めてである。第一飛行場の北の端に作られた第四師団の病院では、一七人の医者が四つの手術台を用意して二四時間働いていた。二二人の医者と一八二人の看護兵で編成された陸軍第三八野戦病院が上陸を始めていた。この後、六人の医者が行なった五九二件の手術のうち三六〇件は大手術であった。

陸軍派遣部隊指揮官ジェイムス・チャネー少将が二月二十七日、一四七陸軍歩兵部隊、第七戦闘機隊司令部の一部をひきつれて上陸した。第五師団砲撃観測機のロイ・ミラーが操縦する一番機が午後、着陸した。この飛行機はLST七七六号に作られたブロディ・ギヤとよばれる特別のカタパルトから発射された。その後三日間に一〇機の観測機が到着した（一機はカタパルトに取り付けられるとき、誤って海に落ちた）。

前線のアメリカ兵は飛行機をみて喜んだ。地上の整備員たちはこれらの小型機にバズーカ砲、ロケット、爆弾を積み込み、パイロットは敵陣の上空を低空で飛びまわって、目標をみつけると、みずからも攻撃したし、砲兵隊にも通報した。飛行機が頭上を飛んでいる間、大砲や迫撃砲陣地の暴露を防ぐため日本軍の砲火はなりをひそめる。そのころ、日本軍の大砲の数は急速に減り始めたが、この攻撃飛行でアメリカ側にも、損害があった。第五師団の観測機、五機のうち、三機が撃墜された。もっとも第四師団の砲撃観測機に乗っていたモント・アダムソン少尉は、第一飛行場から二〇回出撃したが、かすり傷ひとつ受けなかった。しかし彼は除隊前に、動脈硬化症でなくなった。

海軍の捜索大型飛行艇PBMがマリアナから飛んできて摺鉢山の沖に着水し、三隻の飛行艇母艦を基地に活躍し始めた。アンチオからきた飛行機が硫黄島の西で日本軍の潜水艦を一隻沈めた。それはイ三六八潜で、人間魚雷回天を輸送中だった。これらの人間魚雷は潜水艦の甲板に固定され、敵艦に体当たりする特攻兵器なのだ。その前日、二十六日、アンチオの飛行機はもう一隻の潜水艦ロ四三潜を父島沖で撃沈し、さらに駆逐艦フィネガンはイ三七〇潜を硫黄島とサイパン島の間で仕止めている。日本海軍潜水艦隊は最後の攻勢をくわだて、大挙出撃したものだった。

スミス中将は新聞記者に、「あと二、三日でこの島をとるつもりだ。激戦が行なわれているが、日本軍は水に不足しており、負傷者の治療にもこと欠いている。いま、断末魔の状態だ」といった。

上陸してから十日目、二月の末日がやってきたが、海兵隊はやっと島の半分を制圧したにすぎなかった。この日はハリー・シュミット少将が戦いは終わると予告した日である。

第三師団は島の中央部でかなり前進した。

二一連隊は夜明けまでに前線に勢ぞろいし、九連隊と交替した。そのときでも、日本軍の狙撃兵と斥候が活躍しており、夜明け直後、九連隊第二大隊の海兵隊の一人は首に貫通銃創をうけ溶岩の中に倒れた。ガーレット二等兵曹は外科手術の助手を長い間していたが、ただちに頸動脈を止血しなければならないと判断した。ひざまずいて、ナイフで傷をひろげると、血管をつまみ出し、それに止血処置を加え、傷口にガーゼをつめて、担架手に運ばせた。大隊の応急手当所で、海軍軍医のアーフォルド中尉は、ガーレットのほどこした手当てを見て、みごとなできばえに驚いた。

午前九時、二一連隊が第一線に進出、九連隊と交替した。師団砲と上陸部隊直属の一五五ミリ砲がいっせいに砲門を開き、その後、二一連隊が前進を始めた。このときである。I中隊は、にわかに地面から湧いたように現われた日本軍戦車に、前進をはばまれた。西中佐の戦車で、丘の斜面に掘った洞穴に、このときがくるまで、じっと隠れていたのだ。戦車はほこりや破片、岩を巻き上げながら前進し、砲を撃ちまくった。激しい砲撃に、海兵隊はしばらくたじろぎ、制圧された。

ステファン大尉はグアム島でも奮戦し、突撃をかさねた猛者であったが、ただちに日本軍戦車に反撃を決意した。火炎放射器とバズーカ砲を集めて反撃し、三両の戦車を擱座させた。そのうえに飛行機が、二〇ミリ砲で二両破壊した。西中佐の手には、あと三両の戦車しか残っていない。

海兵隊は午前中に四〇〇メートル前進したが、昼になると、ぴったり行き脚が止まった。

二一連隊は午後一時、砲の支援を受けて攻撃を再開し、第三大隊が元山村の廃墟を占拠した。ここは、かつて、栗林中将が小学生に小旗と花で歓迎されたところであるが、いまでは何物も残っていなかった。コンクリートの建物の残骸以外は、すべて破壊されていた。二一連隊は村のはずれで、夜を明かした。アメリカ軍は高地を確保し、日本軍防衛線の中央を突破したので、いまや北東部に完成間近い第三飛行場を見下ろしている。

第四師団は、二段岩（三八二高地）の攻撃を続けており、実質的に包囲を完了していた。二三連隊第一大隊A中隊は午後二時十五分、背後の斜面に到達し、東側から攻撃を始めた。ロケット発射トラックが二十八日は大活躍した。このトラックには四・五インチのロケット六基を二列装備し、五分間で全弾を発射し、すばやく待避できた。重砲も支援を与え、バズーカ手が小要塞を破壊した。それでも日本軍守備隊は高地を譲らず、東側にたてこもる日本軍砲兵は海兵隊に鉄の雨を降りそそぎ、二段岩の守備兵を支援した。A中隊はトルアン軍曹はじめ多くの兵隊を失った。軍曹は上陸日以来、A中隊攻撃小隊を指揮してきたが、二十八日午後、砲弾をまともに受けて戦死した。トルアンは世界ロデオ競技のチャンピオンであった。

二五連隊は、玉名山と円型劇場に対する攻撃を続け、北側から両高地に肉薄した。やけになった海兵隊は、七五ミリ砲を分解して、水陸両用トラックに積み、日本軍陣地の至近距離で組み立てると、零距離照準で石とコンクリートの壁に砲弾を撃ち込んだ。八五斉射したが、要塞はびくともしなかった。それでもこのアイデアは海兵隊の士気を大いに高めた。

第一大隊は、戦車の支援により玉名山を包囲しかけたが、南東側面の小高い溶岩の丘に陣どる日本軍は機関銃、手榴弾、地雷で反撃し、アメリカ兵を近づけなかった。反対側北西では戦車が玉名山頂上のコンクリート構築物を撃ったが、シャーマン・タンクの七五ミリ砲の砲弾では、歯が立たなかった。結局、包囲網は完成できず、せっかく形成された両翼も、攻撃をあきらめて撤退した。

二十八日の戦果は文字どおりゼロであった。海岸に近い地域で、楽に前進した二五連隊第三大隊も戦線に大きな突出部を作ったにすぎなかった。七日間で、第四師団からは四〇〇〇人以上の損害を出した。日本軍はまだ二段岩、玉名山、円型劇場を確保している。

その夜、アースカイン将軍は硫黄島沖の輸送船で待機していた手つかずの第三連隊三〇〇〇名を前線に呼び寄せようとした。ハリー・シュミット少将も、アメリカ軍損害の総数がすでに八〇〇〇人を越えている事実からみて、この要請を許可した。ところがスミス中将によってただちに拒否された。そしてターナー提督も反対だった。このシュミットとスミス間の意見のくいちがいはここに始まり、この論争はいまだに解決されていない。

第五師団は二七連隊を第一線に配置し二十八日、一日中、田原坂（三六二A高地）を攻撃した。この高地はアメリカ軍の真正面に鋭く孤立していた。第三大隊は昼までに高地のふもとにたどりつき、I中隊が四時三十分、頂上まで戦いのぼったが、その拠点を確保することはできなかった。

この攻撃で、ウイリス一等兵曹は砲弾の破片で負傷し後方にもどるよう命令されたが、まもなく前線にもどってきて、白兵戦に参加した。ウイリスは前線に走り出ると、タコツボの中にとび込み、小銃をさかさに立てて負傷した海兵隊員に輸血した。そのとき、穴の中に一発の手榴弾がころがってきた。ウイリスはすかさずそれを投げ返した。その後七発の手榴弾を投げ返したが、そこでウイリスの命脈はつきた。彼の手の中で、手榴弾が炸裂し、壮烈な戦死をとげた。

午後遅く、第五師団が第三師団に接する右翼のはしで中隊は、一〇〇名あまりの日本軍と白兵戦を交え、ついに打ち勝った。しかし、二七連隊は田原坂頂上の一〇〇メートル下で、夜を明かさなければならなかった。後方では二六連隊が休養をとりながら再編成しており、摺鉢山を制圧した殊勲の二八連隊も北に移動を始めた。

この日、三ヵ所に建てられた第四、第五師団の病院は超満員だった。海軍、陸軍の野戦病院にはともに十分な数の寝台が陸揚げされ、船への負傷兵の輸送は必要なくなっていた。病院船に改装された四隻のＬＳＴは任務を解かれ、負傷兵を満載して、サイパンに向かった。これらの病院船は一〇日間で六一〇〇人の負傷兵を手当てした勘定である。夜になると、二機の雷撃機が母艦から飛び立ち、蝿が病菌をひろげるのを防ぐため島の南半分にＤＤＴを散布した。

三機の海軍双発機と陸軍航空隊の第九兵員輸送中隊の輸送機が医療品はじめ重要な部分品を空から落とした。何千人の海兵隊は西海岸に落ちてゆく赤と緑のパラシュートを見て、歓声を上げた。そのうち、海上に落ちた四つのうち、三つは小船にひろい上げられた。こうして五トン近い補給品が空から落とされ、マリアナから船で運んでくる何日分もの補給品を節約した。

アメリカ本国ではルーズベルト大統領がスターリン、チャーチルと会談するため、ヤルタに飛んだ。その補佐官であったジョナサン・ダニエル氏は記者団に大統領が非常に元気で健康だと言明した。それにもかかわらず、ルーズベルトは疲労困憊し、病気がかなり進んでいるという噂がまことしやかに語られていた。

その夜、日本軍は第四、第五井戸を奪回する最後の攻撃を試みるため、ロケット砲と迫撃砲をそなえた特別部隊を送りこんだ。この任務から帰還した日本軍は一人もいなかった。

市丸提督は豊田連合艦隊司令長官から最後の訓令の一つを受けた。それは悲しい調子のものであった。司令長官は、海軍は四月の末までにやってくるアメリカのつぎの攻撃のために準備を進めているが、そのすべての計画は硫黄島の戦闘の、なりゆきいかんにかかっていると述べた。

「潜水艦の支援と航空部隊の支援による以外、われわれは硫黄島に増援を送れないのは遺憾である。しかし総体的な要請からすると冷静沈着にすべての手段をもって確保されるよう熱望する」と豊田はいった。

市丸にはこのことは最初からよく分かっていた。決して増援部隊がくることは期待しなかったので、部隊をしだいに後退させながら、アメリカ軍に最大の損害を与えようとしていた。後退は士気の低下をもたらしたが、それも止むを得ないことであった。ある兵隊が日記の中に書いていた。

「われわれは戦っていない。ただ退却しているのだ。敵はすぐ目の前にいるのに、退却している」

その月の最後二月二十八日の夜、その兵隊は、中原中尉と花沢少尉が斥候に出たまま戦死したことを知った。

「ことわざにあるように、勇者が危険を乗り越えるときに死はすぐそばにある」また最後は、はき出すような調子で書かれていた。

「また退却を命じられた」

## 屏風山の要塞

三月一日の朝早く、後方で大事件が起きた。夜半過ぎ北方の新しい日本軍陣地から撃ち出される砲弾が第一飛行場の西海岸に落下し始めた。そこはアメリカ軍各部隊の司令部、補給品集積所、車両、大砲の置き場で混みあっており、アメリカ兵が、ここに無数のタコツボを掘っていた。

午前二時十五分、一発の弾丸が海兵隊第五師団の弾薬集積所に命中、弾に火がついた。一分もしないうちに、火災はひろがって大きな火の柱が夜空を赤々と焦がし、暴発する弾が、まるでアメリカの七月四日独立記念日の花火のように飛び散った。小火器の弾丸が機関銃のような音をたてではねまわり、迫撃砲弾が炸裂し、野砲弾が夜空を突き上げた。島の南半分にいたものがこの大スペクタクルにびっくりして眼をさまし、午前二時三十八分、空襲警報が鳴り渡った。

午前三時には、誰かが黄燐爆弾が爆発したのをみて、ガス弾とまちがえ、毒ガス警報を出したが一〇分間でこれは解除された。空襲警報は四時三十分まで続いた。

最初の衝撃から立ちなおった海兵隊各部隊は、火事の現場にかけつけた。第五師団の工兵隊が爆発物が空から雨のように降ってくる中に突っこんで火元にかけこみ、まだ誘発していない弾を運びだした。

第一三海兵隊の司令部要員が消火作業を進めるかたわら、陸軍部隊も応援した。ハリー・エドワード少佐と陸軍第四七三水陸両用トラック中隊のハーベイ・リッチ准尉が火炎の中に何度も駆けこみ、火傷を負ったり、爆風で倒れたりしながら、弾薬集積所の火事を消しとめた。

火の手がいちばんひどかった午前五時、アメリカ側の一〇五ミリ砲弾が一〇〇メートル離れた砲兵指揮所付近に落ちた。それは不完全爆発に終わったが、それでも各砲兵隊陣地に通ずる通信線を断ち切った。また上陸部隊の電話線の集積所にも火がつき、そのほとんどが破壊された。

海兵隊第五工兵隊がブルドーザーをもってきて、決死の勢いで現場に砂をかけた。何十人もかけつけて働くなかに、火の手はしだいに勢いを弱め、午前七時には完全に消火された。

第五師団は弾薬の四分の一を失ったが、兵員の損害は皆無だった。火事現場近くのテントの中に、第五師団の軍医グラハム・エバンズ中尉が寝ていた。彼は何日も働き通し、すっかり疲れていたので、テントの中のタコツボを探す元気もなく、簡易ベッドから体を起こさなかった。夜が明けて、起き上がってみると、テントは穴だらけ、目に見える範囲の地面は弾丸や砲弾の破片で、足の踏み場もないくらいに散らかっていた。人間は一人も殺されていないと知ったとき、彼はつくづくと、「タコツボは大変な発明である」と思った。

この爆発で三月一日の夜が白々と明けた。

一方、空襲警報もまちがいではなかった。小笠原基地を発進したと思われる飛行機が低空で忍び寄り、午前二時四十五分、二、三マイル沖にいた駆逐艦テリーに魚雷を発射した。駆逐艦は速力をいっぱいにあげ、魚雷を艦尾の一六メートルでかわした。

しかし、テリーはあまり遠くまで逃げすぎ、午前七時二十四分、北の岬陣地沖二マイル半に出たため、海岸に配置してあった日本軍六インチ砲の射程内に入ってしまった。逃げ出すいとまもなく、上甲板に弾を受け、前部機械室で死者一一人、負傷者一九人を出した。戦艦ネバダと巡洋艦ペンサコラが肉薄援護したおかげで、テリーはどうやら逃げ出すことができた。その日、テリー艦長ウイリアム・ムーア中佐は戦死者を水葬し、負傷者を病院船に移すと、片方のエンジンだけで駆逐艦を操ってハワイの真珠湾に向かった。

第五師団二八連隊は摺鉢山の戦い以来、初めて戦線についた。が、そこは、血みどろの戦場だった。朝早く第一、第二大隊が田原坂（三六二A高地）の頂上めざして出発、二六メートルの高さの断崖の上にでた。丘の向こう側は溶岩地帯で、両側のほら穴に、日本の狙撃兵がかくれている。また、対戦車壕が谷の中央を走っているので、田原坂近くに進出するには、丘の両側をまわるより道がなかった。A中隊が右をまわり、B中隊が左をまわった。

上陸第一日目に島を東西に横断した英雄、A中隊のウイルキンス大尉は決死隊を募った。上陸日の戦勲により勲章をもらうことになっていたテリー・スタイン伍長は、すぐうなずいて二〇人の斥候をつれ、狙撃兵のかくれている稜線を攻めた。そのうち七人が生還したが、その中にスタインはいなかった。一時間もたたないうちに、迫撃砲と機銃がウイルキンス大尉を殺した。ウイルキンスはこの大隊で、戦闘開始から生きのびているただ一人の中隊長であった。ラッセル・パーソンズ大尉が指揮を引きつぎ、攻撃が続けられた。

この溶岩の反対側をまわったB中隊は、初め日本軍の激しい反撃を受けた。中隊長のロバート・ウイルソン大尉は負傷し、後方に送られ、チャールス・ウィーバー中尉が指揮をとった。上陸日にトーチカを攻めたボブ・メアスも重傷を負った。

しかし、三月一日、終日攻撃は止まず、第三大隊は西海岸近くまで前進した。その先の地形は平らだったが、田原坂裏側の谷間では、頭上の西稜線から弾が飛んできた。二七連隊の丘の三人は死んだ。その一人ヘンリー・ハンセンは摺鉢山前面で、ルール二等兵に命を救けられ、摺鉢山の陥落まで生きのびて、ついに頂上に星条旗を掲げた一人であった。

この岩地のどこかで、ハンセン・ブロック伍長が殺された。彼は、ローゼンソールが撮った有名な写真の二番目の星条旗を摺鉢山頂の火山灰に立てた一人だった。

ミカエル・スタンク軍曹は、その写真の中で左から三番目の男だが、溶岩の上で激しい砲火を受け四時間釘づけにされた。「伝令を送っておれたちがどこにいるかを教えた方がいいな」と彼はいって、砂の上に地図を開いた。

十九歳のジョー・ロドリゲス伍長が真向かいから地図をのぞきこみ、軍曹の指のあとを追った。ほかの四人もその上をのぞきこんでいた。日本軍の迫撃砲は、アメリカ兵が五人集結している地点に照準を合わせた。ロドリゲスは爆発しか覚えていないが、気がついたとき、シュトランクが腕を頭の上になげ出してあおむけに倒れていた。シュトランクは六年間海兵隊に勤務し、ラッセル諸島からブーゲンビルをへて、摺鉢山の頂上まできた。そしてこのチェコスロバキア移民の乱暴息子の旅路の果てはアーリントンにある国立墓地の七一七九号となった。

この墓地のすぐそばに、摺鉢山の頂上に旗をたてている六人の男たちの銅像が建てられている。テキサス出身のブロックは、第一飛行場の近くの第五師団の墓地、第六号地、零列第九一二標に埋められていた。後にブロックの骨はテキサス州ウエスラコの墓地に移された。

その日、第五師団は六人の士官——一人の中尉、四人の少尉、およびウイルキンス大尉——を失った。しかし、田原坂の一端が海兵隊の手におちた。

島の中央部で第三師団は元山村から前進し、島がひろがるにつれ、しだいに東寄りに進んでいった。戦闘は派手なものではなかったが、いたるところで戦死者がでた。迫撃砲弾が雨のように前線にも後方にも降ってきた。繃帯所は満員、医者はいくつもの手術台をかけもちで手術をしてまわった。そこには負傷者だけがつめかけたわけではない。

一日午後、やっと少年期を過ぎたばかりの若い海兵隊員が戦線の二〇〇メートル後方に作られた仮繃帯所に、迷いこんできた。その若い兵隊は熱があるといったが、病気ではなかった。さらに詳しくいうと、怪我もしていなかった。その少年は戦場のショックから、戦意を喪失したのだ。

アーフォード軍医が自分の隊にもどるようにいうと、少年兵は泣き始めた。一〇メートルあまり、後方に歩き、座って、めそめそすすり上げていた。三〇分たったとき、一発の迫撃砲弾がその少年の足もとで炸裂し、彼の頭を吹き飛ばしてしまった。仮繃帯所の中では別の血だらけの海兵隊が手術台にのせられ、軍医が手にメスをもって、その体をのぞきこんだ。その日の戦果は五〇〇メートル前進と記録された。

第四師団は海岸線にそった地域を確保しながら前方と左右からのはさみうちで、陥落しかけていた二段岩（三八二高地）と玉名山（ターキー・ノップ）に攻撃を集中した。一時は二四連隊第二大隊のG中隊が高地の頂上に到達したが、地歩を固めることはできなかった。小銃と手榴弾、火炎放射器、携行爆薬の戦いだった。

日本軍守備隊は東方の稜線からくる味方の弾丸が頭上に落ちても、まだその頂上を確保していた。これらの兵隊は九州熊本出身で、西南戦争の殊勲部隊の後身。決してあきらめるということを知らなかった。安荘憲瓏少佐が火炎放射器で頭の先から足のつま先まで火傷をおって死んだが、士気は一向におとろえなかった。一四五連隊第三大隊長安荘少佐の任務はこの高地の確保だった。彼は戦死後二階級特進し、大佐の列に加わった。

一日夜、二四、二五連隊はそれぞれの目標に向かっていくらか前進したが、この高地は依然として日本軍の手中にあった。この日のアメリカ側損害は三七四人、第四師団の戦闘能力は五五パーセントに低下した。一一日間の戦闘で小島の半分のそのまた一部をとるため、アメリカ軍は五五九五名の損害を出した。

しかしこの日をさかいに、日本軍の戦術に変化がみえ始めた。日本軍の砲撃はしだいに弱まり、統制を失ったように思えた。また迫撃砲弾、小銃弾を節約しているらしい。第二飛行場の背後でロバート・シャーロッド記者は、「海兵隊のある中隊が滑走路の上を歩いても日本軍の砲撃は行なわれず、わずかに狙撃兵の散発的銃声が聞こえるだけだ」と気づいた。日本軍は弾丸を節約しているのだ。おそらく弾薬庫は底をついてしまったに違いない。海兵隊首脳はこの日みられた最大の変化を見逃していた。栗林将軍は島の中央部を離れて、北にある地下司令部に移動した。
二、三人の朝鮮人の労働者が、その日海兵隊につかまった。食糧と水が非常に欠乏しているといった。彼らは非常に日本人を憎んでいた。
三月一日、木曜日には、一群の日本兵俘虜が出た。独立第八歩兵速射砲大隊の砲兵司令部若槻五郎中尉は、八名の兵をつれ、第二飛行場の空地に突撃してきた。中尉が知っているかぎりでは、そのとき大隊一八〇人のうち、彼ら九人だけが生き残っていた。若槻中尉らはアメリカ軍戦線の内側に一週間もかくれていたが、疲労がかさみ、それ以上確保できなくなったのだ。若槻は足に負傷しているために、逃げることすらできなかった。戦線がはるかに頭上を越して、北に移動したので、若槻はアメリカ側に役立つ情報は何ももっていなかった。俘虜はグアム島に送り出されるまで、鉄条網で囲んだ収容所に入れられていた。

その日、海兵隊の航空隊が六九梱包の郵便をパラシュートで落とした。すべて第三師団のもので、第四師団と第五師団の海兵隊員は大いに憤慨した。

海上では駆逐艦カルハンが午前十時を少しまわったころ、陸上砲火によって戦死一人、負傷者七人が出た。日本軍の砲火が輸送船コロンビア・ビクトリーに向けて開かれたとき、アメリカ軍は色を失った。この船は弾薬を満載し、西海岸に進んでいたからだ。カマと監獄岩から撃ち出された迫撃砲弾が船の行手をとめ、一発は最後尾にいた乗組員の一人を負傷させた。船はただちに方向をかえて沖に逃がれた。第五師団の将兵たちは冷や汗を流しながらみていた。

スミス中将もシュミット少将とともに、西海岸に作られた上陸部隊総司令部でこの情景をみていた。もしこの弾薬船に火がついたら、西海岸全体が破壊されただろう。何千人の海兵隊が、そこで働いていたが、彼らがみている中で、日本軍砲弾が船の前方に落ちた。「つぎの斉射が命中するぞ」とスミスがいったが、彼もシュミットもその場所を動かなかった。しかし日本軍の斉射は目標をはずし、船尾に落ち、コロンビア・ビクトリー号は大急ぎで射程外に逃がれた。やっとアメリカ兵は胸をなでおろし、作業を再開した。

はるか南西の沖では、ミッチャーの空母艦隊が沖縄を空襲した。地上からは、何の反撃もなく損害はわずかであり、搭乗員は翌月にせまっていた進攻のために、すばらしい航空写真を持ち帰った。その夜、第五八機動部隊はウルタイ島に向かい、二週間の休養をとることになっていた。

海軍が大きな期待を寄せていた六週間の作戦は終わった。この作戦の結果、日本機六〇〇機を破壊、アメリカ側損害、飛行機一三四機、搭乗員または乗組員九五人と発表された。日本軍は依然として数百機の神風を沖縄の攻撃に備えていたのだ。海兵隊は皮肉っていった。

「こんなことなら、五八機動部隊は硫黄島だけを攻撃していればよかったのだ」

玉名山、二段岩と堅陣が連なる〃挽き肉器〃で、最後の戦いが三月二日金曜日、午前に始まった。海兵隊はこれが最後の戦いであるとは知らなかった。

六日目の総攻撃は屏風山占領の殊勲部隊、二四連隊第二大隊のロズウェル中佐が指揮した。南にまわった二三連隊と二五連隊はふたたび円型劇場と玉名山を南北側から挟撃した。その日の目的は二段岩と玉名山を孤立させ、日本軍を二分し、南集落への進撃路を開くことであった。すべての野砲は陸揚げされ、上陸部隊は中央砲撃指揮所に掌握されていた。激しい砲撃が日本軍陣地に加えられ、戦車とロケット発射トラックの支援を受けたのち、二四連隊第二大隊の二個中隊が斜面をのぼり始めた。

カレイ少佐のひきいる中隊が左側につき、リドロン大尉のF中隊が右をまわった。九時までにカレイ中隊の一小隊がライヒ少尉にひきいられて高地の頂上にあったこわれたレーダーのアンテナのふもとについた。

一方、リドロン大尉の二個小隊はベディグフィールド軍曹とコティックス軍曹にひきいられ進んだが、日本軍の猛烈な防御砲火で前進をはばまれた。カレイ少佐はライヒ少尉のそばまではっていった。リドロン中隊長も上ってきた。そこでカレイは、もう一個小隊を二台の戦車とともに右方に送り、日本軍砲火を分断することを決め、丘を駆けおりた。

しかし、斜面をおりきらないうちに、少佐は日本軍機関銃弾にやられた。そのころ防御砲火は非常に激しく、丘からカレイの体を引き下ろすのに一時間もかかった。やがてドンラン大尉が、かわって中隊の指揮をとった。彼は昼までに戦況は好転するだろうと考えたが、前進は不可能だった。むしろ日本軍兵力は、しだいに増しているらしい。硫黄のガスにむされて、山の中にかくれていられなくなったためか、日本兵が丘の上に出て闘い始めたのだ。

二時、ドンラン中隊長も迫撃砲弾にやられ、指揮はオズボーン中尉に引き継がれた。まもなくオズボーンも迫撃砲弾によって戦死し、ドンランの右足は膝の下からひきちぎられた。このあと、さらに二名の将校が負傷し、その一人は重傷だった。小隊をひきつれ、レーダー・アンテナのふもとを確保していたライヒ少尉は、中隊を指揮しなければならなくなった。彼が中隊に残されたただ一人の士官だったからである。

午前二時五十分、リドロン大尉の一個小隊はついに前進した。「あとわずかで高地の頂上に出る」とリドロン大尉はロズウェル第二大隊長に報告した。レーダーの後方に迂回する途中、ベディグフィールド小隊は激しい防御砲火にさらされた。三〇センチほどの高さの岩の後ろに釘づけになった彼は機銃の十字砲火をまともに受けて、味方の迫撃砲を要請した。迫撃砲の掩護射撃をしてもらえば、後方に駆けもどれると考えていたとき、部下が近づいてきた。いつも葉巻をくわえているフレーザー伍長が丘の頂上に向けて最後の突撃を試みた。

午後三時二十七分、リドロン中隊長は、「F中隊がレーダー・アンテナの丘に到達」と報告した。やっと丘を制圧したことになるが、占領したわけではなかった。三月二日夜半、ロズウェル大隊の副官フランク・ガレットソン少佐は、「この日の前進はフットボールのタッチダウン二つを少し上回ったに過ぎない」と記録している。

少佐はワシントン大学のフットボール・チームのバックスだったので、戦況をフットボールの用語で記録するのが好きだった。ファーストダウンは一〇ヤードで、タッチダウンが一〇〇ヤードを意味した。その日の第四師団報告では二段岩（三八二高地）を果たして占領したかどうかは確認されていなかった。
二三、二四連隊は三月二日終日、円型劇場と玉名山に対し火炎放射器と爆薬で攻撃を試みたが、一メートルも前進しなかった。もっとも要塞はかなり破壊されたらしい。七五ミリ砲が玉名山頂上に作られたコンクリートの通信基地に対して零距離から撃ちまくり、一〇〇〇ガロン以上の火炎放射器の燃料をそそぎこんだ。ある地点では北からと南からきた斥候が、お互いに六五メートルまで近づいたが、恐ろしい防御砲火に退却させられた。まだ玉名山は陥落していないのだ。
三月三日、土曜日の朝、もう一度初めから攻撃のやり直しにとりかかった。クレシンク中尉は、前日の午後、中隊の指揮をとった（その日一日のうちで五人目の指揮官）。しかし午前九時、二段岩で負傷した。

ライヒ少尉はアイルランド大尉が到着するまでふたたび中隊長になった。二四連隊第二大隊は絶えず前進を続け、激しい抵抗を排除して三五〇メートル進んだ。大尉は、三月四日日曜日の朝、足に弾丸を受け、中隊の指揮権はまたライヒの手中にもどった。とうとう最後にオメリア大尉が中隊長として送られてきた。彼は連隊軍楽隊長である。しかし彼も迫撃砲でたちまち戦死したが、ライヒ少尉はもう中隊の指揮をとらなかった。E中隊は全滅したからである。残っていた兵隊はウイドロン大尉の率いるF中隊に編入された。九日の後、二段岩はついに占領された。そこに残っていたのは、打ちくだかれた樹木と、うず高く盛り上がった土と岩だけであった。

円型劇場と玉名山も二段岩に劣らぬ頑強な抵抗を続けた。三月三日土曜日、一日中戦車と工兵隊が爆薬を仕掛けて堅陣を破壊したが、玉名山のトーチカは一部分壊れただけだった。円型劇場のほら穴やトーチカも部分的な破壊をうけた。四日の日曜日も同じことであった。重砲や戦艦、駆逐艦、艦上機のロケットやナパーム弾が攻撃をくり返した。二三連隊の工兵隊は一一〇〇キロ以上の爆薬を一日で使いはたした。

四日夜は両軍とも疲れはてた。八日間の戦いで、第四師団は二八八〇人の損害を出し、その戦闘力は四五パーセントに低下した。前線のアメリカ兵は、味方の損害に気づかぬかのように、栗林中将の防御線の背後に戦いをいどんでいた。二段岩は占領されたが、円型劇場と玉名山はがんとしてゆずらなかったため、アメリカ軍はそこを素通りして先に進むことになった。〝挽き肉器〟はこうして戦闘能力を停止した。

同じこの三日間で、第三師団は東にそれて進み、海岸に進出しようとしたが、日本軍はすべての丘、高地、岩かげで抵抗した。地表のあらゆる盛り上がりの裏には、かならず塹壕が掘られ、戦車壕が築かれ、迫撃砲と機銃がたくみに配置されて、十字砲火を形成するよう工夫されていた。また、大砲が未完成の第三飛行場の向こうに配置され、道路や飛行場の端には地雷が仕掛けられていた。天山（三六二B高地）から飛行場の北側にかけて、東に進撃するアメリカ軍部隊の側面が日本軍砲火にさらされるわけだ。

日本軍は、最後の組織的な抵抗を試み、しかも大いに戦果を上げている。これは栗林の直接命令によるものだった。中将は二月の末までの両軍の損害はほぼ同じと判断していた。三月初頭の決戦が勝敗の分かれ目になる。そこで、もし充分な戦力が集中できれば、反撃に出られるかも知れず、アメリカ軍を島から追い落とす可能性があるかも知れない。少なくとも、アメリカ軍の兵力を半減できると考えていた。勝てなかったとしても、時間はかせげる。これこそ栗林の唯一の望みだった。栗林の腹には強い闘志が満ちみちているのだ。しかし海兵隊の側にも、同じように豪胆な将軍がひかえていた。

三月一日、アースカインは北を攻める許可をとり、第五師団の境界線を越えて天山に向かい、側面を攻撃してくる砲火を沈黙させた。上陸部隊直属の一五五ミリ重砲を含む砲撃と、海上からの駆逐艦の艦砲射撃ののち、九連隊第三大隊のボーエム中佐は丘に進んだ。この平らな地域を横切る道は、丘の斜面から平射する大砲や小火器陣地からまる見えなのだ。戦車が呼び寄せられ、その三七ミリ砲と、八一ミリならびに六〇ミリ迫撃砲の支援で、九連隊第三大隊がいっきょに平野を横切り、丘のふもとにたどりついた。その右側では二一連隊第二大隊が天山からのびている細長い丘の稜線に進んでいた。

一日夕刻、大隊長イングリッシュ中佐は二回目の負傷を負い、副官のジョージ・パーシー少佐が指揮をとることになった。パーシーは四十五歳のとき主計士官として海兵隊に入隊したが、本当は実戦部隊の指揮をとるのが希望だった。そしていまやっとその望みを果たしたわけだ。

パーシー大隊は飛行場の北端までのびる滑走路にそって、攻撃を展開していたが、一発の迫撃砲弾がタコツボの端におち、ハンソン伍長をアスファルトと石で生き埋めにした。彼の戦友ウイッグス伍長がハンソンを掘り出し、衛生兵を呼んだ。ハンソンは脚に骨折を負い、後方に運ばれることになった。

そのときハンソンはいった。

「ジャック、いくら金を持っている」

ウイッグス伍長は五ドル札を出した。

「それをくれよ。おれは今一〇〇万ドルの傷を負ったけど現金は一セントもないんだ」

アメリカ本国に帰ってハンソンは結婚したが、足は永久に失われた。ウイッグスはタコツボにもどった。やがて戦争が終わってから彼のところに五ドルが返送された。

三月一日、他の前線では一歩も進めなかった。二日、土曜日の朝になって二個連隊がやっと東に向かって進み始めた。第五師団は二六連隊第二大隊を天山占領のために送り、九連隊第三大隊は後方にひきあげた。

二六連隊第二大隊長リー少佐麾下の四個中隊には、上陸日に中隊長をしていた士官は、一人として生きていなかった。兵員の大部分は、予備兵力で穴埋めされているのだ。四日間にわたって後方で再編成され、休息をとり、二日前に前線にもどってきたばかりなので、旺盛な戦意で攻撃を始めた。

D、F中隊は、井上大佐以下三〇〇〇人の海軍の将兵が守っている高地に向かった。井上大佐はこれ以上退却しない決意を固めていたにもかかわらず、海兵隊第二大隊の強襲は、じりじりと井上の後退を余儀なくした。午後早く、二個中隊が九連隊第三大隊と交替し、四時には丘を登り始めて、岩や塹壕を破壊、一時間後、頂上を占拠した。両中隊長とも負傷し、大隊は一日で三〇〇人近い損害を受けた。井上はさらに後退したが、それほど遠くまで下がったわけではなかった。

パーシー少佐の二一連隊第二大隊は、二日早朝、東方に進出して、午前九時までに三五七高地の方向に四〇〇メートルあまり進んだ。十一時までに高地は占領され、その日の午後、二一連隊は、天山を攻めている九連隊の支援に向かった。天山は元山から海までの間に残されている最後の要塞である。しかし前進ははかどらず、夜になって将兵が夜を越すタコツボを掘り始めたとき、師団の戦線はまだ三五七高地の線まで達していなかった。

二日は暖かく、午後になると気温も二四度に昇ったが、日が暮れると寒さが激しくなり、硫黄の煙がまじった夜霧が立ちこめた。九連隊第二大隊長クッシュマン中佐の左翼に対決する日本軍は、いつもより静かなように思えた。海兵隊は飛行場の東端で一日中奮闘したが、おそらく日本側も疲れたのだろう。

　しかし夜がふけると、日本軍がハウザー少佐の二一連隊第一大隊の前面を移動しているという報告が入った。午前一時三十分、海兵隊は目をさました。約二〇〇名の日本軍がハウザーとクッシュマン両大隊の間を進んでいるのだ。照明弾を撃ち上げたが、たちまち激しい銃剣、小銃、手榴弾の白兵戦が始まった。九〇分間でこの戦いは終わった。朝になると海兵隊は戦線の前に一一六体の日本兵の死骸を数えた。恐るべき光景だった。

　三月二日、アメリカ側には戦果があがらなかった。各部隊が攻撃位置を占めるのに時間がかかり、七時三十分に攻撃を始める予定が、実際に行動を起こしたのは昼近くだった。巡洋艦も激しい砲撃を開始した。九、二一両連隊は発進直後、日本軍防御砲火で、たちまち釘づけになった。ときどき雨が降り、視界は悪かった。兵隊は力をふりしぼったが、なにぶんにも疲れていた。九日間にわたる連続の激戦で、わずか三〇〇メートルしか前進していない。

　海兵隊司令部が午後五時、その日の戦闘を中止する命令を出したとき、アメリカ兵はほっとした。三月五日の月曜日、海兵隊はまる一日中休養することになった。

　三月一日木曜日の朝、四日間にわたる再編成と休養、偵察の後、二六連隊は島の中央部、第三師団の西側に進出した。その戦線の他の部分、つまり西海岸の全域は二八連隊の受け持ちであり、そのなかには田原坂（三六二A高地）の堅塁とその二〇〇メートル北にある西稜線が含まれていた。

摺鉢山占領の勲功に輝くジョンソンの大隊は丘の左側に進み、バターフィールドの二八連隊第一大隊が右側をまわった。ここでも海兵隊は、西稜線と田原坂の急な北斜面から撃ち出される激しい砲火をあびた。丘の向こう側は前面よりさらに悪かった。少なくとも、独立した四つのトンネルがこの山を貫き、最大のものは全長一〇〇〇メートルにおよび、七つの入口が側面と後方に開いていた。他の二つも断崖の斜面に出口をもち、縦坑が丘の頂上に通じ、換気口と火砲の補給路になっていた。あらゆる穴から弾が飛んできた。断崖の頂上付近からつるべ撃ちされ、両大隊は立ち往生した。

シャーマン・タンクが西稜線前面にある溶岩に位置を占めようと攻撃正面を転換したが、断崖から西稜線まで北に走る幅のひろい戦車壕にはばまれた。第五工兵隊の武装ブルドーザーが溶岩地帯をならして進撃路を開き、戦車が斜面を攻め登る間に、破壊班が断崖の表面を爆破した。重機関銃三基と両脇に厚い鉄板を下げた戦車が溶岩の上を進んだ。日本軍は戦車爆雷を投げたが、鉄板が爆発を吸収するため、戦車は擱座することなく、砲撃と前進を続けた。ついにブルドーザーが対戦車壕を埋めたため、海兵隊が溶岩を占拠し、西稜線と三六二A高地の断崖の裏側を射撃することができるようになった。

アメリカ兵は午後までに西稜線のふもとまでたどりつき、そこにしがみついた。上陸日に指揮能力と勇気をもって大隊を揚陸させたジョンソンは司令部からおどりだし、受け持ちの戦線を点検に出かけた。午後二時、高性能爆薬をつめた砲弾に直撃され、彼は即死した。大隊は前進をとめた。それほどアナポリス海軍兵学校出身の大隊長は部下に信頼されていた。彼は勇敢で、危険を恐れなかった。

　ジョンソンを殺した弾丸は、味方から撃ち出されたものかもしれなかった。ニュージョージア島とブーゲンビル島の戦いで勲章を授けられた古強者、大隊副官ピアス少佐がただちに前線に出て、隊の指揮をとった。大隊は進撃をとめ、その地点を確保することになった。

　そのすぐ近くで、突撃した部隊があった。二八連隊第一大隊B中隊の第二小隊は、上陸第一日目から三人の小隊長を失っている。三月二日の小隊長は、ウォズナップ一等兵だった。つぎの日、事態は少しよくなった。伍長が彼に代わったからだ。小隊の指揮をとる中尉がみつかったのは、二日後のことである。第五師団では六〇人の士官がすでに戦死していた。

　海岸では二八連隊第三大隊が三七ミリ砲や重迫撃砲、爆薬でほら穴を一つ一つ爆発しながら進んだ。三月四日日曜日午前、日本軍砲弾が緑色の煙を発したため、毒ガス警報が出された。午前九時と十一時三十分の二回の攻撃で吐き気をもよおすもの、頭痛を訴えるものがでた。ガス警報は、アメリカ兵の戦意をくじいたが、拡散しなかったので、わずか二、三人が影響を受けただけだった。その後、日本側のガス攻撃はなく、第三大隊はその日のうちに、七〇に近いほら穴を爆破した。その毒ガスはピクリン酸だったことが判明した。

　二六連隊は北と東に進み、第三師団の右翼に接触しようとした。だが「前進の途中、戦線に間隙を作った部隊は責任を持ってその間隙を埋めるように」という命令がロッキー少将から出された。こんな命令はめったに出されるものではないが、その意味ははっきりしていた。

というのはどのような間隙ができても、それを埋める予備隊は残っていないからだ。

二六連隊の前面にはコンクリートで固めた要塞が少なくなり、岩で作った壁や戦車壕が多くなった。また遺棄された日本軍兵器が目立ち、ある稜線の向こう側には発電機を積んだトラックや一・五メートル探照灯がみつかった。二六連隊は戦線を横にはり出しながら、その日、五〇〇メートル前進した。

三月二日、第五師団は戦線全面で奮戦し、上陸以来、最も激しい闘いを経験した。右翼では、二六連隊が天山を占領、その東側にいた第三師団を日本軍防御砲火から解放した。そして北に六〇〇メートル進み、北海岸まで展けている台地にでた。日本軍は激しく抵抗し、一つの溝、一つのほら穴ごとに戦いをいどみ、二六連隊を苦しめた。H中隊は九〇分間、前線にとどまったが、ついに後退を余儀なくされた。二六連隊だけで、八人の士官と二七三人の兵員を喪失した。中央部で、二八連隊は西稜線を攻め、ついに占領した。天山から二〇〇メートル、海兵隊はみすぼらしい村の残骸を踏み越えて進んだ。

三月二日、第五師団だけで八人の士官と一七二人の兵員が殺され、負傷者の総計は五一八人にのぼった。上陸第二日以来、最もひどいいたでであり、この作戦が終わるまでに、どの師団が受けた損害よりもひどいものだった。

この日一日で第五師団の五人に勲章が申請されたが、この記録はまだ破られていないはずである。二六連隊第一大隊のベリーと二六連隊第三大隊カディ一等兵は、火をふいている手榴弾の上にとびこみ戦友を助けた。またウーレン軍曹は二六連隊第二大隊とともに六〇〇メートル前進し、その間、負傷兵の治療をした。彼は六日間で三度目の負傷をしているが、こんどは重傷だった。しかし看護を止めることを拒み、意識を失うまで傷ついた戦友を求め這って、前進を続けた。

西稜線の裏側で、夜明け前の見張りに立っていたハレル軍曹は、手榴弾のために腿を打ちくだかれ、左手をなくした。右手でピストルを抜くと、目の前に刀をぬいて立ちはだかっている日本兵を殺した。そして自分も倒れて気を失っているすきに、もう一人の日本兵が頭の下に手榴弾を仕掛けた。ハレルは、逃げていく日本兵を殺し、火花を散らしている手榴弾をできるだけ遠くに押しのけようとした。しかし、手榴弾は炸裂し、軍曹の右手を吹きとばし、ほかの日本兵を殺した。朝方、一二体の日本軍の死体が彼のまわりで見つかった。彼は少なくとも五人を殺し、拠点を守ったわけである。ハレルはその後、後方に運ばれて今でも生きている。

ウイリアムズ三等看護兵曹が五つ目の勲章をもらった。手榴弾を投げあう激しい戦いの中で、彼は戦友の治療をした。砲弾でできた穴から狙撃兵が三度、ウイリアムズの腹と鼠径部を撃った。ウイリアムズは海兵隊の治療を受けて、自分の腹のきずに繃帯すると、もう一人の戦友に応急用具を手渡して、戦線にもどって行った。彼はふたたび狙撃兵に撃たれ、味方の第二線まであとわずかの地点でこと切れた。

二八連隊はその日、もう一人の兵隊トーマス軍曹を失った。彼は擂鉢山頂上に、最初の星条旗掲揚に力をかした男で、三月二日、後方と電話連絡しているとき、頭を撃ち抜かれた。

その日は、彼の二十一歳の誕生日にあたった。インディアンのシャアロウも戦死した。

結局、摺鉢山の勇者のうち、この攻略戦を通じて生き残ったのは三人だけだった。シュリエル中尉、チャールス・リンドバーグ伍長、ジェイムス・ミッチェル一等兵。しかもその二人の兵は負傷していた。この三人は今どこにいるかわからないが、彼らは摺鉢山の頂上に星条旗を揚げ、海兵隊全員の勇気を鼓舞した六人であり、アメリカ人の記憶に長くとどまるだろう。

三月四日、第五師団は他の二個師団と同じように前進をゆるめた。ここから先の地形は非常に厳しく、大砲も戦車も立ち入れない。海兵隊は北の海岸までは、火炎放射器、爆薬、手榴弾、小銃による白兵戦で進むのだ。戦果はみじめであった。午後五時、前線は静まりかえり、休息日の準備をしていた。日本軍の側でも、この小休止を歓迎しているようにみえた。

事実は、守備隊もみじめな様相を呈していた。大砲と戦車の大部分は破壊され、士官の七割は戦死していた。三月三日の土曜日、栗林中将は戦えるものは三五〇〇人になったと見積もった。東に孤立している千田少将の拠点との通信はとだえた。井上大佐は第三飛行場付近にがんばっているものの、その兵力は僅少である。市丸提督は栗林中将と連絡をとっていたが、すでに井上大佐の部隊に対する統制は失われていた。

島の北端には組織されていない部隊が残っていた。つまり孤立した部隊の生き残りが小さなグループを作り、地域的に独自の判断で行動していた。しかし依然として士気は旺盛で、降服を考えている部隊は一つもなかった。

東京にいる陸海軍首脳部は三月三日、栗林と市丸両名宛に電報を送り、硫黄島守備隊に感謝を述べるとともに、引き続き抵抗を強化するよう激励した。市丸は豊田に返答を送り〝敵は激しくわれわれを攻撃してくるが、われわれは反撃するであろう〟と報告した。

この日がシャーロッド見積もりの一三日目にあたった。損害についての見積もりは、ほとんどあたっていた。三〇〇〇人以上の海兵隊員が戦死し、一万三〇〇〇人近くが負傷していたが、いつ戦いが終わるものか、見当もつかなかった。

## 死の突撃

過去三日間、猛烈な戦闘が行なわれている間に、戦線の背後はすっかり様子が違っていた。海軍は三月二日金曜日に西海岸を開き、島の東西両側で大がかりな陸揚げ作業を始めた。やがてこの島の守備にあたる陸軍部隊と第九海軍建設部隊の参謀、器材が到着した。上陸作戦に参加した輸送船は、三月三日には陸揚げを完了し、荒い波をのり切ってマリアナに帰って行った。

陸上にはまだ数万の人間がまるで牧場の犬のように生きていた。この混乱の中にも秩序と目的が生まれてきた。三日までには陸軍と海軍の野戦病院が第一飛行場の北端付近で活躍を始め、島の中部で行なわれている戦場から大量の負傷者が送られてきた。

第五師団病院のエバンズ中尉は、妻につぎのような手紙を書いた。

「昨日だけで三七五人の患者の手当てをした。これで君にも忙しさが分かると思う。もう戦場の外科の勉強は充分してしまった。しかし、海兵隊というのは驚くべき人間の集団だ。彼らは見ただけでぞっとするような傷を負って病院にやってくるが、言うことは誰も同じように〝早く前線にもどりたい〟だ。後方で充分な手当てを受けなければいけないというと、泣き出す始末だ」

ハイウエーが作られ、交通規制がしかれ、水まきトラックがほこりをしずめた。道路標識も立った。〝マウイ・ブールバード〟とかアメリカの町には必ずつきものの〝ブロードウェー〟ができた。ジープやトラックが昼も夜も走りまわった。戦車の集結点、武器、車両修繕所、郵便局、水飲み場、シャワー、弾薬庫、補給品庫、通信線（何マイルにもおよぶ電線が地下と頭の上を走っていた）があらゆるところに出来上がった。あちらこちらで、「おい、お前のトラックをどけろ。お前のトラックのタイヤが電線をふみつけているんだ」という声が聞こえた。この混乱の中に第五師団のパン焼き所が開かれ、前線にあたたかいドーナツが送られ始めた。

三日、土曜日の夜明け直後、硫黄島はその本来の目的が認識され始めた。最初の飛行機がマリアナから到着した。これは戦闘機ではなく海軍のC47病院飛行機〝ペッグ・オー・マイ・ハート〟であった。操縦士のクレアランス・ケラー中佐は地上を見て慌てた。きたない滑走路がすでに一〇〇〇メートルまでのばされていたが、戦車やブルドーザー、トラックが巻き上げるほこりでどこに滑走路があるのか見当もつかなかった。コントロールタワーは無線機具をのせたジープであり、その端の方に吹き流しが細長い棒の先に取りつけられていた。

医療品と一トンの郵便物、海軍の医者と看護兵をのせてきたケラーは、しばらく飛行場の上を旋回したのち着陸した。車輪が地面につくと、機体は何度かはね上がったが、それでもどうやら着陸した。飛行機がジープの先導するあとについて、地上滑走しながら、丘のそばまできて、海軍病院のそばで止まった。

飛行機のドアが開かれると一人の女、ロイター通信のバーバラ・ピンチ記者が姿をみせた。硫黄島の土を踏む最初の女性である。ピンチは摺鉢山を背景にして遠くから硫黄島をみたとき、日本の墨絵を思い出したが、そのとき迫撃砲弾が車をかすめ、うなりを上げて飛んでいったので、はっとわれに返ったという。

パセル伍長は叫んだ。

「いったい、何だって、こんなところに来たんです」

一つのテントに入った。中には血だらけの繃帯を頭にまいた二人の海兵隊が寝ていて、テントのはりからぶら下げた血液ビンから彼らの腕に輸血が行なわれていた。近くでまた一発、弾丸が炸裂した。体の大きな大佐がピンチをテントの外にひきずり出して、ジープの下に押しこんだ。そして「顔を伏せてじっとしていろ」といった。三〇分ほどでピンチはサイパンに帰るペッグ・オー・マイ・ハートに乗って島を去っていった。

硫黄島にやがて二番機が姿を見せた。それは海兵隊九五二輸送中隊のR５C機で、二トン半の迫撃砲弾を積んできた。マッケイ中佐は五マイル先から島のコントロールタワーを呼ぶと、タワーの誘導員はマッケイに風下から入ってこいといった。

「風上はどうしたんだ」と中佐はたずねた。

「やめた方がいいですよ。弾にあたりますから」という答えが聞こえた。

マッケイは南側から島に近づき風下から着陸、日本軍の捨てた地ならしの間に止まった。この飛行機は地面に繋留されている故障した艦上機の列にそって地上滑走し、飛行場の北側に築かれた砂袋のそばに止まった。鉄条網でかこんだ中に、六人ほどの日本軍の捕虜がすわり、そのまわりを海兵隊員がもの珍しそうにぶらぶらして見ていた。この島で生きた日本軍の姿はまったく珍しかった。

マッケイが飛行場の端まで地上滑走していくと、間もなくトラックがやって来た。腕に繃帯をした海兵隊がいった。

「ジャップ(日本兵)がこの飛行場に最初の輸送機が着いたとき、砲弾を三発撃ち込みました。一日中撃ってくるのです。あそこに大砲があるんですよ」といって北の方を指さした。

「たくさんあるんです。飛行場が零距離から撃てるんですから。この島はどこへいっても、安全なところは一つもありませんよ」

その兵隊はいった。

積荷が八一ミリの弾丸であることを考えて、マッケイはいつまでもしゃべっている訳にはいかないと思った。二〇分間で積荷を下ろして飛び立つと、副操縦士に、「こんなひどい格好の島は今まで見たことがない」とぼやいた。また彼は決して青二才ではなかった。彼はペリリュー島で、日本軍がまだ〝血だらけの鼻の稜線〟からさかんに撃っているとき、強行着陸をした一番機のパイロットであった。

八一ミリの弾丸は非常に不足しており、その日サイパンからC47機が何機か飛んできて、第一線に弾薬を落とした。飛行機の搭乗員はパラシュートが開くと、海兵隊員が陣地から飛び出し、それを追いかける様子をみた。日本軍の銃火がそのまわりでほこりを上げた。海岸では約一〇〇隻の水陸両用トラックが上陸軍司令部のまわりにもやいして、輸送船から弾丸を運んでいた。またトラックが波打ち際近くに待機し、水陸両用トラックの運んできた弾丸を前線に運んでいった。

四日、日曜日の午後、ウエルシ通信兵は空母オーバーンに設備された海空間の救助信号用放送を聞きながら、その日のクロスワードパズルを解いていた。船は硫黄島から一マイル半のところに錨を下ろしていた。艦上機は雨と靄のために飛ぶことができなかった。ウエルシが何か読むものはないかとまわりを見まわしたとき、急に両耳にかけたレシーバーが鳴った。

「ゲイトポスト。こちらは、第九ベイクケイブル。進路を見失った。現在位置を知らせろ」

「第九ベイクケイブル。こちらはゲイトポスト。そちらは、誰か」とウエルシは聞いた。

すると答えは、「こちらは〝ばけもの〟。燃料がなくなった。指示を乞う」

もう言葉の語尾は嘆願しているような調子であった。

海兵隊のバーテリング少佐がコールサインの表をくって、その〝ばけもの〟を探した。

「B29だ。今朝、東京を空襲したやつだ。グアム島に帰ろうとしているんだな」

傷ついたB29は、硫黄島に着陸しようとしていた。二、三分ののちヒル提督がこれに気づき、迅速に対策を講じた。まずマリアナから硫黄島に接近しつつあった輸送機を遠ざけ、他の飛行機がB29の電信機の周波数を使うことを禁じた。さらに、摺鉢山付近にもやいしていた海軍のカタリナ飛行艇を発進させて、緊急着水のさいの救出に備え、滑走路の障害物を除けた。

空母オーバーンはB29をレーダーと方向探知機でとらえた。艦の各部から乗組員が通信室に集まってきた。ヒル提督は何回か飛行機に呼びかけた。硫黄島にとっては忘れがたい一瞬がやってくる。このために硫黄島で血が流されたのだ。B29第九ベイクケイブル号上で電信員のジェイムス・コックス軍曹は、耳にかけたレシーバーをおさえて、空母オーバーンの呼びかけを注意していた。

「IFFをつけろ」これは敵味方識別通信機であった。コックスはそれを押した。

「硫黄島の北三〇マイルにある北硫黄が見えるか」

「今見えている」

「よし。それでは進路一六七度。速度二八マイル。沖に着水するか、飛行場に不時着するか」

「不時着を希望します」

「よし。では、滑走路を着陸のために用意しておく」

コックス軍曹は機長のフレッド・マロー中尉に指示を仰がなかったが、それは当然だった。

彼はマロー機長が着陸地点をみつけようとしていることを知っていたからだ。

機長マローが心配していた問題は、爆弾庫のドアと燃料パイプのバルブであった。東京で氷とみぞれのなかで水平爆撃をしたあと、爆弾庫のドアが閉まらなくなった。また風が逆の方向に吹いたのでガソリンが切れ、予備タンクの燃料を使おうとしたが、バルブが開かなくなっていた。そこで硫黄島に不時着陸するか、あるいは海におりるか二つに一つしかなかった。

「硫黄島が見えたか」と空母オーバーンが聞いた。

「硫黄島が見える」とコックスが答えた。

硫黄島の上空を通過したとき、マロー機長は摺鉢山のはるか下に、ほこりが吹き上げている滑走路をかいま見たが、飛行機の翼の下にたちまちかくれてしまった。

第二回目に硫黄島に近づいたときには、もう少しよくみえ、滑走路にあらゆる方向から駆け寄ってくる海兵隊員や海軍建設隊員が見えた。二十四歳の機長マローは五週間前にアメリカ本国を発ったばかりなので、下に見えた人間がいったい誰なのか、確認できなかった。しかしB29の乗組員一〇人の命と、目の前で計器の針がどんどん落ちていくことが気にかかった。もう一度、操縦桿を握りなおした。三回目に硫黄島が見えたとき着陸するのだ。

六五トンの大型の飛行機が、一秒ごとに大きくなって摺鉢山の西端をかすめると、飛行場の南端にドスンという音をたてて着陸した。副操縦士のエドウィン・モックラー中尉がブレーキを力いっぱい引き、飛行機の滑走をとめた。エンジンの風でもうもうと砂煙を巻き上げながら地上を滑走するB29は、左翼の端で電信柱を一本倒した。滑走路につめかけた一〇〇〇人あまりの兵隊たちが歓声をあげて、踊りまわった。B29第九ベイクケイブルが滑走路に止まったとき、数メートル先の砂の丘に、迫撃砲と砲弾が砂煙を上げた。日本軍は初めて見る〝化物〟をたたき壊そうと考えたにちがいない。

マロー中尉はB29の方向を変えると、地上滑走を続けて摺鉢山のふもとに機体を運び、エンジンを止めた。乗組員が機内から姿を現わした。海兵隊は駆け寄って彼らに抱きついた。一人の海軍建設隊員がたずねた。

「滑走路の具合はどうだ。穴ぼこが一つでもあったかね」

「今晩ゆっくりしていけよ。明日はもう一〇〇〇フィートほど滑走路をのばしてやるから」

しかし、マローとモックラーは、「いいや、結構」と答えた。

三〇分たつとバルブが修理され、予備タンクのガソリンが使えるようになった（そのころ硫黄島には、まだ大型機用の燃料が持ち込まれていなかった）。乗組員は第九ベイクケイブルに乗り込み、滑走路を走り始めた。マロー機長がエンジンを一杯開くと、飛行機がゆっくり動き始めた。やがてスピードが増し、あと十数メートルで滑走路が切れるというところで機体はポッカリ空中に浮かんだ。それでも地面をなめるように、第九ベイクケイブルは日本軍の対空砲火の弾幕をよけて舵をとり、ゆっくり上昇しながら、南東の空に姿を消した。

海兵隊は陸軍航空隊の一一人の命を救った。六週間の後、助けられた一一人のうち機長を含む一〇人は、川崎の上空で撃墜されたり、離陸時の事故で死んだ。右翼の機銃士ロバート

・ブラケット軍曹だけが生き残った。ブラケットはそのとき硫黄島にいたからだ。第九ベイクケイブルは四月十二日に二度目の不時着をしたが、こんどは飛び立てなかったので、彼は機体の番人として硫黄島に残った。

〝ダイナマイト〟が着陸した日、第六二海軍建設隊は第二飛行場の復旧にとりかかり、島にいた海軍建設隊が全軍器材を持ち寄り、この作業をたすけた。飛行場は三月二日までに使用可能の状態にすることになっていたが、作業は予定より大分遅れていた。砲弾が毎日数回、作業の邪魔をした。ブルドーザーの運転手は砲声が聞こえるたびに機械の下にもぐり、難を避け、また仕事に取りかかるといった具合であった。

ある日、六二大隊のキャンドル中佐が狙撃兵からねらわれ、一時間もジープの下に隠れていたことがあった。ブルドーザーの一台が、とうとう日本軍のタコツボをみつけ、遮蔽物を押しのけた。狙撃兵が飛び出したところを海兵隊が瞬間にしとめた。

マロー中尉のB29爆撃機が離陸したほとんど同じころ、摺鉢山の北の斜面にある何百という亀裂から温泉が噴き出した。硫黄の煙で地下陣地にいられなくなった日本兵を射撃するかたわら、海兵隊は缶詰の食料をその裂け目に差しこんであたためた。そうすると一五分ほどで、すっかり料理ができ上がる。

そのころ山の中にいた日本軍の数はそれほど多くなかったが、雨が降ったので、日本軍は三日分の水を獲得した。日本軍戦死者が三月三日、摺鉢山のふもとの特別俘虜墓地に埋められた。その近くには俘虜収容所も建設されている。三日現在、俘虜は八一人、そのうち三六人が日本人、四五人が朝鮮人だった。しかし、戦死者は一万二八六四人を記録していた。

もしフォレスタル海軍長官が硫黄島にいたとき、報道機関にもっと大幅の取材活動を許していたならば、もっと多くの新聞記者、カメラマン、雑誌記者、小説家、評論家、放送記者、スポーツライターが上陸日に世界各地から硫黄島にかけつけていただろう。実際に硫黄島にいたジャーナリストの多くはアメリカ人で、通信社、放送記者、カメラマン、大都市からの新聞記者の一二人。それにイギリスとオーストラリアからの特派員もまじっていた。記者たちは、船や上空を飛ぶ飛行機や上陸用舟艇、海岸、あるいはタコツボに入って、海兵隊とともに少なくとも最初二、三日を過ごした。

それに加えて各軍――海軍、海兵隊、沿岸警備隊――には軍人の通信員がいる。さらに海軍はシナリオにしたがって完全な全作戦をカラーフィルムに収めるために、四〇人の特別撮影班を連れてきていた。ほかの者がこの作戦を通じてホノルルで三人、二人の者が硫黄島で殺された。艦隊映画班から派遣された五〇人のスチィールシネカメラマンも六人の士官とともに送られてきた。

上陸日、三隻のLCI上陸用舟艇と二隻のLCV大発が報道陣のために割り当てられ、後にはさらに多くの舟艇が新聞記者を運んだ。第一日目には八〇〇〇語以上の電報が海岸からラジオ・テレタイプでアメリカに送られた。このような送稿手段がとられたのは、硫黄島が最初である。夕暮れまでに、海軍の水陸両用機がグアム島に記事、写真、ニュース映画のフィルムを運んだ。海軍公式記録に、民間人カメラマン、AP通信のジョー・ローゼンソールが撮影した記念すべき写真が運ばれたと記されていた（ジョー・ローゼンソール氏の最も記念すべき写真はそれから四日後に撮影された）。

二月十九日から、二、三日間、飛行艇がグアム島海軍部隊に、三〇一個の梱包通信記事と写真、何千フィートのフィルムと多くの録音と多量の海兵隊広報部資料を送っていった。作戦が始まって八日目、東海岸でターナー提督とスミス将軍は、CBS放送のドン・プライアーと会見した。これは総司令官が戦闘がまだ進行中に、戦場で生放送に応じた最初の例である。

ターナー提督とスミス将軍のニュース映画フィルムは、太平洋にいたトーキーのカメラマン、トーマスがものした。摺鉢山の頂上に星条旗を掲げたトーマス軍曹はラジオインタビューのため、旗艦のエステートにつれてこられた。そして六日後、軍曹は二段岩で戦死した。最初の一週間で海兵隊の報道班員二人が戦死、一三人が負傷し、その中には二人の士官が含まれていた。一一日たつと、橋頭堡にいた海軍の通信員が一一六万八八七五語の新聞記事を送り、橋頭堡からの最初の写真がアメリカについたのは一七時間半後であり、サイパンやグアムの一八日から一四日もかかったのとは比べものにならない速さだった。

しかし、この硫黄島の取材はあまりにもよくできすぎていた。立派な記事ができたし、激戦の様子がうまく表現され、血みどろの死の臭いがそこから感じとられた。タラワやサイパン、ペリリュー、また第一次大戦のスワソンやメエンの戦場の話までとび出した。

フォレスタル自身も硫黄島の海岸から帰ってきた直後に、グアムからの全米放送に出演した。その中で「日本軍の砲撃はすさまじく、あの不毛の島の海岸に絶え間なく弾が飛んできており、その下を海兵隊が突撃している」と語った。しかし記事や写真を見たアメリカ人は、実際よりもひどい情況を想像した。現地から送られてくる写真に表現された恐るべき戦場の姿は、全国に衝撃を与えた。

アメリカ国民がこのような状態の中にいるときに、ローゼンソールの〝摺鉢山に星条旗上がる〟という写真が発表された。勇者と血と死が盛りこまれていたこの絵は二月二十五日、日曜の朝刊に掲載された。ニューヨークタイムズはじめ多くの新聞は、一面にこの絵を大きくかかげた。これをショーウインドーにかざる店もあり、多くの家庭でもこの写真を切り抜いて壁に飾った。十四歳になるウイラド・ロスは、カンザス市の戦死者の記念碑にこの絵の銅板を張りつけようと提案し、フロリダ州選出のヘンドリックス下院議員は、この写真に象徴される海兵隊の英雄的行為を記念するため、ワシントンに記念碑をたてることを呼びかける議案を提出した。

硫黄島で払われたアメリカ人の損害について、にわかに関心が高まった。初期のアメリカ側の公式発表に「損害見積もりはまだ入手できない」と述べていたが、ついに「二月二十一日午後六時現在、硫黄島におけるアメリカ側損害は、戦死六四四、戦傷四一〇八、行方不明五六〇」と公表した。

たちまち新聞が、「これはタラワ島よりもはるかに多い損害である」と指摘した。

その後、アメリカ海軍は公式発表で、アメリカ側損害についてまったく触れず日本側損害だけ発表した。しかし現地特派員記事は、海兵隊が硫黄島で未曾有の苦戦をしていると伝えていた。

二月二十七日、朝刊の記事が国中の反響を呼んだ。サンフランシスコ・エクザミナー紙の第一面に掲げられた論説がつぎのように述べたからだ。

「海兵隊は必ず硫黄島を占領することは疑いないが、そこでアメリカ軍があまりにも重大な損害を蒙りつつあり、アメリカ軍はこうした損害に耐え切れなくなるという情勢が生まれてくることを示す恐るべき証拠がある。タラワ（ギルバート諸島）やサイパンで起こったことと同じであり、もしこの状態が続くなら、アメリカ軍は日本本土に到着する前に、損耗しつくしてしまう危険もある」

一方、「マッカーサー将軍の作戦では、このような事はなかった」という論説も現われる始末だった。

「マッカーサー将軍は、アメリカ最高の戦略家である」

「マッカーサーは、最も成功した戦略家である」

「マッカーサーは、すべての目標を達成した」

「マッカーサーは、日本軍をたぶらかし、肩すかしを喰わせ、裏をかく」

「マッカーサーは、多くのアメリカ軍の兵士の命を救った。これは将来に関してではなく、日本が敗れる前に戦わねばならない多くの重要な作戦で、アメリカ兵士の命を救ったし、したがって多くの兵士を、本土で平和が勝ちとられた時に、家族や愛するもののもとにもどした」

「太平洋戦争でマッカーサー将軍のような戦略家を持ったことは、アメリカにとって、好運であった」

「しかしなぜ、マッカーサーをもっと重用しないのか。なぜ太平洋戦争でマッカーサーに最高司令官の権限を与えないのか。そして、なぜアメリカ軍の尊い命を必要以上失うことなく、多くの戦いを勝つことができる軍事的天才を、最高度に利用しないのか」

その夜、サンフランシスコ市で一〇〇人あまりの海兵隊がエクザミナー紙の編集室に押し寄せた。誰からともなく、「さあ、行こう」という声が起こると、一同は階段を駆けのぼり、給仕の少年を押しのけて、編集長ウイリアム・レンの部屋に乱入した。ある記者は驚いて警察に、暴動の電話をかけたり、海軍の警邏《ら》隊に電話をかけた。

海兵隊は謝罪文を出すか、これに回答する機会を与えるよう要求した。レンは葉巻を嚙みながらいった。

「まあ待て。わたしはただ、あなたがたにするように、わたしの司令部の指令を守ったに過ぎないんだ。論説に関する指令は、直接、新聞の社主ウイリアム・ランドルフ・ハーストからくるのだ」と答えた。

すると海兵隊はいった。

「それではハーストに電話をかけろ」

レンは電話機をとり上げて神妙な顔をして電話をかけたが、

「ハースト氏はいま忙しくて電話に出られません」という答えだった。海軍警邏隊と巡査が到着し、海兵隊はしだいに冷静を取りもどした。ここでレンは、海兵隊側の言い分を書く機会も与えようと約束したので、彼らはおとなしく引き下がった。

海兵隊の一士官は新聞社に侵入した兵隊に対して、どのような処置もとられないと言明した。この士官は、

「海兵隊員は休暇中個人として行動したのであり、新聞の論説が気に入らなかっただけだ」ととぼけていた。

しかし、この言葉がサンフランシスコ・クロニクル紙のカンに触れ、つぎのような論説がお目見えした。

「フィリピンの奪回は立派であり、力強く、アメリカ人全体を勇気づけるものであった。あの成果を誇りに思う。

しかしある種の作戦についてアメリカ海兵隊を低く評価し、海兵隊とマッカーサー将軍の行なった作戦と比較することは、不吉な想像を呼び起こす。作戦指導が下手なために、硫黄島で海兵隊がばたばたと死に、海兵隊と海軍の前進が遅い事実を暗示するのはアメリカ人の戦意をくじく企てである」

「本紙は、多くの戦場で戦っている、アメリカ軍の戦功を比較するという論争には加わりたくない。しかし、アメリカ海兵隊、あるいは世界各地の戦場で闘っているどの軍でも、本国で批判の的にたたされようとしているとき、本紙はだまっているわけにはいかないのだ」

この三日前、第五海兵師団ニヨン・R・タッカー中尉は、硫黄島の上陸日に受けた傷で死んだ。彼はサンフランシスコ・クロニクル紙社主タッカー氏のひとり息子であった。

硫黄島の戦いにおけるアメリカ軍の損害が、国民の間にこれまでに見られなかった反響を呼び起こしたことは確かである。これまで、最大、しかも最重要のノルマンディー上陸作戦でさえも、このような感情は引き起こさなかった。フィリピンのコレヒドール島にふたたび星条旗がひるがえったこと、B29が日本の都市を焼き払ったこと、連合軍がドイツに猛進撃を続けていること、ロシア軍が東側からドイツに攻め入ったことは、新聞にはでかでかと報道され、アメリカ国民を有頂天にさせたが、同時に硫黄島の苦闘は人びとに衝撃を与えた。

週刊誌タイムは、硫黄島の名前はアメリカ史上「独立戦争のバレーフォージ、南北戦争のゲティスバーグ、太平洋戦争のタラワと並んで銘記されるだろう」と述べた。

太平洋を旅行していたフォレスタル海軍長官は負傷兵を病院に見舞い、ワシントンに三月五日についたが、帰着後、初の記者会見で、二〇五〇人の海兵隊員が戦死した事実を明らかにした。これはこの二週間来、初めてアメリカ軍の損害を明らかにする公式発表であり、一番心配されていたことを確認するものである。

三日後、タイム誌のボッブ・シャーロッドは、ターナー提督の旗艦で行なわれた記者会見でつぎの質問をした。その当時のアメリカ国内のなりゆきから見れば、時期的なずれはあったが、シャーロッドはいった。

「INS通信のジョン・R・ヘンリイのボスであるハースト氏が硫黄島の損害について間も

なく論説を書くだろう。おそらく海兵隊が命を粗末にするということを売りこもうとする人がいるだろう。だからあなたは硫黄島の防備はわれわれが考えていたものよりは、はるかに強固だった事実をはっきりという必要があると思う」

ターナー提督は答えた。

「わたしはアメリカ軍の損害についての論争に立ち入ろうとは思わないが、新聞記者が損害について関心を持つのはあたり前であり、われわれも同様に関心を持っている」

同じ週に、ワシントンのある新聞は書いた。

「わが軍の損害をくいとめるために、日本軍に対して毒ガスを使え」

事実、毒ガス使用問題は、軍最高部と政界で極秘のうちに検討されていた。これに関する記録はいまでも秘密のベールに閉ざされているが、これは事実である。

毒ガス戦に理想的な目標はいくつかあげられる。太平洋の島は日本軍によって強固に守られており、ほとんどまたはまったく、非戦闘員がいなかった。一九四四年初頭、統合参謀本部はガス戦の経験を持ち、太平洋の目標に対しては、比較的客観的立場にあるイギリス軍に意見を求めた。ジョン・シドニー・レスブリッジ少将が作った報告は（後にレスブリッジ報告と呼ばれた）ある特定の目標に対する毒ガス使用を進言していた。しかし秘密を守るためにこれ以上の検討はＯＳＳ（ＣＩＡの前身）にまわされた。その研究開発部門の部長をしていたスタンレイ・Ｐ・ロベルは、一九四四年六月の末、真珠湾に飛びニミッツ提督とこの問題を検討した。

ロベルはニミッツにレスブリッジ報告が、「硫黄島通信機関を破壊した上で、ガス弾を日本軍に対し使用するよう進言している」と報告した。さらにロベルは、「実施にあたっては、砲弾に黄色いペンキでマークはつけるが、これを撃つ砲員には、ガス弾を使用していることを知らせない方針をとる」よう進言した。彼はニミッツが、この考えに賛成している印象を受けたという。

ロベルがワシントンに帰ってきたとき、この計画にはいずれの関係部門も賛成したが、ホワイト・ハウスだけが反対した。陸海軍最高司令官であるフランクリン・D・ルーズベルト大統領が、最終的に毒ガス使用計画を取り消した。

毒ガス使用については非常な論争があった。第一次大戦の経験からすると、連合軍の受けた損害の四分の一は毒ガスによるものだが、そのうちわずか二パーセントが命を失っただけで、他の兵器から受けた負傷の場合、二五パーセントがやがて死んでいる。戦場における毒ガス使用を禁止したジュネーブ条約に署名していない国は、アメリカと日本の二ヵ国だけだったが、アメリカは毒ガス戦に対する宣伝の犠牲者であった。

一九一五年、ドイツ軍がフランスとカナダ軍に対し毒ガスを使用したときに、防御手段をもっていなかった連合軍が道義上の問題として運動を起こし、世界中が毒ガスを兵器として使用することを禁止するよう呼びかけた。ほかの作戦と同様、硫黄島の場合も、毒ガス弾の用意だけは完了していた。ただし、これは報復としてのみ使われるように決められていた。実際には、硫黄島でも他の戦場でも毒ガスが使用されたことはなかった。

しかし、歴史は皮肉を見逃がさない。毒ガスを戦場で使用することを禁止した国アメリカは同時に焼夷弾や原子爆弾を使用し、多くの市民が住んでいる都市を壊滅させたのである。責任ある地位にあるもののなかで、硫黄島でのガス使用を、公に考えたものは一人もいなかった。しかし、硫黄島におけるアメリカ軍の損害を無視するわけにいかなかった。

三月十六日に海軍は、これまでに送られてきた市民からの手紙のうち、最も典型的な例を二、三発表した。

ある婦人の手紙。

「どうぞ神の聖名にかけても、硫黄島のような場所で殺されるために、わたしたちの最も優秀な青年を送ることをやめていただきたい。これらの青年にとっても、戦場の戦略価値からみても、過酷といえましょう。ある母親は気違いになっています。どうしてこの目的が、他の方法で達成できないのですか。これは非人間的であり、恐るべきことです。やめてください。やめてください」

フォレスタル海軍長官の返書も明らかにされた。

「一九四一年十二月七日、枢軸軍は簡単な選択の前に立たされた。戦うか、敗北か、それ以外、他の可能性がないのです。そのとき以来アメリカは、戦うことを選んだ以上、小銃、手榴弾を持った海兵隊あるいは陸軍の兵士が、敵陣に殺到して確保するという以外に、戦いに勝つ最終的な道は残されていません。近道も、より容易な方法もありません。何かよい方法があるといいのですが」

海軍はこの手紙を書いた婦人の名前を公表しないばかりか、果たして彼女の息子または親戚なりが、硫黄島に送られていたかどうかさえ調べていない、ということであった。

同じ日に、ターナー提督とスミス将軍は、硫黄島沖にいたターナーの旗艦で記者会見を開いた。最も真実に近い発表で、アメリカ側の損害は日本側の損害の五分の一近くである。新聞記者たちは、およそ四〇〇〇人の海兵隊が戦死したと知らされた。

つぎの日、ニミッツ提督は、ついに戦いが公式に終わった三月六日までの数字を最終的に発表した。それは、戦死四一八九人、行方不明四四一名、負傷者一万五三〇八名であった。

しかし、実際の損害はもっとひどかった。損害の総数は確認されず、戦闘もまだ続いていたのだ。

## 攻めあぐむ海兵隊

上陸日から二週間目の三月五日の日曜日、海兵隊は休養をとった。これは上陸部隊総司令官の命令で、この日の積極的攻撃はいっさい行なわれなかった。

ほかの点では、この日も、いつもと変わりはなかった。五日、両軍とも大砲と迫撃砲を激しく撃ち合ったが、戦線の兵隊はほとんど行動をとらず、部隊を再編成し、後方にひそんでいる日本軍の掃討にあたった。一三三海軍建設隊は摺鉢山のふもとに六個の飲用水の浄化装置を組み立て、前線に水を送り始めた。兵士一人に対して飯盒三杯の水が配られた。戦車の乗員は、新しい攻撃のためにエンジンや砲を整備し、あるいは軍服、兵器を新しいものと取り替えた。後方では、理髪屋が開店し、東海岸で水泳するアメリカ兵もいた。

スプルーアンス提督は、巡洋艦インディアナポリスに座乗してグアム島へ出発した。さらに、橋頭堡に横づけした輸送船に乗ったままで、硫黄島の土を一度も踏まなかった三連隊も硫黄島を去っていった。

一言居士で冷淡なハリー・シュミット少将は憤激した。その前夜、彼は三連隊が戦場に送られるよう、二度目の要請を送っていたのだ。硫黄島攻略の戦術的責任は、シュミットが負っている。第二次大戦を通じ、最大の海兵隊上陸部隊を指揮し、硫黄島を占領するのはシュミットの仕事であった。またその麾下ロッキー、アースカイン、ケイテスの三人の師団長の支持を受け、シュミットは、「前線では精鋭部隊を要求しているので、三連隊を上陸させてほしい」と述べた。シュミットは三連隊が実質的に作戦を早く終わらせ、人命の損失を少なくする、と考えていた。

三月六日の火曜日、スミス中将は上陸し、シュミットの司令部で最終的な会談が開かれた。上陸作戦が始まれば、シュミットが作戦の責任を持っていても、スミス中将はシュミット少将の上司にちがいない。

「わたしが三連隊の支援なくしては占領できないことを証明するのでなければ、ターナーは三連隊を上陸させせないだろう」

スミスはノートを開いて、こうシュミットに告げた。シュミットはそれを承服するわけにはいかなかった。というのは三つの飛行場を含む島の三分の二が、すでに海兵隊の手中にある以上、現有兵力で島が占領できることはまちがいなかった。しかし問題は、どのくらいの損害でこの島をとれるかにかかっている。ターナーが新しい兵隊を送りこむことを拒否している理由は、島にはあまりにも多くの部隊がいて、三連隊も上陸させれば混乱を増すだけということであった。けれども、混みあっていない場所もあったのである。それは前線だった。この戦闘から一万人近い損害がすでにでており、この数はシュミットが要求している新しい部隊兵力の三倍以上にあたる。ジェイムス・スチュアート大佐の第三連隊は、グアム島守備隊になるのだ。

バトラー中佐は背の高い色の黒い気短な男で、ほかの多くの海兵隊の士官と同様、海軍兵学校出身であった。彼は休息日の五日、前線受け持ち区域の視察に出かけた。二七連隊第一大隊は元山を越え、日本軍の速射砲が何日間か活躍した精糖工場の廃墟の近くにいた。ジープの運転手が十字路にきて止まった瞬間、弾丸がバトラーの首をもぎ取り、同じジープに乗っていた二人を傷つけた。

その日遅く、ウォーマン大佐は作戦参謀ジアスティン・ドルヤー中佐を呼んだ。

「君の大隊に帰りたいだろう」

「そのとおりです」

ペンドルトン・キャンプで訓練を重ねてきたころから、二七連隊第一大隊を手がけてきた彼は答えた。そしてそのまま戦場に出て、指揮をとった。

二八連隊第一大隊B中隊の第一小隊には新しい指揮官フランク・ライト少尉がきた。すでに四人目の小隊長である。ライト少尉は上陸時の小隊長だったが、負傷して三月一日、後方に送られた。代わって指揮をとったウイリアム・ウッド軍曹はその前の晩に戦死、別の軍曹ジョン・ヒンドマンがしばらくの間は指揮をとっていた。四日間小隊長だったヒンドマンは至近弾で意識不明となり、一年は入院しなければならない重傷を負った。こうしてライト少尉は四人目の小隊長となった。

休息日が終わった。戦いがなかったのに、前線では四〇〇人の損害が出た。しかし海兵隊はこれから始まる大攻撃の準備を急いだ。

休息日が終わった三月六日、火曜日の午前、海兵隊がこれまで見たこともないほどの激しい砲撃が始まった。一一個大隊の重砲一三二門の轟音が全島をゆるがした。初めの三一分、日本軍防御線の西半分を砲撃、つぎの三六分間東側を攻撃した。六七分間で七五ミリから一五五ミリ砲まで合計二万二五〇〇発を撃った。なかには海兵隊の前線から一〇〇メートルのところに落下した砲弾もあった。このあと海兵隊歩兵が小火器を撃ちまくりながら、ゆっくり前進した。

戦艦と巡洋艦が一四インチ砲を五〇発、八インチ砲四〇〇発を撃ち込み、駆逐艦三隻と上陸用舟艇二隻もそれぞれの砲門を開き、艦上機が爆弾、機銃、ナパーム弾で攻撃した。これほど撃ちこまれては、どのような守備隊もかなわないだろう。

戦線の西、左翼の端で午前八時、海兵隊が攻撃を開始一時間のちに、東側右翼も行動を起こした。日本軍の防御砲火は正確で激しかった。信じられないことであったが、艦砲射撃も砲爆撃も日本軍にはまったく損害を与えていないことを示した。砲爆撃が止んだとき、日本軍は即戦体勢をととのえ、戦意に燃えていた。両軍がただちに激しい白兵戦を始めた。日本軍はもはやわずかな数の大砲しかもっていなかったが、小火器はまだふんだんにあり、戦場技術と遮蔽では秀れていた。海兵隊は、一インチ進むごとに敵陣を爆破し、それを焼き払わなければならなかった。

上陸部隊司令官シュミット少将は、

「今後、作戦に参加する飛行機は、最大限のナパーム弾を装備してくること。ナパーム弾は、北東海岸の溶岩地帯で必要としている」と命令した。火炎放射器と爆薬が、最も有効な兵器であった。

第三師団の地域で、ウイリアム・マルベイ中尉は二一連隊第三大隊中隊の二個小隊をひきつれ、海岸から四〇〇メートルのところを走る稜線の頂上めざして進んだ。海を見て喜ぶいとまもあらばこそ、日本軍の猛攻は続いている。防御砲火が激しく、G中隊は前にも後にも動けなかった。マルベイ中隊長は救援を頼むため、ラドク伍長がもう一人兵隊をつれて伝令として後方に行くように命じた。後方にいく途中、つれてきた兵隊は負傷したが、ラドク伍長はとにかく後方にたどりつき、火炎放射手と破壊班の兵隊を集めた。そのうち六名はたちまち戦死、他の二名も負傷した。

ラドクはまた、ひとりで前線に帰ってきた。伍長はマルベイ中隊長をみつけ、報告を終えると、一個小隊を安全地帯に誘導した。伍長は日ごろ、「マルベイ中尉のためなら、地獄でも通り抜ける」といっていたが、その日みごとそれをやってのけた。

六日の総攻撃では、各戦線とも前進できなかった。海兵隊の行動がにぶかったわけではない。一生懸命に戦っていたのだ。玉名山後方の第四師団の前線で、ハーマン・ドリジン少尉と二三連隊第二大隊の一三名は、前線に釘づけにされ、後方にもどれないことに気づいた。仕方なく前進を続けた。ドリジンはアルドリッジ軍曹を伝令に出して救援を求めたが、中隊司令部でさえ日本軍の迫撃砲の猛攻で釘づけにされていた。ドリジン少尉はしかたなく迂回してみると、日本軍戦車のすぐ前に出た。

フレデリック一等兵は、バズーカの弾丸を砲塔に命中させ、乗員が飛び出して来たところを、小銃手が射とめた。プライス伍長は爆薬の束を持って戦車の下に突っ込み、戦車を道づれに戦死した。

フレデリックがバズーカで二〇〇メートル前方に止まった二台目の戦車を仕止めたすきに、海兵隊は大急ぎで味方の陣地にもどった。フレデリック一等兵はバズーカの弾丸をひろい集めると、二、三人の小銃手とともに進んだ。穴の中に隠された戦車が、その四七ミリ砲とともに陣地になっていた。

司令部ではただ占領した地点を示す黄色いピンを動かすだけで、こうした激戦は知らぬ気であった。その日も五〇〇〇人の損害がでた。

ニューヨーク・タイムズのロバート・トランブルは三月六日発特電につぎのように書いた。

「栗林将軍は断末魔の防御をドイツの元帥のように遂行しており、海兵隊は一メートル進むごとに、栗林の強いる甚大な損害をこうむっている」

栗林中将がもしこれを読んだら、満足したことだろう。

第四師団前線で発見した五つの死骸は海兵隊の洋服を着ていたが、日本兵であった。日本軍はアメリカ軍の兵器も多量に分捕っていた。その夜、ある日本兵は日記につぎのように書きつけた。「ルーズベルトの携帯食料を初めて食べた。非常にうまかった」

マリアナから定期的に飛行機が第一飛行場に飛んで補給品を運び、負傷者をつれ出した。ジェイン・ケンドレイ嬢は体重一〇八ポンド、オハイオ州オベリン市の農家出身の看護婦、硫黄島にきた看護婦の第一号となった。彼女がのったC47型輸送機が島の上空にさしかかったとき、朝の砲爆撃の真っ最中、飛行機は空で、八八分間待たされた。輸送機はやがて重傷患者を満載し、グアム島に帰った。血みどろの戦いをつづけてきた兵隊にとって女の姿は、きっとすばらしい眺めであったに違いない。

その後間もなく、アーネスト・ムーア准将が、陸軍第七戦闘機隊の第一陣P51ムスタング二八機、P61ブラックウイドウ夜間戦闘機一二機をひきつれて、硫黄島に進出した。

大編隊が、滑走路にすべり下りたとき、ケイテス第四師団長はじめ海兵隊はアメリカ機とは知らずタコツボに飛び込んだ。三月七日、ムーア准将は硫黄島航空隊の指揮をマギー大佐と海兵隊から引きついだ。

その日の終わりまでに、海軍の野戦病院は手術室二つ、三〇〇の寝台を設置した。日暮れになってから、日本軍の射ち出した四発の五〇〇キロ・ロケット砲弾が、陸軍第三八野戦病院に落ち、一弾は手術台をおよそ六メートルはずれた。しかし、この巨大な砲弾には信管がついていなかったので、アメリカ軍医に不発弾処理班へ通報するだけの手間しかとらせなかった。

第五師団の病院で、エバンズ中尉は負傷者の傷の種類がまったく違ってきたと気づいた。負傷はいずれも近距離から撃たれた機関銃弾、小銃弾を受けた重傷者であった。これまでの傷の多くは迫撃砲弾の破片によるもので、やはり多くの種類があり重かったが、傷はそれほど深いものではなかった。一二日間に西海岸に揚げられた輸血用血液は、全部使いはたしていた。実際には血液はあまり役には立たなかった。エバンズ軍医が妻につぎのように書いている。

「ある者には五〇〇CCの血液と同じ量のプラズマをつぎこんだが、何の反応もみせなかった。毎日一四時間の手術をしているが、いまでもタコツボの中で生活しており、手紙は懐中電灯をたよりに書いている。背中がずきずき痛む。島のどこかでだれかが拾った日本軍の漫画の本を読んだ」

六日、火曜日の昼までに、第三一海軍建設隊は摺鉢山の北側の斜面に道路を作り始めた。陸軍は頂上にレーダーや気象観測所、また日本を空襲する戦闘機のための航空機誘導装置を積んだトラックをすえつけたいと考えた。

建設大隊長ウォーレス・デビッド大尉は、まず山頂にブルドーザーを登らせ、器材を曳き上げようとした。頂上の地面は柔らかい土でできておりブルドーザーが活躍するのには適していたが、山のふもとは岩だらけである。海軍建設隊はコンプレッサー、蒸気ハンマー、ダイナマイトで作業を始め、そのかたわら海兵隊員は地雷と不発弾処理にあたった。陸軍は山道では満足せず、二車路、一二メートル幅の一マイルにおよぶ道路を欲しがり、おまけに傾斜度は一〇パーセント以下という注文であった。

擂鉢山の中にはまだ日本軍が残っていたが、あまり砲撃は仕掛けてこなかった。日本軍は夜になると、食べ物や水を探そうとはい出してきた。しかしその数は毎日、しだいに減っていった。

海軍建設隊が、閃光や照明弾の光を頼りに、一晩中働き、七日水曜日の朝、ホラード三等兵曹がブルドーザーを山頂まで運転してあがり、火口壁の中に入った。続いて、さらに二台が山頂をきわめ、海軍建設隊は歓声を上げた。山頂を守っていた海兵隊員は面白くなかった。せっかく火口壁に作ったタコツボをブルドーザーがこわしてけずりとってしまい、ゆっくり休める場所がなくなったからだ。この後、歩くことがきらいな怠け者でも、車に乗って擂鉢山に登れるようになった。

アースカイン第三師団長が待ち望んでいたときが、ついに六日の晩にやってきた。ふだんのように重砲の砲撃で始まる午前七時三十分の攻撃開始を、朝五時にくり上げて、大砲の支援のない、奇襲にしようという作戦であった。アースカイン少将は長い間、夜襲を試みようと考えていたが、六日の重砲の砲撃の失敗から、とうとうアースカインの主張が有利となり、上陸部隊司令部の許可がおりた。

　時間の余裕がないので、アースカイン師団長はただちに準備を始めた。九連隊第三大隊のボーエム中佐が奇襲を直接指揮することになった。南東に進撃して二五〇メートルにある東山（三六二C高地）を占領するのだ。

　戦線はいっさい沈黙し、無線通信でも攻撃を口にすることは禁じられた。雨が降っている真っ暗闇、攻撃隊、K、L両中隊の中隊長は前線に行って、ハウザー少佐の二一連隊第一大隊の士官と綿密にうち合わせた。そのとき二一連隊の連中は、前方を指さして、あれが東山だと教えた。海軍の照明弾の光で、K、L両中隊長は高地を包囲する進撃路を見積もった。攻撃隊は、午前三時二十分に集結を始め、すばやく闇の中に移動していった。午前四時五十分までに、前線の照明をとめる命令が出た。五分後、夜を徹して撃ちまくっていた重砲は、東山に煙幕弾を撃ち込むことになった。

　第三師団司令部では緊張が高まった。士官は何回も時計を合わせた。二、三分ごとにだれかがテントの外に走り出て、天候を調べた。まだ雨が降っており、真の闇夜である。予定どおりに照明をやめた。五分後に煙幕弾が頭上でうなりをたてて飛んでいった。正五時、こともあろうに照明弾が前面で炸裂した。参謀一同は息をのんだ。これで全部の作戦が失敗しはしないか。海軍連絡士官は電話に飛びつくと、沖の駆逐艦に照明弾を撃たないよう、もう一度確認した。それ以後、一切の照明が消えた。テントの中で師団長はじめ参謀は息をのんで待っていた。

攻撃部隊はタコツボからはい出して山を登り始めた。奇襲はほとんど成功したらしい。日本軍が塹壕やほら穴の中で眠りこけているうちに、海兵隊は第一線を突破した。五時三十五分、日本軍の一機関銃座がだしぬけに撃ちだしたが、火炎放射器がただちにそれを沈黙させた。日本軍は目を覚まし、戦闘配置についた。攻撃部隊は午前六時前、ついに頂上に達した。しかし、そこは本当の東山ではなかった。

アースカイン師団長への第一報はすばらしいものだった。

「抵抗はない。日本軍は穴の中で焼き殺された。ボーエムは三六二C高地にいる」

夜が白々と明けるころ、ボーエムはまちがえて三三一高地を占領したことを発見した。東山は、さらに二五〇メートル先に盛り上がっている。視界が悪かったので、違った丘を教えられたのだ。方向はまちがっていなかったが、海兵隊の前線はまだ、考えられていたよりもはるか後方にあったわけだ。

ボーエム中佐は砲兵を呼び、部下に前進するよう命令したが、東山をめぐる戦いは全面的にやり直されることになった。もうこうなっては奇襲ではない。前線の日本軍は完全に目を覚まし、激しく抵抗してきた。また攻撃隊後方の日本軍も、近距離からの逆襲を試みた。

ボーエム中佐の右翼では、九連隊の他の二つの大隊が奇襲を終わったところであった。この二個大隊もまっすぐに前進して、左の方から攻めてきたボーエム攻撃隊と会うことになっていた。二個大隊ともよく進撃した。夜明けまでにクッシュマン中佐の九連隊第二大隊とグラス少佐の九連隊第一大隊は日本軍の前線を突破し、二〇〇メートル前進していたが、ここで日本軍も目を覚ました。これは西中佐の率いる第二九戦車連隊であり、そこは最強の防御陣地のまっただ中であった。日本軍の砲火はすさまじく、海兵隊の二個大隊とも後方と遮断され、たちまち孤立した。

アースカイン師団長は二一連隊を北から進出させ、南には第四師団二三連隊のG中隊が前進して、グラス少佐の第一大隊を助けるよう命令した。午後になって、南北から攻め進んだ両部隊が東山付近で西の部隊をクッシュマンの第二大隊の前面で包囲するように思われた。しかしそうはいかなかった。第二大隊E、F両中隊は、まず攻めるよりも、守らなければならなかった。

両部隊は包囲され、どの方向にも進むことができなかった。戦車隊が送りこまれてF中隊のウイルキー・オバノン中尉麾下を救出しようとしたが、アメリカ戦車は二回にわたって撃退された。第一回目に先頭を進んだ戦車が狭い溶岩の上で地雷にやられ、二回目は、溝にはまりこんだ。夜になっても両中隊は以前として釘づけになっていた。

南では、グラス少佐の第一大隊の一個中隊が、はるか前方のトーチカを一つ占領したのち、やはり後方を遮断された。中隊長ライムス中尉は、四〇〇メートルをはって部下のところにたどりつき、全員を電話線の切れはしにつかまらせて誘導し、損害を出すことなく中隊を後退させた。中尉は後退後、数人の負傷兵を敵陣の中に残してきたことに気づいた。中尉はその夜、ひとりで陣地をはい出し一人の負傷兵を背おってもどってくると、また日本軍防御線にもどり、他の一人をつれ帰った。

ボーエム中佐の部下は夜襲後引き続いて戦い、午後二時、F中隊はみごとに三六二C高地を占領した。今度こそ本当の東山である。クッシュマンのE、F両中隊から敵陣に残されていたアメリカ兵は、三六時間の後には救出された。F中隊四一人中、オバノン中尉ほか一九人が生き残り、E中隊ではド・シュミット大尉が、一七人とともに帰還した。西中佐はクッシュマンズ・ポケットと呼ばれている地点を依然として確保していた。

全体として六日の戦闘は出来ばえのよい方であった。アースカイン少将はばくちに勝った。クッシュマンズ・ポケットを除いては、北海岸までにある最後の主要障害を占領できた。損害は大きかったが、この日の戦果は、それを上まわる重要性を持っていた。

ほかの戦線でも戦闘は激しかったが、アメリカ側の戦果にみるべきものがなかった。第五師団の戦線で、二六連隊は夜明けに砲爆撃の支援を受けないまま進撃を開始した。奇襲は砲爆撃より貴重であり、六日の砲撃でも日本軍堅陣は崩れず、弾薬も不足を告げているおりから、奇襲の価値は増大した。二六連隊は二〇〇メートル近く進み、前日前進をはばんでいた日本軍の拠点を占領し、西村と呼ばれていた北側にある小山の前面に進出した。

日本軍はすっかり沈黙している。海兵隊は慎重に丘を包囲した。爆破班が一つのほら穴を爆破して入口を閉じ、機関銃手が裏にまわって、穴からとび出してくる日本兵をねらい撃ちにした。丘は依然として沈黙しており、海兵隊は、その頂上をきわめた。

その瞬間、小山全体が揺れ、島中に聞こえる大音響とともに爆発した。海兵隊は空に吹き上げられ、衝撃で周囲にいたアメリカ兵も気を失った。一二人の海兵隊員がこの頂上火口の爆発で行方不明になり、戦友が大急ぎで仲間を掘り始めた。気の強い海兵隊も、ばらばらの死体を見て気分が悪くなった。泣きながらこの地域を去ってゆく猛者もいた。日本軍は地下司令部を爆発させ、アメリカ兵四三人の命を奪った。

西海岸では、二八連隊は駆逐艦からの艦砲射撃の支援のもとに、日本軍の抵抗をほとんど受けずに、岩だらけの荒野を五日間で五〇〇メートル前進した。日が暮れる少し前、二度目のガス警報が出され、海兵隊員はガスマスクを付けた。しかし間もなく、それは風が吹き寄せる硫黄の煙と、燃上中の日本軍弾薬倉からのぼってくる臭いだとわかり、警報は解除になった。

七日、水曜日夜明け前、日本軍はロケット砲を射ち込み成功をおさめた。大きな弾体が午前二時、第四師団の北端、二三連隊第二大隊司令部近くで炸裂し、大隊の通信長は戦死、一一名の士官が負傷した。そのなかには大隊長ロバート・ダビットソン、副長のジョン・パドレー少佐、作戦参謀エドワード・ソフィールド大尉、大隊副官、主計主官二名も含まれていた。ウエシンガー大佐は、連隊副長のエドワード・デイロン中佐を第二大隊長として前線に送った。ダビットソンは爆発からひどい衝撃を受けたが、四日後に前線にもどって指揮をとった。パドレーとソフィールドは、もう軍務につくことはできなかった。

第四師団は、七、八両日、日本軍が奇妙に沈黙していることに気づき、硫黄島でめったに使われなかった作戦の準備をした。二三、二四両連隊はしだいに南に進路を寄せて日本軍を二五連隊の前面に封じこめる作戦をとった。アメリカ軍は硫黄島攻略戦で、ただ一度だけ防御戦を闘うことになった。二五連隊が地雷と鉄条網、機銃、三七ミリ砲、六七ミリ迫撃砲をかまえ、日本軍がしだいに圧迫され、二五連隊の方に後退してくるのを待っていた。この地域に海軍部隊を率いて待機していた井上大佐は、まったく別の考えを持っていた。

後方では、アメリカ陸軍が硫黄島の占領を始め、シャネー将軍が島の司令官となり、基地の設営、防空、飛行場運営の責任をとった。陸軍戦闘機が海兵隊の掩護を始め、軍艦は大方ウルタイ島に向かい、沖縄作戦の準備に参加した。巡洋艦ソートレイクシティとタッカルーサが二、三隻の駆逐艦をつれて、硫黄島水域に残った。陸軍守備隊の第一陣が八日に到着、ただちに上陸を始めた。護衛空母六隻はその日、硫黄島を離れ、飛行艇基地も撤収した。第六二海軍建設隊は第二飛行場の整備作業を急いでおり、戦闘は前線だけにかぎられた。すでにアメリカ軍の地歩は固まったが、負傷兵が運びこまれてくる病院と墓場だけは戦争気分がみなぎっていた。

黄第二海岸のすぐ上にある丘で、ナッティング大尉が大急ぎで作業を進めていた。彼は第四師団と海兵隊の上陸部隊の埋葬指揮官であった。サイパンでも埋葬の指揮をとったが、

「こんどは各戦場を通して、一番きれいな墓場を作るぞ」といいばっていた。

墓場のまわりに石垣を作り、三日間で全部の墓に標識をつけようという予定なのだ。

大尉はストンネバーグ中尉を指さしていった。

「この男は、こんどのわたしの助手だが、いっしょにいても何にも役に立たないよ」

ストンネバーグ中尉は悲しかった。というのは、この作業の性質からくる悲しさだけではなかった。ストンネバーグは、軍楽隊の指揮官であったが、この墓のために軍楽隊を解散しなければならなかったからだ。

一日中、作業員は墓場を整理して死骸を運び、きちんと並べた。二人の男が死体を運び、もし右手の指が残っていれば指紋をとった。他のものは、それぞれ首から下げている認識票を外して集めた。多くの死体には、手も認識票も残っていなかったが、そのときには歯とか傷、入れ墨、あざ、指輪類、または軍服についている標識から、身元を認定しようとした。

死体は戦場から運ばれてきたというだけで、どの部隊のものかわからないこともまあった。死体を毛布や雨合羽で包み、墓に収め、ブルドーザーで硫黄島の砂を二メートルかけ、その上に土をばらまいて砂が風に吹き散らされるのを防いだ。

ここでは北方の戦場の音はまったく無視された。上陸三日目以来、ナッティングの墓作り部隊からも五人の負傷者を出していた。墓場でさえも安全な場所ではなかったのだ。

七日午後、飛行機が特別の物資を積んで飛んできた。ホノルルの赤十字が硫黄島のほこりと火山灰の話を聞いて五〇〇個の白いガーゼのマスクを運んできた。しかし海兵隊はそれをつけることをいやがり、「陸軍の兵隊にかけさせてやれ」といって断わった。

上陸部隊司令官シュミット少将は三月八日木曜日中に島の残りを全部占領してしまうよう命令していた。もちろん八日とかぎったわけではなかったが、日本軍の手にはいくらも場所は残されていないから、中間線も主要線も必要でなくなった。ただごつごつした岩山が前方にあり、その先はもう海だった。

二七連隊第二大隊は第五師団の右翼を進み、中央にいる第三師団のすぐ北側にいた。第二大隊は東海岸の北端に迫っていた。E中隊の前進はやがて阻止された。中隊長ジャック・ラマス中尉が小銃隊の前に走り出た瞬間、手榴弾が炸裂して、ばったりと倒れた。二日二晩、絶え間なく戦い続けたラマス中尉は、ここで倒れるわけにはいかなかった。

彼は立ち上がると、体をゆすって前に走り、日本軍機関銃座の上にとびのって、これを破壊した。するとまた手榴弾が炸裂して、ラマス中尉を倒した。こんどは肩を打ち砕かれている。ラマスはまた立ち上がって突撃し、二つ目の日本軍の拠点を全滅させたのち、ふり向いて部下を呼んだ。E中隊が前進し始めると、先頭に立ったラマスは日本軍の陣地から、タコツボへ、またほら穴に突っ込んでいった。

不意にラマス中隊長の近くで大爆発が起こり、岩や泥をはね上げた。ほこりがおさまったとき、部下は中尉が穴の中に立っているようにみえた。しかし、ラマスは地雷で両脚とも失ったのだ。部下は血の海の中に上半身をたてている中隊長を見て唾をのんだ。泣きながらそばに近寄った数人は一瞬、苦しみを止めるためにラマス中尉をうち殺そうか、と話をした。

それでもラマス中隊長は、「進め、進め」と叫び続け、中隊はそのまま前進していった。彼らの涙は怒りに変わり、信じられない話ではあるが、前進不可能な情況下で三〇〇メートル前進し、夜には、海の見下ろせる稜線に達した。疑いもなく真っ黒によごれ、疲れはてた男たちが、ジャック・ラマス中尉の弔い合戦をしたのだった。

驚いたことに、ラマス中尉は、しばらくの間生きていた。部下は中隊長を第五師団野戦病院のテントに運んだが、ラマスは輸血が始まると、にっこりほほ笑んだ。全部で一四ビンの輸血を受けると、その午後、肘で上半身を持ち上げた。「先生、ニューヨーク・ジャイアンツが、いい試合を落としたようなもんですな」と冗談をいった。医者のエバンズ中尉は、この男のスタミナに度胆を抜かれた。七日午後、もう一人の軍医スタックハウス中尉が、何かほどこす手段があるかどうか調べにきた。スタックハウスも、ラマスも、何をしても、もう無駄だと知っていた。ラマスはにっこり笑って目をつぶった。その目はふたたび開かなかった。

前線の別の場所で、二八連隊第一大隊B中隊第二小隊の六番目の指揮官ジングスバーグ中尉も三日しかもたなかった。ミューラー伍長がふたたび指揮をとり、士官のくるのを待った。

その日の暮れ、第四師団の海兵隊は前線にわたって不思議な動きを察知した。井上大佐は海軍部隊でまだ戦える将兵全員を司令部に集めた。井上大佐は、もう一度、摺鉢山に日の丸を掲げる望みを捨てておらず、その晩、つまり三月八日夜を決行の時期と決めていたのだ。

毎月八日は日本が太平洋戦争に突入した日、つまり大詔奉戴日、井上大佐は四月の大詔奉戴日には生きてはいないことをよく知っていた。したがって、その夜が最後の奉戴日であった。

午後十一時、海軍部隊の一〇〇〇人に近い生き残り兵隊が集まった。多くの者は竹槍しか持っておらず、手榴弾と小銃が最大の武器だった。機関銃は幾梃もなかった。なかには地雷を腹に巻き、海兵隊を道づれに爆死しようと決心していたものもいた。

決死隊は南に向かって出発したが、突撃したわけではなく、ゆっくり、静かに匍匐《ほふく》前進した。日本軍の一隊が二三連隊第二大隊の司令部の一〇メートルに近づいたとき、デイロン中佐はまだそこにいた。警報が鳴る前に日本軍水兵は手榴弾を持って突撃、万歳を叫んだ。たちまち大混乱が起こった。海兵隊は照明弾を上げ戦場を照らした。海兵隊の機銃、小銃また迫撃砲が火を吹いても、日本軍はまだ進んできた。担架を持った影がきれいな英語で、看護兵と叫んだ。ついにこの攻撃が打ち砕かれたが、井上大佐は発見できなかった。刀を振りかざし、叫びながら突撃していた姿を見たものはいる。これが井上の最後だったのだろう。

大佐の従兵小安利一兵曹が時計を見ると、午前三時三十分だった。爆弾の穴に入り、ゲートルをまいた。すると一弾がもといた場所で爆発した。たった一人残された小安はどうしたらよいか分からなかった。はるか遠くの方で井上大佐が、「突撃、前へ」と叫んでいるのを聞いた。すると岩や穴の中で友軍が歓声を上げるのが聞こえる。また大佐の「突っ込め」という声を聞いた。そしてすぐその後で、「万歳、万歳」の喚声がわいた。それは確かに井上大佐の声であった。それきり大佐の声は聞こえなくなった。井上は、あと五日で五十歳の誕生日を迎えるところだった。

小安は友軍と出合い、どうしたらよいか相談した。大佐が戦死したことは確かであったが、おたがいに摺鉢山にいくべきかどうかを話し合った。

「摺鉢山にいくとしても、どこにいくとしても、とにかくここは出なければいけない」と一人がいったので、一行は東に這って進んだが、それは摺鉢山とは反対の方向だった。

朝、海兵隊は七八四人の日本軍の死体を数えた。しかし海兵隊も九〇人が戦死し、二五七人が負傷した。硫黄島における、最大の日本兵の攻撃は撃退された。

二〇〇人の日本の海軍部隊が、この夜襲で生き残っており、昼近く海軍の飛行機乗りであった大尉が一同を集めた。

「われわれは戦いに敗れたが、海軍の軍規は依然として存在する。いまからおれが貴様らの指揮をとる」

戦いは終わった。大尉は毎晩、三人から五人の斥候を組んで、洞穴から送り出した。しかし、だれももどってこなかった。ある者は別のほら穴に入り、あるものは傷のために、また病気のために死んでいった。小便を飲んで飢えをしのいだ者もやはり死んだ。

大尉は四月二十九日、天長節まで生きのび、その日、部下にいった。

「われわれはB29を盗んで内地に帰る。われわれが去ったとき、お前たちは自由に行動すればよい」

大尉は海軍軍医長と兵曹長、下士官各一名をつれて去っていった。小安はそのとき、大尉に同行しなかった。ほら穴に残って、夜になるとはい出してアメリカ軍のごみ捨て場から、食べ物を持って来た。

六月のはじめ、小安と三人は筏に乗って逃げることに決め、地下陣地をはい出て、海岸のほら穴に入りこんだ。つぎの朝、アメリカ兵伍長が銃をかまえて、ほら穴に入ってきた。それは陸軍の伍長だった。海兵隊はとっくに、島を去っていたのだ。

井上大佐の最後の突撃が行なわれた晩、豊田連合艦隊司令長官は市丸提督に電報を送り、海軍部隊の勇敢な攻撃を讃え、できるだけ長く島を確保することを要請した。市丸は井上が硫黄島海軍部隊の最後の残存兵力も犠牲にしたとは知らなかった。

九日金曜日、両軍とも消耗したが、日本軍の方がよりひどい痛手を受けていた。第四師団司令部は、井上大佐が東部にいた守備隊の大部分を消耗しつくしたと判断した。千田少将は依然として指揮をとっており、東部戦線と海の間にいたらしい。玉名山はまだ陥落しておらず、ほかにもいくつかの拠点が取り残されていた。しかし東部戦線の日本軍の組織的抵抗は、すでに壊滅していた。第四師団のある部隊は、あまりに多くの犠牲を出したので、再編成しなければならなかった。

ジョーダン大佐の二四連隊は、上陸当時三〇〇〇人の兵力だったが、多くの兵を失い、兵員、器材の補給が必要だった。第一大隊で生き残っていたものは二個中隊に分けられ、A中隊は一三五人、B中隊は一一五人に編成された。

ジョーダン大佐の副官アルブルネリ中佐が、トライテル少佐に代わってその指揮をとった。第二大隊のF中隊、G中隊合計三〇〇人が二五連隊に移った。後方の掃討をしていた第四特別大隊は、クルーレウイッチの指揮のもとに支援部隊となった。

その後三日間、海兵隊の戦線後方に残っている日本軍の大がかりな掃討戦が行なわれた。

一方、第四師団は九日金曜日に戦線の北の端でかなり前進したが、その翌日はさらに七〇〇メートル進み、海岸近くに出た。事実、二三連隊第二大隊の斥候は、三月十日の土曜日に立岩岬海岸に到達し、すぐその南では、二四連隊第三大隊が海まで一〇〇メートルのところへ進出した。日本兵は一人もみつからなかった。中央部で二五連隊第三大隊が南東に進み、午後、南からまわってきた二五連隊第二大隊と会った。玉名山はついに包囲殲滅された。しかし硫黄島を南から北に攻めのぼり、北海岸一番乗りの名誉は、九日早朝、第三師団が獲得した。

その日の午後、二一連隊第一大隊A中隊のコナリー中尉に率いられた二八人の斥候が海岸に達した。斥候は一瞬、高い崖に立ち止まって、灰色にうずまく海を見つめていたが、断崖を下り、艦砲ですでに打ち砕かれていた洞穴陣地やトーチカを通り過ぎた。人気はなく、アメリカ兵は海に走って、よごれた顔を海水で洗った。二、三人は靴をぬぎ、冷たい水で足を冷やした。二〇〇人の兵力で上陸した中隊のうち、わずか三人がここまでやってこられたことになる。海兵隊全員がこのために戦ってきたのだ。そしてA中隊が一番乗りの栄誉を獲得した。

この斥候が海岸について一〇分経ったとき、ふいに迫撃砲弾が炸裂し、二弾目が海兵隊の真ん中に落ち、七人が傷ついた。戦友が負傷兵を岩場に運んだ。コナリー中尉は第一大隊長スモーク中佐と連隊副官に無線電話で連絡をとった。

連隊副官は、これがまさに海兵隊の歴史の一ページを飾る一瞬だと気負って、コナリーに、「その証拠になる海水を飯盒に一杯くんでこい」と命じた。

中尉は、「そういたします」と答えた。斥候がもどってスモーク副官に水を渡した。連隊長のウィザース大佐は、「ごまかしだと思う奴もいるからな」といった。

するとスモークは、「なめてごらんなさい」といった。

ウィザース連隊長はひとくち飯盒の水をなめ、唾を地面に吐き出した。もう疑う余地はない。そこで自ら筆をとってアースカイン師団長に報告を送り、「勝利のためでなく、点検のためだ」と報告をした。第三師団は海に到達し、日本軍は二分された。

第五師団も海岸近くに迫っており、前線と北の岬の間には、島の中で一番足場の悪い場所が残されていた。稜線と谷間がつらなり、砕かれた岩が、戦車やブルドーザーの進出をくいとめていたうえ、洞穴陣地と塹壕が丘の斜面に掘られていた。ロッキー師団長は砲兵の擁護を一時間受けたのち、一割の兵力が進撃するよう命令した。

ハチクロット中尉とギンスバーグ中尉はつれだって、二七連隊予備隊を出発した。戦死者が出るたびに、ギンスバーグとハチクロットは重い任務を引き受けることになった。ギンスバーグは三月五日、二八連隊第一大隊B中隊第二小隊長として前線にいったが、三日の後に戦死した。ハチクロットは三月九日に前線にいって、一五人目の指揮官として第一小隊の指揮を掌握した。二日後にミュラー伍長から第二小隊の指揮をひきついだが、小隊とは名ばかり、兵隊はほとんどいなかった。その日、ハチクロット中尉も戦死した。もうこうなると、階級にとらわれている余裕はなく、両中隊を合わせて一等兵が指揮をとった。

ハチクロット小隊長が前線におもむいた日の午後、二七連隊第一大隊長ドルヤー中佐は、右翼にいる二七連隊第二大隊のアントネリー少佐と二人で、前線の視察に出かけた。二人は防御陣地が東ではなく北にあると判断し、歩いてもどろうとした。ドルヤーは岩の上に座っていた伝令を呼んだ。その若い兵隊は、「はい、そちらにいきます」と答えた。一歩踏み出したところで、その体がこなごなに打ち砕かれた。戦車をしとめるために、日本軍が地面に埋めていた六インチ海軍砲弾の信管を踏みつけたのだ。

その弾丸の大きな破片がドルヤー大隊長の左腕の肘から先をもぎ取り、もう一つの破片が左膝を砕いた。アントネリー少佐も砂で目がくらんで倒れた。ドルヤー中佐は意識があり、体の下に入ってしまった左脚が見えないので、脚を失くしたと思った。しかし攻撃が続いていることを考え、部下に、

「こちらにこい、こちらにこい。逃げるな」と叫んだ。そして右の腰にぶらさげていたはずのピストルに手をのばそうとしたが、腕はいうことをきかなかった。

一人の大尉が看護兵をつれて走ってくると、ドルヤーとアントネリーの両大隊長を担架にのせた。担架からぶら下がっていたドルヤーの左脚を、一発の弾丸が切り落とした。中佐は四日間大隊長をつとめただけで、戦列から離れることになった。アントネリーも同様だった。

二七連隊は陸軍のP51戦闘機の支援を受けたにもかかわらず、一日かかって一メートルも進めなかった。P51戦闘機が確かな精度で谷間を銃撃するのをみて、海兵隊はすっかり敬服した。しかし戦果はあがらなかった。

十日の朝、後方にいた兵隊が前線にやってきた。一〇〇人あまりの砲兵が小銃をにぎって

二八連隊第三大隊に加わったが、そのうち五九人が負傷し、また二六連隊第三大隊に編入された九八人のうち五八人が負傷した。トラクター大隊からも五五人が前線にいき、二七連隊第二大隊に入り、第五機動輸送大隊の一〇四人も、二八連隊第一大隊に加わった。

ターナー提督は九日の金曜日、麾下の部隊を二つに分けた。攻略戦で、海軍の受け持つ部分は終わったからだ。ターナー提督は旗艦エルドラドにのってグアム島に向かい、空母オーバーンに座乗するヒル提督を残留海軍部隊の指揮官として残した。大型空母エンタープライズも日没に出発した。いまや、陸軍が硫黄島航空隊の指揮をとっている。

九日夜（日本時間三月十日）に、航空戦の歴史が作られた。三三四機のB29がマリアナから出発。三時間かかって編隊を組み、北進を続けて初の東京大空襲を試みた。偵察機が夜半少しまわったころ、目標をマークすると、B29が三〇〇〇メートルの低空で東京に侵入して一六六五トンの焼夷弾を落とした。この大都市の西部一面が火の海になった。帰途についた飛行機の最後尾に座っている機関銃手の報告によると、二五〇キロ離れても赤く焦げた空がまだみえていたという。風が強かったせいもあり市街の四一平方キロが朝までに破壊され、八万四〇〇〇人が死んだ。二六万五〇〇〇棟が消失、一〇〇万人が家を失った。

西側世界の歴史の中で、これほどひどい焼夷弾攻撃はみられない。この攻撃は紀元六四年にネロがローマに火をつけたよりも、一六六四年のロンドンの大火、一八一二年のモスクワの火災、一八七一年のシカゴの大火事、一九〇六年のサンフランシスコの地震などのいずれより残忍であった。これはヨーロッパ、日本を含め、戦争中最大の破壊攻撃で、その惨状は筆舌につくし難いものであった。

損害を受けたB29の二機が硫黄島に着陸し、一四機が海に落ちた。そのうち五機の乗組員は助けられた。

日本国民は戦意をくじかれたが、硫黄島での戦いは続いていた。これほどひどい焼夷弾攻撃のあったことを知らない栗林中将は父島に電報を送り、

「わが軍は依然として勇猛果敢に戦いを続行し、拠点を確保している。P51の攻撃は激しく、その状景は筆舌につくし難い」と報告した。

海岸では海軍の上陸用舟艇が輸送船に横づけし、重傷を負った軍曹を収容していた。もう一艘の海軍大佐の乗ったボートが、上陸用舟艇のキャプテンに負傷者をもらえないかと交渉していた。アンダーソン大佐は、一人息子を自分の艦に運んで行きたかったのだ。その少年は両足と片腕を地雷で失い、死にかけていた。息子は父親に、「気分は悪くないよ。お母さんがこれを聞いたら、なんと思うだろう」といって息を引きとった。

海軍の従軍牧師が、ワシントンのアンダーソン夫人に戦死を知らせたとき、夫人はいった。

「私の主人でしょうか、息子でしょうか」

従軍牧師は、「息子さんです」と答えた。

「人間の力がおよばない大きな力がしろしめしたものです。私どもの息子には、もう地上では会えなくなりました」

夫人は服を着かえて看護婦の服装をすると、いつものように志願看護婦としてベテスダ海

軍病院へ出かけていった。

三月十日、土曜日の夜、第三師団は海岸の八〇〇メートルを確保した。日本軍は、完全に二分された。栗林中将は硫黄島の北端の二・五平方キロの地点に閉じ込められ、千田少将も南東の小さな陣地にたてこもっている。恐ろしい二週間が過ぎた。

上陸海岸は混乱していた。損害総計二七七〇人の海兵隊員が殺されたり重傷を負い、八〇五一人が怪我をし、一一〇二人が疲労のため命を失った。一四日間の戦闘で一万二〇〇〇人の損害が出た。摺鉢山に星条旗がかかげられたときが戦いの始まりだったのであり、しかもまだ終わっていない。

第三週の終わりまで島に残っている特派員はほとんどいなかった。彼らは沖縄戦の準備をしている部隊に従軍した。アメリカ本国の関心は、ドイツに進む連合軍の勝利だった。ジョージ・パットン中将の率いる戦車がドイツの町をつぎつぎに占領し、一二時間で五〇キロ近く前進したこともあった。アメリカ第三陸軍は、ライン河にそってドイツ領内に八〇キロ侵入し、コブレンツとボンが陥落するばかりになっており、ソビエトの赤軍七軍団がベルリンにせまっていた。

太平洋ではB29が三月十一日の日曜日、名古屋を消滅させた。その帰途、七機の傷ついたB29が硫黄島に不時着した。なかには、わずか二つのエンジンで飛んできたドリーム・ボートがいた。理論的には、二つのエンジンでは飛べないことになっていたが、ドリーム・ボートは、とにかく二つのエンジンで硫黄島にたどりつき、動かないエンジンの一つを修理すると、エンジン三基でグアム島に飛んでいった。新聞は、このことも硫黄島の戦闘のことも、ほとんど報道しなかった。

しかし戦いは続いていたのだ。第三師団は六日かかって、つまり十一日の日曜日から十六日金曜日までかかって、クッシュマンズ・ポケットを殲滅した。上陸日、第三師団にいたような元気な兵隊がそのころ残っていれば一日か二日でやってのけた戦であった。生き残っていた二、三人の正規の海兵隊も疲れており、弾薬も少なく、交替で補充された兵隊は経験に乏しかった。

大砲を載せたキャタピラ付トラック、ハーフトラック、強行破壊班がじわりじわりとつめ、日本軍を二五〇メートルの正面にまで追いつめた。砲兵隊がとくに作った発射台から零照準でロケットが発射された。二〇本ロケットをたばねた三三〇トンの火薬を一斉に射ちこんだが、一〇回これをくり返しても、日本軍の砲火は前と同様の激しさで反撃してきた。十六日金曜日、二一連隊第一、第二両大隊が火炎放射器を備えた戦車で一斉射撃を試み、ついにこの陣地を制圧したが、西大佐はまだ生き残っていた。

今は俘虜になってアメリカのために働いている西のかつての部下が、「西さん出てこい」と叫んでいるのが聞こえた。同じとき、本土では、西タケ子夫人と一番下の娘広子が茅ヶ崎にきて、病気の親戚を見舞っていた。暗い町の中を歩きながら、夫人はラジオが硫黄島の守備隊は玉砕したと放送しているのを聞いた。タケ子夫人と広子は海辺を歩いていたが、夫人の頬にはとめどなく涙が流れ、硫黄島の方向を見つめていた。

しかし中佐はまだ死んでいなかった。西中佐は生き残っていた六〇人の部下全員をひきつれ、三月十九日の午前、東海岸の高地、銀明水に向かった。三方向にトンネルを掘った司令部には、三〇〇人の負傷者がおり、二日分の食料が残っていた。西部隊は死を決して総攻撃を行なうと、父島に最後の報告を送った。

西中佐が戦死したときの詳しい事情は分からないが、いくつかの推測は成り立つ。二十二日に自決したこと、オリンピックに使った鞭を片手に、ウラナス号のたてがみを胸のポケットに納めたままなくなったこと、また別な推論は北海岸に続く崖の上で切腹をとげたこと、また第二飛行場で機関銃弾をあびて倒れ、ピストルを頭にあて副官にむかって、「わたしを宮城の方向にむけろ」といって自決したことである。

タケ子夫人は今でも生きているが、つぎのように信じている。中佐が確実に死ぬ方法は耳に弾をうちこむことだとしばしば語っていたことから、切腹したとは思えない。また飛行場の滑走路で死んだのでもないだろう。それは毎晩、硫黄島の爆撃機に踏みつけられていると考えたくないからだ。タケ子夫人は北側の断崖のふもとで死んだと、むしろ考えたい。それは太平洋の波が遺体を洗い去っていくからだ。

同じ週に第四師団が東の残された部分を制圧したが、北海岸との間の円型の岩場は頑として陥落をこばんだ。捕虜によると、千田少将は三〇〇人の兵力とともに生き残っているという。ここから大きなロケット弾がまた飛んできた。

十二日月曜日の朝、ケイテス師団長は二時間攻撃をやめ、拡声器を使い日本語で千田に呼びかけた。ケイテスは千田将軍と守備隊の健闘をたたえ、「硫黄島はすでに陥落しており、これ以上抵抗しても何も得るところがない」と伝えようとした。しかしケイテスの言葉は伝わらなかった。というのは、拡声器の電気を作るガソリン発電機が動かなかったからだ。

攻撃はふたたび始められ、四日間続いた。しかし、この地区の最後の組織的抵抗は、三月十六日金曜日に終わった。千田少将の遺体はみつからなかった。俘虜の話によると、十四日の水曜日に自殺をとげたという。六日間の戦闘で第四師団は八三三人の損害を出した。

## 陥落の後にくるもの

三月十一日、日曜日までに、栗林将軍は一五〇〇人の部下がまだ残っていると計算した。日本軍は硫黄島の一番地形の悪い、北西海岸の北の岬にある二・五平方キロの地点に追いこまれていた。ここは砕かれた溶岩が海辺まで走り、この地域で最も難攻不落だったのは北の岬の南西方の一画で、海兵隊は〝谷間〟とか〝死の谷〟と呼んでいた。そこが日本軍の最後の拠点となった。

〝谷間〟は長さ七〇〇メートル、幅二〇メートルから五〇〇メートル、その底は無数の溝で刻まれ、一面が岩でおおわれており、その間に機関銃、迫撃砲、小銃陣地が築かれていた。しかも、これらの火器はいずれも巧みな十字砲火をつくり、煙も光も出さない日本軍弾薬が大きな利点を加えていた。どこから弾が飛んでくるのか識別するのは不可能だった。

リバセッジ大佐の率いる二八連隊には、擂鉢山の戦闘から生き残っている強者が、まだ二、三人おり、西海岸を進撃していた。この連隊はほとんど抵抗を受けずに進み、十四日水曜日、〝谷間〟を見下ろす最後の稜線を確保した。リバセッジ連隊長は、第五師団の他の部隊が中央部と東側から攻め進んでくるまで、ここを確保するよう命令されていた。

ウォーンハム大佐の二七連隊はその週、戦線東端で装甲ブルドーザーや火炎放射器付戦車の支援を受け、大幅に進んだ。戦車はそのころ、一日当たり一万ガロンの燃料を火炎放射器のために消費していた。一方、海兵隊の損耗も激しく、十二日月曜日、第二大隊は狭い地域に閉じ込められ、ついに退却した。大損害をこうむり、ふたたび戦うことはできなかった。

十四日水曜日、第一大隊は九日間で三人目の指揮官を失った。バトラー中佐は首をはねとばされ、ドルヤー中佐も地雷で戦死、タンベルトン少佐は左腕の手首と前腕を弾丸で撃ちぬかれた。二七連隊は十七日土曜日、再編成されなければならなかった。そこで残存した兵隊はドン・ロバートソン中佐の指揮下に入り、四七〇名の特別大隊となった。ロバートソン中佐は二七連隊で、上陸日から、戦いぬいてきたただ一人の大隊長だった。

P51戦闘機は木曜日に、最後の地上攻撃に飛び立ち、つぎの日、第五師団は最後の砲撃を試みた。というのは、海兵隊の歩兵が日本軍に近距離まで肉薄しているので、これ以上砲撃も爆撃もできなかったのだ。数の上では、海兵隊戦線前面よりも、後方にとり残された日本軍が多くなった。

闘いも昼間より夜の方が激しく、闇のなかでは味方の識別は不可能となり、アメリカ兵は動くものには、何でも射撃を加えた。二八連隊第二大隊E中隊の破壊班シンプトン二等兵は三人の日本兵が、戦線の背後で鉄条網の下にもぐりこんだところを見つけた。シンプトンの投げた手榴弾が炸裂すると、腕や足が空中に舞い上がった。シンプトンは隣りのタコツボにいた戦友のフエルトマイヤーと歩哨を交替した。一五分たって、日本軍の手榴弾が穴に降ってきた。フエルトマイヤーは、両目をやられて後方に送られた。

つぎの日、シンプトンは胃袋を撃ちぬかれたが、彼の補充はE中隊に送られてこなかった。

フォウチ少尉が三月十一日、二八連隊第一大隊E中隊第一小隊の指揮をとった。上陸日から数えて七人目の指揮官であった。フォウチは二十一歳で、士官大量生産工場、特別士官候補生学校の出身、二七連隊予備大隊の五四名の少尉と、一二〇〇名の兵隊といっしょに上陸、待機していた。予備大隊は前線の損害がひどくなったため、いくつかの班に分かれて戦線についたのだった。

フォウチは田原坂（三六二A高地）の戦闘に間に合ったが、背中を流れ弾で怪我をした。しかし後方に送られることを拒否した。少尉は夜、硫黄を採掘した跡の穴にもぐりこんでいると、あたたかみで背中の傷が早くなおるような気がした。

そのころ予備士官学校の同期生はほとんど戦死していた。アル・ガルシア、ダニー・ギンズバーグ、レス・ハチクロフトたちである。ハイドマンが重傷で意識を失いハチクロフトが殺されたときに、フォウチが小隊の指揮をあずかった。三日の後、第二小隊も、一〇人目の小隊長が戦死し、兵員はフォウチの麾下に組み入れられた。フォウチがひきつぐ前に小隊長をしていたキャッセル二等兵は戦死、最後の正規の小隊長はハチクロフトと記録されている。第二小隊員は三人になった。そのうち二人は二等兵で一人はミュウラー伍長。いずれも最初からこの小隊にいたものではない。四五人は戦死したか、あるいは戦線から去り、補充された三人が残っていたのだ。

二日後、稜線の手前にあったタコツボに、射程を誤って発射されたバズーカ砲弾が落ち、二人の二等兵も戦死、ミュウラー伍長も強烈な爆風を浴びて倒れた。フォウチ少尉は自分のタコツボにミュウラーを運び、暗くなるまで待って後方に運んだ。これが第二小隊の最後であった。それはフォウチは稜線に残ったが、その晩、海兵隊の間に反乱が起こった。部下たちが、「前後から撃たれてはたまったものではない。後方に行こう」といい出したのだ。

フォウチ小隊長は、「後方に下がるにしても、狙撃兵に撃たれてしまうし、せっかくここまで稜線をめがけて苦戦してきたのだ。いまあきらめてしまうことはない」と必死で部下をさとした。とうとう伝令チャールズ・アレルトがいった。

「フランク、おれはあんたと一緒にいよう」

「ありがとう。チャック」

少尉は短く叫んだ。後方にもどりかけた兵隊の動きが止まり、小隊は全員そろって稜線に残った。疲れはてた一群の兵隊は、稜線の上と下でこの戦線を最後まで確保し続けた。

三月十三日、二六連隊から出た斥候が栗林兵団長のすぐ近くまで来て、中将が座っている〝谷間〟左端に近いほら穴をのぞきこんだ。中将の従兵は大急ぎでローソクを吹き消し、中将を毛布にくるんだ。「ありがとう」と中将はいって、ほら穴の奥へ歩いていった。火炎放射器を持った海兵隊員は、ほら穴の中にわずかに進んだが、やがて向きを変えて出ていってしまった。従兵はため息をついた。

つぎの夜、歩兵第一四五連隊は部隊としての機能を失った。栗林中将は池田大佐に尋ねた。

「軍旗はいつまで安全であるか」

「おそらく、一日でしょう」と池田は答えた。数百人の兵隊が、連隊の名誉のために戦死し、わずか六人が軍旗を守っているに過ぎない。

栗林は静かに答えた。

「軍旗を焼きなさい。敵の手に軍旗を渡してはならない」

池田大佐からの最後の報告が来た。

「軍旗を焼いています。さようなら」

三月十六日の午後四時、一四五連隊第二大隊の山田義男上等兵は、北の岬の東で第三師団に捕まった。山田は、池田大佐が司令部近くの洞穴にまだ生きているから、そこに手紙を持っていこうと申し出た。

アースカイン第三師団長は、「これはやってみても悪くない」と思った。栗林は降服には反対するだろうが、池田からそのような申し入れがあれば、同意するかも知れないと考えた。

つぎの朝、山田とほかの日本兵俘虜が北の岬近くの海兵隊の前線を越えて、池田連隊司令部に向かった。アースカイン少将の手紙と海兵隊のウォーキー・トーキー（携帯無線機）を持っていった。午前中、二人はアースカイン師団司令部に報告を送ってきたが、やがて、それも止んだ。二人目の男が無線機をもって後方にとどまり、山田だけが日本軍に近づいた。山田は池田大佐が隠れていると見られるほら穴をみつけた。しかし恐ろしくなって、自分ではほら穴の中に入って行かなかった。そこでアースカインの手紙をほら穴の入口を守っていた上野康男一等兵に渡した。上野はほかの二等兵にそれを渡して、ほら穴の中に持っていくよう言いつけた。

三〇分たって二等兵はもどってきた。そして大佐にその手紙を渡したといった。池田はそのとき、「俘虜からの手紙か」と呟いたが、とにかく栗林に報告したという。

山田はしばらく待っていたが、ますます怖じ気づき、ウォーキー・トーキーを持って残してきた戦友のところに駆けもどった。そして無線機を通して司令部に向かっているが、まだ到着していないと報告した。しかし道に迷って、ついに第五師団の戦線に踏みこんだ。二人をつかまえた情報士官は、その話に驚いてアースカイン司令部に確認した上で、やっと日本兵の言葉を信じたという。しかし、池田大佐の手にその手紙が届いたかどうか確認するすべはない。いずれにしても、勧告が受け入れられなかったことだけは確かだった。

三月十七日の夜、将軍は最後のメッセージを大本営に送った。

戦局は最後の関頭に直面せり。

敵来攻以来、麾下将兵の敢闘は真に鬼神を泣からしむるものあり。

特に想像を越えたる物量的優勢を以てする陸海空よりの攻撃に対し、宛然徒手空拳を以て克く健闘を続けたるは、小職自らいささか悦びとする所なり。

しかれども飽くなき敵の猛攻に相次で斃れ、為にご期待に反しこの要地を敵手に委するの外なきに至りしは、小職の誠に恐懼に堪えざる所にして、幾重にもお詫び申し上ぐ。

今や弾丸尽き、水涸れ、全員反撃し最後の敢闘を行なわんとするにあたり、熟々国土の恩を思い、粉骨砕身もまた悔いず。

特に本島を奪還せざる限り、皇土永遠に安からざるに思いを致し、たとえ魂魄となるも誓って皇軍の捲土重来の魁たらんことを期す。

ここに最後の関頭に立ち、重ねて衷情を披瀝すると共に、ただ皇国の必勝と安泰とを祈念しつつとこしえにお別れ申し上ぐ。

なお父島、母島などについては、同地麾下将兵いかなる敵の攻撃をも断乎破砕し得ることを確信するも、何とぞ宜しくお願い申し上ぐ。

おわりに駄作をご笑覧に供す。何とぞ王斧を乞う。

国のため重きつとめを果し得で
　矢弾尽き果て散るぞ悲しき
仇討たで野辺には朽ちじ吾は又
　七度生れて矛を執らむぞ
醜草の島に蔓子その時の
　皇国の行手一途に思う

硫黄島の玉砕は十六日夜、日本中に発表された。小磯国昭首相がラジオを通じて、つぎのように述べた。

「硫黄島の損失は、戦局全体を通じて最も不幸な出来事である。国民一人一人、国を守るために決意を燃やさなくてはならない。日本人がたとえ最後の一人になろうとも、われわれは敵の大望を粉々に打ち砕く。われわれは最後の勝利まで断固戦うのみ」

同じ日に帝国陸軍は、栗林を大将に、市丸を中将に、井上を少将、西を大佐にそれぞれ昇進させた。父島はこのニュースを栗林に伝えたが、受信の確認はなかった。

その朝早く、栗林は最後の命令を発していた。

一、戦局は最後の関頭に直面せり。

二、兵団は本十七日夜総攻撃を決し、敵を撃滅せんとす。

三、各部隊は本夜零時を期し、各当面の敵を攻撃、最後の一兵となるも飽くまで決死敢闘すべし。己れを顧みるを許さず。

四、予は常に諸子の先頭にあり。

その夜、万歳突撃はなかった。海兵隊は前線で何もかわったことに気づかなかった。栗林兵団長は四〇〇名の部下をつれ、壕を出て〝谷間〟南西端に移動し、波打ち際近くのほら穴に入った。

翌十八日〝谷間〟の入口にあった大きなコンクリートの要塞を爆破した。これは硫黄島に残された最後の砦であり、明らかに栗林中将が以前に司令部として使用した地点にあったものだ。戦車に付けたブルドーザーで通気孔を閉じ、歩兵が二日かかって七五ミリと二〇キロ爆薬を投げこんでトンネルの一部を破壊した。要塞そのものはびくともしなかった。ついに工兵隊が、総計四三〇〇キロの爆薬を五回にわたって仕掛け、やっと破壊した。この大爆発は全島をゆさぶった。

父島に対する栗林中将の報告はまだ続いていた。

「二十一日にはわが将兵は依然として戦っておる。味方から二〇〇ないし三〇〇メートルに敵戦線があり、敵は戦車をもって攻撃している。敵は拡声器で降服を勧告しているが、日本軍はこれを子供らしいだまかしと一笑にふしている。われわれは敵の手中におちいることはない」

降服呼びかけは、二八連隊の日本語士官をしていたジョン・マックリン中隊の一隊によって行なわれた。一人の俘虜が、栗林中将が隠れていると思われるほら穴に案内した。マックリン中隊は五時、谷間に下り、海兵隊戦車がそのあたり一帯を攻撃するのを待って、将軍に降服するよう呼びかけた。回答はなかった。

三月二十三日、硫黄島守備隊から最後の報告が受信された。栗林兵団長自身から発せられたものだったのかも知れない。「父島の全将兵さようなら」

将軍の遺体はじめ、市丸少将、池田大佐の遺体は発見されなかった。前日、市丸少将の末娘、九歳の三枝子とほかの子供が、日本放送協会の東京スタジオから硫黄島の父親に向け、特別放送を行なった。彼女は市丸少将に、「一生懸命勉強しますから、硫黄島のお父さんも一生懸命戦って、お国を守って下さい」と訴えた。

日本軍陣地は五〇メートル四方の地域となった。三月二十五、二十六、二十七日、また二八連隊から選ばれたフォウチ少尉を含む海兵隊の一隊が、この日本軍の陣地に攻めこんで日本軍守備隊にとどめを刺した。硫黄島の闘いは終わった。

フォウチやB中隊の若い士官は少なくとも一回は負傷していた。フォウチ少尉は三個小隊の生き残りを集めて指揮をとっていたが、そのうち第三小隊はバーク一等兵が八日間も指揮をとっていた隊だった。これは珍しいことではなく、師団のどの中隊にも同じような話が残っている。バークも下腹に破片を受け、まっすぐ立ち上がることができなかったのに、最後まで後方に退かなかった。しかしバーク一等兵の場合は例外ともいえた。上陸第一日目に、砂浜に揚がってからずっと戦い続けていた。そんな兵隊はめったにいなかった。

最後の日、スースレイ一等兵は命を落とした。スースレイはローゼンソールが撮った摺鉢山の写真でヘイズのすぐ隣りにいる。彼は摺鉢山から北端まで戦い続けてきたが、戦いが終わり、師団が引き上げるわずか四日前に溶岩の中に倒れた。インディアンのいったことは正しかった。スースレイがくたばったのだ。ヘイズはそこにいなかった。意地悪をいったインディアンはハーモニカでタップを吹いた。しかしそれはスースレイのためだけではなかった。全海兵隊のために演じたのだ。スースレイのためだけではなかった。

その背後で、陸軍の第一五戦闘機連隊が三月十一日の日曜日から小笠原諸島に対して本格的な攻撃を始めた。最初の攻撃はムーア将軍が観戦する中で一六機のP51が出撃、父島、母島に八トンの爆弾を落とした。その後連日、小笠原諸島の飛行場と港に攻撃が加えられた。

第三一海軍建設隊は三月十二日、摺鉢山の山頂までとどく道路を完成、二〇トンのブルドーザーを頂上に上げて歓声を上げた。二九人の部下をつれたパーセル曹長は六日間でこの作業をやりとげた。荷揚げ作業は港湾指揮官のもとに行なわれ、海軍は碇泊地のまわりに防潜網を下ろし始めた。陸軍の水陸両用トラック中隊は海兵隊の指揮を離れて、硫黄島陸軍の指揮下に入り、最後の護送空母も硫黄島を離れた。また輸送船が五八人の俘虜を乗せ、グアム島に向かった。ブルドーザーが第二飛行場で作業を進め、島の中央にある高地をけずっていた。数日前まで、日米両軍の血でまみれた中央部高地を平らにするのだ。

巡洋艦ソートレークシティとタッカルーサは三月十二日、何日間にもわたった艦砲射撃を終えて硫黄島水域を去った。翌三月十三日、〝かま〟と〝監獄岩〟が占領された。しかし、そこには日本兵は一人もいなかった。また大阪の二〇平方キロに焼夷弾攻撃を加えたB29八機が不時着した。海軍建設隊の二個大隊と陸軍の守備隊が到着した。

前線では第五師団から、さらに二人の海兵隊が勲章をもらったが、後方では第五師団が船団に乗り始めていた。兵隊の服装もきれいになった。よごれた服やこわれた装備は、新しいものと取りかえられた。第五師団の病院にはそれでも毎日二五〇人の負傷者が運ばれてきたが、一日に五〇〇人も殺到したころからみると、祭りが終わった後のような淋しさだった。

陸軍輸送司令部は、「硫黄島の負傷兵が毎日二五〇人ずつ飛行機で、マリアナ経由でハワイに運ばれ、いたれりつくせりの看護を受けている」と発表した。

三月十四日、水曜日午前九時三十分、かねて予告されていたとおりに式典が始まった。摺鉢山が太陽に輝いており、式場は暖かかった。風と北方の砲声がときに式辞をかき消した。言葉は聞きとれなくても、演説の内容はだれにも分かった。硫黄島における公式の国旗掲揚式だったからだ。

その日の旗手、儀仗隊はきれいな軍服を着てピカピカの鉄かぶとをかぶっていた。将軍たちは、どんな仕事も後まわしにして式にかけつけた。上陸軍団司令官スミス中将は、鉄帽をかぶり、飛行士のジャケットを着ていた。旗竿のそばに上陸直接支援部隊司令官ターナー海軍中将とヒル少将、アースカイン、ケイテス、ロッキーの各師団長が並び、ジャネー少将が陸軍を代表して参列していた。その列に向かい合って各師団から八人ずつ出されていた儀仗隊の二四人が整列。彼らの着ている戦闘服は洗濯したてというだけで、ひどくすり切れていた。

敵前上陸部隊を代表して、ディビス・スタッフォード大佐が式辞を読み上げた。

「アメリカ太平洋艦隊司令長官、太平洋方面総司令長官、アメリカ海軍大将チェスター・ウイリアム・ニミッツはつぎのように宣言する。わが麾下のアメリカ軍各部隊は火山群島の島島を占領した。この島における日本帝国政府のすべての権益は、ここで停止せられる。軍政長官を兼ねる小官がすべての権限を掌握し、指揮下にある各司令官によって実施される」

これが読まれている間、ビアギニ一等兵は大佐の肩ごしに二人の海兵隊が、担架で戦友を運んでいる姿を見た。テントの病院の前まできて担架をゆっくり地面に置くと、その両端に静かに腰を下ろした。大佐の朗読は続いている。

「小官の権威によって伝えられるすべての命令を守り、占領に対する違反は厳しく罪せられる。

硫黄島において。一九四五年三月十四日」

ジム・フランチェスチニ伍長は正気にもどった。式典の間中、向こう側にある墓場のことを考えていた。通りすがりに埋葬式を垣間見て悲しくなった。

トーマス・キャサール一等兵は、二六メートルの大旗竿に近づいた。アルバート・ブッシュ一等兵とアンソニー・イエスティがいっしょにきた。一人が旗をもち、ほかの一人が旗を紐に結び付けた。

ラッパ手のジョン・グリン一等兵は気がいらだって、口の中がからからに乾いた。しかし国旗掲揚の曲は流れ、ケサールが旗を上げた。

近くにいた全員は、立ち上がって敬礼した。あたりはしんと静まりかえり、働いていたもの、歩いていたもの、話をしていたものすべて不動の姿勢をとった。はるか北方では空に黒い煙が立ちのぼり、さらにその左では一〇五ミリ砲が砲撃している。旗は旗竿の上まで上がった。同時に、もう一つの旗が下げられた。それは摺鉢山頂上の星条旗だった。

式典は終わったが、しゃべるものはいなかった。士官も兵隊も黙って歩いていった。スミス将軍は目に涙をためて副官に語った。

「ここが一番骨が折れたな」

同じころ、はるか北のほら穴の中で、栗林中将は小学生が歌う硫黄島守備隊の歌を聞いていた。それは硫黄島守備隊に送られた東京の特別放送だったが、歌は栗林中将の故郷の少年少女が勝利を祈る言葉で終わっていた。栗林は日本の国民に送る感謝の言葉を打電するよう命令した。

十五日、第二飛行場が使用され始めた。滑走路はまだ舗装されておらず、作業も終わっていなかったのに、とにかく離着陸は可能だった。海軍建設隊の〝お偉方〟がグアム島から飛んできて、摺鉢山の頂上へブルドーザーで登っていった。

三月十六日、航空ガソリン用の四〇〇〇〇バレルの大タンクが完成した。第五師団の工作兵が、兵器の梱包を作り始めた。このときまでに、師団は八九人の士官と、一九三三人の下士官を失い、その戦力は三〇パーセントに落ちていた。

毎日、多くの日本兵が降服したり、捕えられたりした。西脇徹中尉、東政雄少尉は十六日に田原坂（三六二A高地）の前に従兵をつれて出てくると、軍刀を第三師団付E・フート大尉と九連隊のローレンス・ビンセント中尉に手渡した。

西条寿一はついに降服することができた。西条軍曹は三発撃ったとき、海兵隊下士官が「やめろ」と叫んだ。彼は無事だった。軍曹は二回負傷し、腹がすき、喉が渇いてたまらないところに、アメリカ側の宣伝放送が聞こえてきた。いずれは投降したかったが、裸にされるのが嫌だった。しかし、もう考えている余裕はなかった。また父親が一五年間ロサンゼルスの電話会社で働いていたので、アメリカについていくらか知識を持っていた。西条は独立歩兵第三一一大隊の機関銃中隊第三小隊にはもう武器は残っていないと告げた。はじめ重機関銃四基、海軍の二五ミリ対空機銃三〇梃を装備していた。

十六日午後、ケイテス少将は第四師団の墓地で戦死者一八〇六名の追悼式を行なった。墓地では、まだ兵隊が白木の十字架に白ペンキを塗っていた。この墓場はナッティング大尉が望んでいたように、きれいな墓地になることだろう。その隣りには第三師団の墓場があり、飛行場の反対側に第五師団の墓場があった。どの墓地も日が経つにつれ、混み合ってきた。

「わたしは、戦場に倒れた戦友を弔う適当な言葉を知らない。しかしわたしは君たちに約束する。われわれはかならずこの軍旗をもって前進する。君らはわれわれを生かすために死んだのだ。われわれは決してそれを忘れないだろう。君らの魂が安らかにここに眠るように」

三月十六日、午後六時、硫黄島占領が公式発表され、二六日間と九時間にわたる戦いの終わりが宣せられた。もっとも第五師団は、その日だけで一三四名の損害を出し、あと一〇日間闘いが続いた。

その夜、三〇七機のB29が二三五五トンの焼夷弾を神戸に落とした。新型油脂焼夷弾を全部使いつくしたために、旧式の焼夷弾が使用された。日本の六大都市は大損害を受け、二六六九人が死に、一一万二八九九人が傷を負い、六万六〇〇〇棟が焼失、二四万二〇〇〇人が家を奪われた。

ミッチャー提督は、ルメイ将軍に電報で、「われわれは、麾下の部隊と同じ地域で作戦することを誇りに思う」と伝えた。一三機の傷ついたB29が硫黄島に着陸したが、海軍建設隊は懸命に作業を進めており、不時着機を見上げる余裕もなかった。ルメイはいった。

「硫黄島のおかげでおれは仕事がやりやすくなったよ」

太平洋艦隊司令長官ニミッツ提督は、硫黄島作戦の終結を発表する特別の新聞発表を行なった。海兵隊は硫黄島で四一八九名の戦死者と、総計一万九九三八名の負傷者を出し、海兵隊の歴史始まって以来、一六八年間で最も激しい闘いであったことを明らかにした。ニミッツは陸海軍の健闘をたたえた。とくに海兵隊を高く賞讃し、今でも海兵隊に語り伝えられている有名な言葉を送った。

「硫黄島の闘いに参加したアメリカ人の間で、非凡な勇気は共通の美徳であった」

その夜、硫黄島では無礼講のお祭りがあったが、それは戦闘が公式に終わったからではなかった。ある兵隊(海兵隊にいわせるとそれは陸軍の兵隊だったという)が、ウォーキー・トーキーで友だちに「ドイツが無条件降服したぞ」といった言葉が大騒ぎを起こした。トラックに積まれた送信機で、サンフランシスコにニュース原稿を送っていた海兵隊通信兵がこの冗談を傍受したが、一〇分間で、この〝朗報〟は島中に伝えられた。

島中で銃声が鳴った。小銃や照明弾、また沖の軍艦や輸送船までが撃ち出した。ケイテス第四師団長がシュミット上陸部隊司令官に電話していった。

「日本軍大挙来襲に備えろの命令でも出さなければ、これを止めさせることはできないでしょう」

しかしシュミットにもその権限はなく、海軍が対策を講ずるべきだと答えた。ケイテスは笑い声でいった。

「まったく何とかしなければ。小さな飛行機でも一機飛んできたことにしましょうや」

シュミットは、「いやそれはまずい」といったので、ケイテスが警告を出した。二分間で銃声が止んだ。第五師団の病院は、このデマから起こった騒ぎで負傷した三人の将兵の手当てをした。ほかにも負傷者がいたはずである。例の通信兵は司令官のところに行っていった。

「私はしくじりをしたと思います」

語り伝えられるところによると、以上が三月十六日の事件の顚末である。

スミス中将は三月十七日に硫黄島を出発した。この攻略戦は想像どおりの苦戦だった。真珠湾についたときに、

「硫黄島の陥落は、日本軍にわれわれがどこでも占領できることを証明した」と、前置きして、つぎのように語った。

「あの島を進む海兵隊をみていると、ゲティスバーグのピケット・チャージの激戦を思わせるものがあった。迫撃砲、砲弾、ロケット弾が海兵隊の頭上に降りそそいだ。それでも海兵隊は前進していった。上陸部隊第一波が海岸について三七分後に、わが軍は第一飛行場南端に進出していた。ふたたびいうが、硫黄島攻略戦こそ、海兵隊がこれまで経験したいちばんの激戦であった。今次大戦後、もし海兵隊が必要かどうかという論争が起きるとしたら、この硫黄島の戦いが海兵隊はなくてはならないものだと証明するだろう」

ヘイリー・スティムソン陸軍長官はフォレスタル海軍長官につぎのように書き送った。

「わたし個人と陸軍全体から、お祝いを送りたいと思います。多くの犠牲が払われましたが、硫黄島の軍事的価値は計り知れないものがあります。その攻略は、太平洋におけるわれわれの最後の勝利の日を近づけました」

三月十八日、吉田茂二等兵は、ついに降服した。吉田は海兵隊が日本軍の死体から耳をそいだり、プライヤーで金歯をあごから引き抜く模様を目撃して、捕虜になることを恐れたが、食料、水の不足のために力尽き、ほら穴を出て降服した。四人の他の兵隊もいっしょについてきた。

第五師団は三月十八日の日曜日、ふたたび船に乗り、翌日には第四師団の海軍司令部が閉ざされた。第四師団は月曜日にマウイ島に向かい、入れかわりに第五四九夜間戦闘機中隊が到着し、第五師団の衛生兵が病院を取りかたづけた。

堀井順三上等兵は、北の岬で降服した。堀井は上陸日、摺鉢山にかまえていた砲が打ち砕かれて以来、戦っていなかった。

この日、アメリカ陸軍第一四七連隊がニューカレドニアから到着し、また物資を一杯に積んだ陸軍のトラックが摺鉢山にブルドーザーで曳き上げられた。

五三一連隊作戦参謀ロイド・ホイットレー少佐はウイリアム・ベントン大尉とともにジープで第二飛行場に向かっていた。三月二十六日月曜日の午前四時、つまり上陸日から五週間目であった。急に一人の日本兵が道を横切って走ってきた。ホイットレーは、ジープを止めてカービン銃を撃った。ほとんど同じ瞬間、アメリカ陸軍五〇六対空高射砲大隊のC砲座から第二飛行場を南に歩いていく二人の日本兵を見つけて、すぐに撃ち殺した。

その後間もなく一斉射撃が起こり、硫黄島最後の戦いが突如として始まった。

第七航空隊のトム・ホール軍曹はテントの中で目を覚ました。軍曹はその前日に硫黄島についたばかりで、いまだ度胸がすわっていなかった。前から島にいるアメリカ軍搭乗員や整備員が、ホールに、「地下に閉じ込められた日本兵が穴を掘る音が聞こえる」と話したからだ。ホールは銃声を聞いて、とび上がった。近くにいたものが、「何でもないよ。おそらく番兵がおたがいに撃ち合っているんだ。毎晩あることさ」といった。しかし銃声はだんだん大きくなり、ホールは迫撃砲弾や手榴弾の爆発音を聞いた。

「すぐそばじゃねえか」と、だれかが叫び、一瞬、テントが空になった。中隊の通路の端で血だらけのシャツを着た男が叫んだ。

「畜生、きたない野郎め。一〇〇人もきやがった」

確かに日本兵は一〇〇人いた。これは巧妙に計画された自殺突撃であった。地下から湧いたように突然、現われた日本軍は、少なくとも陸軍部隊と第五師団の陣地四ヵ所を突破し、テントをこわし、寝ている航空隊員を銃剣で刺し、手榴弾を投げた。日本兵の多くは軍刀を下げ、爆薬やアメリカ軍のM6小銃や海兵隊のピストルを持っており、なかにはバズーカ砲をかまえているものもいた。

暗闇の中で、両軍は混乱し、激戦となった。第五師団分遣隊のハリー・マーチン中尉は、いくつかのタコツボで火線を組織し、攻撃をくい止めた。中尉はまわりを駆けまわって部下を助け、二回負傷した。マーチンはまず機関銃座にとび込み、日本兵四人をピストルで殺し、部下をしたがえて突撃した。しかし、日本軍はいっそう激しく逆襲し、マーチンの陣地を蹂躙した。中尉はこの夜戦死したが、硫黄島の戦いで最後の勲章をもらった海兵隊員となった。

乱戦にまき込まれた第九〇建設大隊の二人を血祭りに上げ、日本軍は陸軍第三八野戦病院まで侵入し、電話線を断ち切り、テントを倒し、患者輸送車に機関銃掃射を浴びせた。最初に日本兵を見つけたホイットレー少佐は三〇分で首を撃ちぬかれて戦死し、戦闘機パイロットのジョー・クーン中尉はトラックの下にもぐり、ピストルで応戦した。クーンのすぐ隣りにいた搭乗員は、弾を受けて戦死し、テントから出て来たもう一人が、軍刀をふるって突っ込んできた日本兵につかみかかり、首を絞めて殺した。

海兵隊の少佐がどこからか来て防衛線を組織し、日本軍を撃退し始めた。戦いの音に目が覚めたほかの海兵隊も加わり、陸軍の火炎放射戦車もやってきた。

第五師団分遣隊のロバート・ムンロ大尉は、第二一戦闘機小隊の地域に火線を組織した。この部隊はほとんど黒人で、ここで初めて実戦を経験した。武器を持っているものは、航空兵も、建設隊も、海兵隊も、陸軍の衛生兵もみな戦列に加わって奮戦し、日本軍はしだいに追い返された。一四七歩兵連隊分遣隊が午前八時、つまり警報が鳴ってから四時間たって、現場に到着したが、戦闘は終わっていた。血のしたたるテントの中で、四四人の航空隊員が死に、八八人が負傷した。第五師団分遣隊では、戦死者九人、負傷者三一人。一方、総計二六二人の日本軍が殺され、一八人が俘虜となった。栗林中将がこの攻撃を組織したという噂があったが、死体は確認されなかった。

この日まだ生き残っている日本軍の高級将校は、市丸少将であった。戦いが終わってから岩本と呼ばれる片足の兵隊が少将の未亡人を訪ねた。その男は「提督が三月二十七日、二〇人の部下とともに最後の突撃をしたとき、提督とともにいたが生き残った」といった。彼は弾丸に当たり、意識を失い、気がつくと俘虜になっていた。俘虜は日本軍高級将校がどこにいるかをいうよう脅かされたり、甘い言葉でつられたが、誰も答えなかった。

市丸夫人は、夫がそのころ痩せおとろえており、最後まで刀を握っていただろうと想像する。もしその刀がアメリカ兵のみやげとして持ち去られたとしたならば、刀のつかのところに〝ただひろ〟の名が刻まれているはずだという。

日本軍の襲撃のあった二十六日、第五師団の最後の部隊が北部高地から下りてきた。途中、一〇師団の墓地に立ち寄り、それからアメリカに帰る輸送船にのった。擂鉢山を占領した殊勲の二八連隊第二大隊の一七七人が取り残された。この部隊は、当初一四〇〇名の兵力で戦場に到着し、その後作戦中二八八名の補充を受けた。いま、一七七人が残っているが、三分の一は負傷兵であった。またジャンピン・ジョー・チャンバーの大隊も残った。上陸日、石切場を包囲したこの部隊は一五〇人になっていた。定員九〇〇人のうち、七五〇人が戦死、行方不明、負傷したわけだ。

ジョン・レイニ二等兵が最後に海岸にきたとき、ペンシルバニアからきた黒人のマイナー・ダルトンに再会した。この二人は戦いが始まって間もないころ第三〇補充隊にいて、同じ輸送船に乗っており、戦線に呼ばれる日を待つ期間、食事当番をしていた。再会したときは、ちがった世界に住んでいるような気がした。黒人のダルトンはいった。

「チビ。どうだったい」

「生きているよ」とレイニは答えた。

ダルトンは、最初の日から最後まで海岸で作業をしていた。その間中、なかば土にうまった日本軍の死体が横たわっていたという。

「しかし邪魔にならなかったし、おれも邪魔をしなかったよ。そのうちに陸軍が来て掘り上げていった」とダルトンはいった。ダルトンは日本兵が連れていかれて悲しんでいるようだった。

レイニ二等兵は、「さよなら」といって輸送船に行くボートに乗りこんだ。それきり、二人は会っていない。

四月初め、七〇〇〇人の海軍建設隊が硫黄島で働いていた。一〇時間交代で一週七日の突貫作業が進められ、巨大な飛行場を作るために元山付近の高地を平らにし、三〇〇万立方メートルの土を運んだ。中央飛行場（第二飛行場）が一万三〇〇〇メートルの滑走路をもつ太平洋最大の航空基地となり、第一飛行場は二一〇〇メートルに拡張された。二段岩（三八二高地）はなくなり、屛風山（チャーリー・ドッグ稜線）と海岸は、かつてのおもかげもないほど変えられた。家が建てられ、燃料タンクが立ち並び、水路が作られ、桟橋が固定された。全長三二キロにおよぶ道路と滑走路が舗装された。採岩機とアスファルト工場、井戸掘り機、自動水汲み所も構築され、トラックとブルドーザーが島が見えなくなるほどの煙とほこりをたてて、丘を切りくずしては谷を埋め、その上を舗装した。硫黄島は海兵隊がいっていたとおり、巨大な岩の飛行場になった。

血で染まった砂は、いま海水とアスファルトと汗で浸っている。犠牲となった命の数で価値がうたわれたこの島は、いまや舗装の広さ、打ち砕かれた岩の量、アスファルトの量で計られるようになった。しかし、だれもこの島の本当の価値を忘れるものはいない。海軍建設隊の司令官ジョンソン大佐はいった。

「ここの土地は、アメリカが買い取った地所の中で最も高い不動産だ。この島の一平方マイルあたり五五〇〇人の命と、二五〇〇〇人の負傷者を払っている。まったく高くついた島だ」

硫黄島から飛びたった戦闘機隊が、四月七日、初めて日本に向かうB29爆撃隊を掩護した。以来、連日、硫黄島は傷ついた爆撃機を助けた。六月七日、一〇二機のB29が硫黄島に不時着した。六月二十四日には一八六機が降りた。戦争の終わりまでに合計二四〇〇機のB29と二七〇〇〇人の搭乗員が島の飛行場を使用した。もっとも、もしこの島がアメリカ軍の手に入っていなかったなら、これらの搭乗員を全部失ったわけではないだろうが、キング提督は最終報告の中で「この島が救った人命の数は、この島を占領するために失った数よりもはるかに多い」と語っている。

二ヵ月後に硫黄島を訪れたE・B・ハドフィールドは、雑誌ミド・パシフィカンにつぎのように書いた。

「四月十七日、春は硫黄島にもやって来た。この離れ小島には、咲きみだれる花はないが、激しい春雨でここかしこに雑草が芽生え、引きさかれた木が芽をふき始め、なかには花をつけているものさえある。

重い火山灰が摺鉢山のふもとから島の中ほどまでを埋めており、海兵隊の血で染まったその黒い砂地には、色の薄い、痩せた草の茎が三〇センチほど伸びていた。日陰には、すみれに似た小さな草が花をつけ、背の低い灌木がピンクとローズの葉をのばしていた。

かつて日本軍の病院があった東村の真ん中に目の覚めるような明るい赤い花をつけたむくげが立っていた。

しかし島全体に春がきたわけではない。東から稜線にかけて昨日四人の日本人が殺され、一六人が降服した。捕虜がはい出してきたところは、引き裂かれた木の幹が二度とこの季節には目をむけまいとあざ笑っているかのような醜い格好をみせていた。

大きな青いハエがこの裂かれた木にへたばりついていた。うなり声をたてても、指をふれてもこれは飛び上がらなかった。ただ食べすぎでしがみついていた。

枯れた枝と無感覚なハエは悪の芽、黒い猫やなぎに似ていた。黒い谷間の醜い岩の中から盛り上がったこのあたり全体は、巨大なグロテスクな日本の生け花とでも言おうか」

四月の末、アメリカ兵は島の東端の三〇メートル地下に、第二混成旅団野戦病院をみつけた。語学士官が日本人に出てくるよう訴えた。日本軍は長い間、論議を重ねた末、軍医稲岡勝少佐が表決をとった。降服六九、反対三、反対票のうち小島九太郎伍長はただちに自殺した。降服組は野口巌大尉、太田季雄中尉とともに出てきた。野口大尉は多くの戦友が死んだのに、生きていたことを苦しみ、ついに日本での生活を受け入れられず、ブラジルに移民した。

いまハワイにいるレイン二等兵は、三月三十一日、母親に手紙を書いた。

「お母さんとお父さんから送っていただいたクリスマスの贈物が昨日着きました。十一月に送り出されたものですが、この小包みは元のままの姿で着きました。みなおいしいものばかりです。チョコレートの粉末と固型スープのほかはみんな食べてしまいました」

便箋の上に押されていた第四師団の紋章は変わった。四隅に印刷された激戦地の名には新しい地名が加わった。つまり、ロイナムール、サイパン、テニアンのほかに、硫黄島が印刷されたのである。

戦いは終わり、一九四五年のクリスマスまであと一〇日。寒い風が吹き、列車が駅についたとき雪も降り始めた。トニー・スタイン（一三五ページ参照）が凱旋したのだ。やはり、硫黄島で勲章をもらったドオウ・ジャコブソンがその遺体に付きそっている。オハイオ州ノース・デイトンの家々には半旗がかかげられ、砲車にのせられた遺体が町を行進した。トニーの妻ジョン、母親ローズ、それに多くの友人が集まっていた。トニーはこの町の高校に学び、町の人気者だった。アルバイトにボーリング場で働いたり、ゴルフのキャディをした。ソフトボールやアマチュア・ボクシングでは高校の花形、トニーのプレーが試合につめかけた街の人びとの話題をさらったものだ。髪の毛のちぢれた灰色の眼をした、明朗な子だった。妻のジョンがトニーに最後に会ったのはその前の年の七月、一年五ヵ月も前のことだ。三日間の新婚旅行を終えて、カリフォルニアの兵営前で別れたときがおしまいであった。トニーは新編第五師団に配属と決まり、嬉しそうにしていた。この部隊はトニーのあこがれの的、戦闘師団だったからだ。

遺体はカソリックのロザリー教会で荘厳な鎮魂ミサを受けた後、カルバリー墓地へ運ばれた。トニーの旅路の果てである。母親はトニーが何をしてきたか、その身ぶりから走り方まで、胸のなかにまざまざと想像できた。いよいよ棺が下りるとき、ローズは少しも取り乱さなかった。

「トニーはどんなことでも、それこそ、どんなにきつい仕事でも、やる子でしたからね。だから海兵隊に志願したんです。どこまでやれるか、自分で試してみたかったんですよ」

トニーは最後まで立派にやった。

# 硫黄島攻防戦史

（訳者作成）

| 年月日 | 記事 |
|---|---|
| 昭和19年（一九四四）3・22 | 厚地兼彦大佐（独立三〇九連隊長）着任 |
| 6・13 | 栗林中将、硫黄島に着任 |
| | 米軍、硫黄島の航空写真をとる |
| 9・22 | 軽巡「多摩」が補給物資を硫黄島に運ぶ、これが最後の便となる |
| 10・3 | 米統合参謀本部、太平洋戦線戦略方針決定 |
| | スミス中将、硫黄島攻略命令を受ける |
| 12 | B29、サイパン島イズレー飛行場進出 |
| 11・5 | B29、硫黄島初爆撃 |
| 昭和20年（一九四五）1・27 | 米攻略部隊ハワイ出発完了 |
| 2・10 | 第五八機動部隊、東京空襲のためウルタイ島泊地へ出発 |
| 13 | 米攻略部隊（第四、五師団）、サイパンを出港 |
| 16 | 第五八機動部隊、東京空襲 |
| | ターナー中将、指揮艦エルドラド号で記者会見 |
| | 午前七時七分、艦砲射撃開始 |
| 17 | 艦砲射撃第二日 |
| | 硫黄島守備隊、米水中破壊班を砲撃 |
| 18 | 艦砲射撃第三日 |
| 19 | 午前七時四十五分、上陸部隊（第四、五師団）第一陣出発、同八時三十分、上陸開始 |

2・20　摺鉢山守備隊司令厚地大佐、栗林中将に最後の突撃を請訓
21　天候悪化、御楯特別攻撃隊が米艦隊に最後の突撃
22　午前四時、二一連隊、二三連隊と交代
米軍、第一飛行場（千鳥）を制圧
同八時、摺鉢山の攻撃開始　同十時十五分、摺鉢山頂に星条旗翻る
シュミット、ケイテス両少将上陸
夕刻、南集落の日本陣地壊滅
23　正午、米軍の摺鉢山総攻撃開始
厚地大佐玉砕　夕刻、硫黄島の三分の一制圧
米軍、硫黄島の損害をつぎのように発表
「二月二十一日午後六時現在、戦死六六四、負傷四一〇八、行方不明五六〇」
24　米軍、硫黄島攻略戦第一段階完了
午前九時三十分、北集落へ総攻撃開始
アースカイン少将、第三師団を率いて参戦
第五八機動部隊、東京を再空襲
25　第三師団、ピーター高地攻撃開始
第四師団、屏風山攻撃開始
26　海兵隊は島の五分の二を制圧
米側損害八〇〇〇名　第五師団、三〇〇メートル前進
夕方、日本軍の第四、第五井戸陥落
第一飛行場に初めて米軍機が着陸
第四師団、二段岩正面で二〇〇メートル前進
第五八機動部隊空母群、日本近海からウルタイ島へ、他の艦艇は沖縄攻略戦準備のため硫黄島水域で給油

| | |
|---|---|
| 2・27 | オーボエ、ピーター高地陥落、米軍、第二飛行場を完全占領 |
| | 第二四連隊、玉名山と円型劇場の南に進出し、二〇〇メートル前進 |
| | 第四師団のこの日一日の損害七九二人、本作戦中最大の損害 |
| | 日本軍の推定損害は五四八三人 |
| | サンフランシスコで硫黄島作戦を非難された海兵隊が新聞社にデモをかける |
| | 二七連隊、田原坂を攻撃し五〇〇メートル前進 |
| 28 | 海兵隊は島の半分を制圧 |
| | 西戦車隊出撃して奮戦、戦車は三台を残すのみ |
| 3・1 | 摺鉢山攻略で殊勲の第五師団二八連隊前線につく |
| | 第四師団、二段岩と玉名山攻略のため一時後退して再編成 |
| | 第三師団、中央部で元山村に進出 |
| | 第四師団、二段岩を包囲 |
| | 午後三時二十七分、米兵二段岩を一時占拠するも、すぐ日本軍に奪回される |
| | ミッチャーの艦隊、沖縄を空襲 |
| 2 | 二段岩、玉名山、円型劇場に対する総攻撃開始 |
| | 西海岸第五師団前線でガス警報でる |
| 3 | 各戦線とも膠着　三五七高地陥落　田原坂の西稜線陥落 |
| 4 | 第四師団の損害は二八八〇名となり戦闘能力四五パーセントにおちる |
| | 海兵隊全体では戦死三〇〇〇、負傷一万三〇〇〇 |
| | 元山陥落　早朝、日本軍第一次総攻撃 |
| | 二〇〇名の日本軍斬り込み隊が二一連隊前面で玉砕 |
| | 第三師団は東へ進路を変える |
| | 二段岩、玉名山、円型劇場、実質的に陥落 |
| | 日本軍の大砲、戦車のほとんどが殲滅される |

| | |
|---|---|
| 3・4 | 士官の六五パーセントが戦死し、守備隊総兵力は三五〇〇〇と見積もられる |
| | 大本営から栗林、市丸に感謝の電報とどく |
| | 東京空襲で傷ついたB29が初めて硫黄島に着陸 |
| 5 | 全線にわたって米軍休息に入る |
| | 沖合で待機していた第三連隊はこの日硫黄島を去る |
| | スミス中将上陸 |
| 6 | 米軍攻撃再開 |
| | 米陸軍航空隊のP51戦闘機隊、硫黄島に進出 |
| 7 | 混成第二旅団長千田少将、玉砕を決意 |
| | 米陸軍、硫黄島に進出 |
| 8 | 上陸部隊司令部、全島完全占領をめざす総攻撃を命令 |
| | 井上大佐は摺鉢山頂上にふたたび日章旗を掲げようと出撃、これが海軍最後の突撃となる |
| 9 | 鈴木大尉が率いる戦車中隊、二段岩側面で玉砕 |
| | 北海岸より斎藤中隊が出撃、日本軍の戦車はこれで全滅す |
| | 第三師団、島の中央を突破し、日本軍を二分する |
| 10 | マリアナのB29、東京大空襲 |
| | 夜までに第三師団は北海岸約八〇〇メートルを確保 |
| | 海兵隊の損害、戦死二七七七、負傷八〇五一、疲労により戦線脱落するもの一一〇二名 |
| | 千田少将、屏風山の南端付近で最後をとげる |
| 11 | 栗林中将、日本軍残存兵力一五〇〇と見積もる |
| 14 | 池田連隊玉砕　歩兵第一四五連隊軍旗を焼く |
| | NHK、硫黄島の歌を放送 |
| | 星条旗掲揚式 |
| 15 | 第二飛行場使用開始 |

| | |
|---|---|
| | 日本軍の捕虜、増加する |
| | 米軍、欧州戦線終結のデマで大さわぎが起こる |
| 16 | 夜、栗林中将、大本営に最後の報告をし、残る幹部を洞窟に集め、永別の会 |
| 17 | 午前五時五十分、総突撃の命令 |
| | 午後二時、NHK、硫黄島の歌を全国にむけ放送 |
| 19 | 攻略戦終わり、総突撃 |
| 21 | 栗林中将、父島に戦況を報告 |
| 22 | 西中佐戦死 |
| 23 | 守備隊から最後の電報が父島に届く |
| 25 | 守備隊最後の拠点陥落 |
| 26 | 西海岸で海兵隊最後の攻撃 |
| | 最後まで闘った日本軍の遺体は二二三 |
| | 海兵第五師団に一九六名の損害がでる |
| 27 | 市丸少将、最後の突撃　日本軍の抵抗終わる |
| 4・19 | この日までに武蔵野大尉が指揮するゲリラ部隊二二〇～二三〇名のうち、一五〇名が戦死 |
| 22 | 武蔵野隊は玉砕を決意し、総攻撃をかける　不参加のもの川井中尉、紅谷軍医中尉、他五名 |
| | 浅田真治中尉、亀田軍曹と自決 |
| 5・13 | 前田少佐、部下とともに自決 |
| 5・末 | 多岐、敵弾に斃る |
| 6・11 | 武蔵野大尉、半死の状態のところ、米兵に救助され病院へ |
| 21 | 川井中尉、紅谷軍医中尉、兵四名とともに自決 |

# 米軍指揮系統

〈海兵隊第五敵前上陸軍団〉

軍団長　ハリー・シュミット少将
参謀長　ウイリアム・W・ロジャー准将

第四師団

師団長　クリフトン・B・ケイテス少将
副師団長　フランクリン・A・ハート准将
参謀長　マートン・J・バッチェルダ大佐

第五師団

師団長　ケラー・E・ロッキー少将
副師団長　レオ・D・ハームル准将
参謀長　レイ・A・ロビンソン大佐

第三師団

師団長　グレイブス・B・アースカイン少将
副師団長　ジョン・B・ウィルソン大佐
参謀長　ロバート・E・ホガブーム大佐

部隊長　第五敵前上陸軍団直轄部隊
アルトン・A・グラデン大佐
硫黄島海軍建設隊第九海軍建設旅団
旅団長　ロバート・C・ジョンソン大佐

〈海軍部隊〉

第五艦隊　旗艦インディアナポリス
レイモンド・A・スプルーアンス大将（長官）
第五一機動部隊　合同遠征軍
リッチモンド・K・ターナー中将
第五二機動部隊　上陸支援軍
ウイリアム・ブランディ少将
第五三機動部隊　攻撃軍
ハリー・W・ヒル少将
第五四機動部隊　艦砲射撃軍
バトラム・J・ロジャース少将
第五六機動部隊　遠征軍
ホランド・M・スミス中将（海兵隊）
第五六・一機動戦隊　上陸部隊
ハリー・シュミット少将（海兵隊）
第五六・二機動戦隊　強襲部隊

海兵隊第四師団
　クリフトン・B・ケイテス少将
海兵隊第五師団
　ケラー・E・ロッキー少将
第五六・三機動戦隊　遠征軍予備隊
海兵隊第三師団
　グレイブス・B・アースカイン少将
第五一・一機動戦隊　合同遠征軍予備隊
　ドナルド・ルーミス准将

ターナー中将麾下の合同遠征軍は、つぎのような四八六隻の艦艇から編成されていた。

| | |
|---|---|
| 指揮艦 | 四 |
| 空母 | 一二 |
| 戦艦 | 六 |
| 巡洋艦 | 一九 |
| 駆逐艦 | 四四 |
| 護衛駆逐艦 | 三八 |
| 護送駆逐艦 | 六 |
| 輸送艦 | 四四 |

| | |
|---|---|
| 戦車陸揚船 | 九四 |
| 輸送船 | 一九 |
| 工作艦 | 六 |
| 水上機母艦 | 四 |
| 機雷敷設駆逐艦 | 一四 |
| 掃海艇 | 三〇 |
| その他補助艦艇 | 一四九 |

第五八機動部隊　旗艦バンカーヒル
　マーク・A・ミッチャー中将（長官）
第五八・一戦隊
　ジョセフ・J・クラーク少将
第五八・二戦隊
　ラルフ・E・デビソン少将
第五八・三戦隊
　フレデリック・C・シャーマン少将
第五八・四戦隊
　アーサー・W・ラドフォード少将

〈硫黄島陸軍　強襲部隊〉
四七一水陸両用トラック中隊（第五師団配属）
四七三水陸両用トラック中隊（敵前上陸軍団直属）
四七六水陸両用トラック中隊（第四師団配属）
独立第一三八対空砲隊

# 日本軍指揮系統

最高指揮官　栗林忠道中将
参謀長　高石正大佐
築城参謀　吉田紋三大佐
作戦参謀　中尾時春中佐
補給参謀　西川猛雄中佐
情報参謀　山内保武少佐
参謀　小元久米治少佐
参謀　白方藤栄少佐
参謀　西田菊次少佐
参謀　鳥井原秀一大尉

〈陸軍一〇九師団〉

師団長　栗林忠道中将
通信隊長　森田豊吉中尉
対空砲隊　東庄太郎少佐
警戒隊　松沢朝哲中尉
突撃中隊　吉田克哉大尉

防疫給水部　上床伝少佐
臨時野戦兵器庁　高橋守郎中尉
独立迫撃砲第一中隊　八巻明中尉

〈歩兵第一四五連隊〉

連隊長　池田益雄大佐
第一大隊長　原光明少佐
第二大隊長　安武末喜少佐
第三大隊長　安荘憲瓏少佐
連隊砲兵　益田茂雄大尉
工兵大隊　武蔵野菊蔵大尉
野戦病院　杉本源一大尉

〈独混第一七連隊〉

第三大隊長　藤原環少佐

〈戦車第二六連隊〉

連隊長　西竹一中佐
隊長付　松山朗大尉

〈混成第二旅団〉

旅団長　千田貞季少将
独立歩兵第三〇九大隊　粟津包勝大尉
独立歩兵第三一〇大隊　京極義雄少佐
独立歩兵第三一一大隊　辰己繁夫少佐

| | |
|---|---|
| 独立歩兵第三一二大隊 | 永田謙次郎大尉 |
| 独立歩兵第三一四大隊 | 伯田義信大尉 |
| 砲兵大隊 | 前田一雄少佐 |
| 工兵大隊 | 大塚家一郎大尉 |
| 野戦病院 | 野口　巌大尉 |
| 〈旅団砲兵〉 | |
| 隊　長 | 街道長作大佐 |
| 混成第二旅団 | 前田一雄少佐 |
| 中迫撃砲第二大隊 | 中尾猶助少佐 |
| 中迫撃砲第三大隊 | 小林孝一郎少佐 |
| 独立臼砲第二〇大隊 | 永足光雄大尉 |
| 独立速射砲第八大隊 | 清野　一大尉 |
| 独立速射砲第九大隊 | 小久保蔵之助少佐 |
| 独立速射砲第一〇大隊 | 松下久彦少佐 |
| 独立速射砲第一一大隊 | 野手保次大尉 |
| 独立速射砲第一二大隊 | 早内政雄大尉 |
| 独立機関銃第一大隊 | 川南　跳大尉 |
| 独立機関銃第二大隊 | 川崎時雄少佐 |
| 特設第二〇機関砲隊 | 百崎英明少尉 |
| 特設第二一機関砲隊 | 近藤　勇少尉 |
| 特設第四三機関砲隊 | 田村勇蔵中尉 |
| 特設第四四機関砲隊 | 小井土為作中尉 |
| 噴進砲 | 横山義雄大尉 |
| 要塞建築第五中隊 | 谷山純忠大尉 |
| 野戦作井二一中隊 | 川井良夫大尉 |
| 〈海　軍〉 | |
| 海軍部隊司令官 | 市丸利之助少将 |
| 海軍守備隊司令官 | 井上左馬司大佐 |
| 作戦参謀 | 馬瀬武治中佐 |
| 通　信 | 有岡　茂少佐 |
| 海軍工作隊 | 岡田成正少佐 |
| 第二七航空戦隊参謀 | 岡崎　定少佐 |
| 摺鉢山守備隊 | 厚地兼彦大佐 |
| 第一二五対空砲隊 | 田村政市中尉 |
| 第一三二対空砲隊 | 奥村甚之助兵曹長 |
| 第一四一対空砲隊 | 土井英三郎少尉 |
| 第二〇四設営大隊 | 飯田藤郎技術少佐 |

## 米海兵隊損害の詳細

| | | 戦死 | 戦傷 | 疲労のための戦線離脱 | 合計 |
|---|---|---|---|---|---|
| 上陸日（2.19） | | 566 | 1755 | 99 | 2420 |
| 摺鉢山の戦闘（2.20〜2.24） | | 1039 | 3741 | 558 | 5338 |
| 中盤戦（2.25〜3.10） | 第五師団 | 1098 | 2974 | 220 | 4292 |
| | 第三師団 | 831 | 2241 | 491 | 3563 |
| | 第四師団 | 848 | 2836 | 391 | 4075 |
| 掃討戦（3.11〜3.26） | 第五師団 | 638 | 1640 | 122 | 2400 |
| | 第三師団 | 207 | 505 | 53 | 765 |
| | 第四師団 | 226 | 442 | 52 | 720 |
| 総計 | | 5453 | 16134 | 1986 | 23573 |

## 硫黄島攻略戦における米軍の損害

| | | 戦死 行方不明 | 戦傷 | 疲労のための戦線離脱 | 合計 |
|---|---|---|---|---|---|
| 海兵隊 | | 5931 | 17272 | 2648 | 25851 |
| 海軍 | 艦船航空 | 633 | 1158 | | 1791 |
| | 看護兵 | 195 | 529 | | 724 |
| | 建設隊 | 51 | 218 | | 269 |
| | 軍医 | 2 | 12 | | 14 |
| 陸軍 | | 9 | 28 | | 37 |
| 総計 | | 6821 | 19217 | 2648 | 28686 |

## 日本軍の損害

| 守備隊兵力 | 俘虜 | | 戦死 |
|---|---|---|---|
| 21000（推定） | 海軍陸戦隊 | 216 | 20000（推定） |
| | 陸軍 | 867 | |
| | 合計 | 1083 | |

単行本　昭和四十一年五月　弘文堂刊

NF文庫

# 硫黄島

二〇〇六年十一月十七日　新装改訂版第一刷
二〇一四年十一月二十九日　新装改訂版第七刷

著　者　R・F・ニューカム
訳　者　田中　至
発行者　高城直一
発行所　株式会社潮書房光人社
〒102-0073　東京都千代田区九段北一-九-十一
振替／〇〇一七〇-六-五四六九三
電話／〇三-三二六五-一八六四(代)
印刷所　慶昌堂印刷株式会社
製本所　東　京　美　術　紙　工



ISBN978-4-7698-2113-7　C0195
http://www.kojinsha.co.jp

ＮＦ文庫

## 刊行のことば

第二次世界大戦の戦火が熄《や》んで五〇年――その間、小社は夥しい数の戦争の記録を渉猟し、発掘し、常に公正なる立場を貫いて書誌とし、大方の絶讃を博して今日に及ぶが、その源は、散華された世代への熱き思い入れであり、同時に、その記録を誌して平和の礎とし、後世に伝えんとするにある。

小社の出版物は、戦記、伝記、文学、エッセイ、写真集、その他、すでに一、〇〇〇点を越え、加えて戦後五〇年になんなんとするを契機として、「光人社ＮＦ（ノンフィクション）文庫」を創刊して、読者諸賢の熱烈要望におこたえする次第である。人生のバイブルとして、心弱きときの活性の糧《かて》として、散華の世代からの感動の肉声に、あなたもぜひ、耳を傾けて下さい。

＊潮書房光人社が贈る勇気と感動を伝える人生のバイブル＊

## ＮＦ文庫

### 激闘ルソン戦記　機関銃中隊の決死行
井口光雄

最悪の戦場に地獄を見た！　食糧も弾薬も届かぬ地で、苛酷な運命に翻弄された兵士たちの魂の絶叫。第一線指揮官の戦場報告。

### 東部戦線の激闘　タンクバトルⅣ
齋木伸生

独ソ戦のクライマックス、クルスクの戦いやイタリア戦線での攻防など、熾烈な戦車戦の実態を描く。イラスト・写真多数収載。

### 皇軍の崩壊　明治建軍から解体まで
大谷敬二郎

『国軍』と呼ばれ、『国民の軍隊』として親しまれ、信頼されていた日本の軍隊はいかにして国民と離反し皇軍となっていったのか。

### 日本特攻艇戦史　震洋・四式肉薄攻撃艇の開発と戦歴
木俣滋郎

太平洋戦争末期、戦勢挽回の切り札は、ベニヤ板張りのモーターボートだった――知られざる陸海軍水上特攻隊の全貌をえがく。

### 「鬼兵団」ルソンに散る　ルソン戦記
「丸」編集部編

生命の限界を超えたルソンの戦場で、諦めずに生きぬいた〝斬り込み決死隊〟の真摯なる戦いを描く感動作。表題作他四篇収載。

### 写真 太平洋戦争　全10巻〈全巻完結〉
「丸」編集部編

日米の戦闘を綴る激動の写真昭和史――雑誌「丸」が四十数年にわたって収集した極秘フィルムで構築した太平洋戦争の全記録。

＊潮書房光人社が贈る勇気と感動を伝える人生のバイブル＊

## ＮＦ文庫

**WWⅡソビエト軍用機入門** 飯山幸伸

ソビエト空軍を知るための50機の航跡

戦闘機から爆撃機、偵察機、輸送機等々、第二次世界大戦で運用された骨太で逞しいソビエトの軍用機を図版・イラストで解説。

**陸軍員外学生** 石井正紀

東京帝国大学に学んだ陸軍のエリートたち

高度の科学・技術系高級将校養成のために定められた員外学生制度。特別抜擢組と称された員外生たちの知られざる実態を描く。

**スターリングラード攻防戦** 齋木伸生

タンクバトルⅢ

ヒトラーとスターリンの威信をかけた戦いやソ連・フィンランド戦争など、熾烈なる戦車戦の実態を描く。イラスト・写真多数。

**ニューギニア航空戦記** 高橋秀治

ある整備兵の記録

米軍の猛空爆下、落日のラエ飛行場修復・機体整備に忙殺された整備兵の青春！ 第二十二飛行場大隊の知られざる苦闘を描く。

**軍閥** 大谷敬二郎

二・二六事件から敗戦まで

激動する政治の主導権を争う統制派・皇道派。元憲兵司令官が各派抗争の歴史と政財官各界にわたる人脈の流れを明らかにする。

**航空戦艦「伊勢」「日向」** 大内建二

付・航空巡洋艦

航空母艦と戦艦を一体化させる航空戦艦、同様の考え方の航空巡洋艦とはいかなるものだったのか。その歴史と発達を詳解する。

＊潮書房光人社が贈る勇気と感動を伝える人生のバイブル＊

## ＮＦ文庫

### なぜ都市が空襲されたのか
永沢道雄
歴史の真実と教訓
日本全土の家々は多くの人命と共になぜ、かくも無惨に焼かれたのか。自らＢ29の爆撃にさらされた著者が世界史的視野で綴る。

### 中国大陸実戦記
斉木金作
中支派遣軍 一兵士の回想
広漠たる戦場裡に展開された苛酷なる日々。飢餓と悪疫、極寒と灼熱に耐え、生と死が紙一重の極限で激戦を重ねた兵士の記録。

### WWⅡフランス軍用機入門
飯山幸伸
フランス空軍を知るための50機の航跡
戦闘機から爆撃機、偵察機、輸送機等々、第二次世界大戦で運用された波瀾に富んだフランスの軍用機を図版・イラストで解説。

### 巨砲艦
新見志郎
世界各国の戦艦にあらざるもの
いかに小さな船に大きな大砲を積むか。大艦巨砲主義を根幹とする戦艦の歴史に隠れた〝一発屋〟たちの戦いを写真と図版で描く。

### 伊号潜水艦ものがたり
槇 幸
ドンガメ野郎の深海戦記
悲喜こもごも、知られざる潜水艦の世界をイラストと共につづった海軍アラカルト。帝国海軍の神秘・素っ裸の人間世界を描く。

### なぜ日本と中国は戦ったのか
益井康一
証言戦争史入門
大陸を舞台にくりひろげられた中国との戦争。太平洋戦争の要因ともなった日中戦争は、どのようにはじまり、どう戦ったのか。